天下夺魁王实甫

杂剧故事

谢美生 傅国春 马笑楠◎著

北京日报出版社

何处忘忧？看时节独上妆楼，手卷帘上玉钩，空目断山明水秀，见苍烟迷时树，衰草连天，野渡横舟。

——王实甫《西厢记》

图书在版编目（CIP）数据

天下夺魁王实甫：杂剧故事/谢美生，傅国春，马
笑楠著. -- 北京：北京日报出版社，2023.11
ISBN 978 - 7 - 5477 - 4705 - 6

Ⅰ．①天… Ⅱ．①谢…②傅…③马… Ⅲ．①小说集
- 中国 - 当代 Ⅳ．①I247

中国国家版本馆 CIP 数据核字（2023）第 188033 号

天下夺魁王实甫：杂剧故事

出版发行：北京日报出版社
地　　址：北京市东城区东单三条 8 - 16 号东方广场东配楼四层
邮　　编：100005
电　　话：发行部：（010）65255876
　　　　　总编室：（010）65252135
印　　刷：三河市华东印刷有限公司
经　　销：各地新华书店
版　　次：2023 年 11 月第 1 版
　　　　　2023 年 11 月第 1 次印刷
开　　本：710 毫米 × 1000 毫米　1/16
印　　张：13.75
字　　数：212 千字
定　　价：58.00 元

《黄金台文库》编纂委员会

传承范阳古韵　筑梦大美定兴（总序）

　　古之范阳，今之定兴；京南保北，畿辅重地，北通三关，南达九府；太行东麓，易水交汇，督亢沃野，名著天下。

　　定兴人，尊贤重义，质朴厚德。两千多年来，在这片热土上留下了众多令人讴歌的精彩篇章。宋代文豪苏轼亦曾赞叹："幽燕之地，自古号多豪杰，名于图史者往往皆是。"燕昭王礼贤纳士，筑黄金高台开一代新风；高渐离击筑，荆轲和而歌，留下了"风萧萧兮易水寒，壮士一去兮不复还"的慷慨悲歌。"疾风知劲草，板荡识诚臣"。国家有难，以身赴死；燕赵一脉相承，定兴更是英豪辈出。祖逖北伐，志于恢复壮丽河山，谱写了"闻鸡起舞、中流击楫"的篇章。抗美援朝战争中，特等功臣、一级战斗英雄孙生禄血染长空，击落、击伤敌机共七架，战绩卓著，成为人民空军的骄傲。

　　定兴人，尚武崇文，兼济天下。历代文人墨客，以满腔激情，创作出了许多惊天地、泣鬼神的传世之作，筑就了定兴深厚的文化根基。且不说汉代郦炎的《见志诗二首》，崔骃的《隽永》八十一篇，自唐朝卢照邻的《幽忧子集》、贾岛的《长江集》就确立了定兴诗人在中华民族诗歌史上的崇高地位。元代张弘范是一位"善马槊，颇能为歌诗"（《元史·张弘范传》）的三军统帅，后人把他的诗词结集出版，是为《淮阳集》。元代著名戏曲家王实甫，其作品继承了唐诗宋词精美的语言艺术，又广泛吸收了当时民间生动活泼的口头语言，创造了文采璀璨的元曲词汇，成为中国戏曲史上"文采派"的杰出代表，他的一部《西厢记》成为中国戏曲史上的巅峰，也是世界戏曲史上一颗耀眼的明珠。"愿天下有情人终成眷属"成为人们几百年来追求美好爱情的真诚呼唤。《西厢记》成就了王实甫，也成为定兴的骄傲。

到了明清两朝，定兴人的作品就如满天繁星，不胜枚举。明代薛论道是中国散曲史上作品最丰富的一位作家，《林石逸兴》是其代表作。作品集收录了他的散曲一千首，有的写边塞军旅生活，有的写归隐叹世之情，有的写景咏物，有的咏史抒怀，其艺术成就当属散曲中的翘楚。直隶名门——江村鹿氏，更是以文至盛延续四百余年，这在中国历史上亦属罕见。明末名臣鹿善继，"学行著世，忠正节义"，有《无欲斋诗钞》《鹿忠节全集》《认真草》《四书说约》等著作传世。晚清重臣鹿传霖，历任巡抚、总督、军机大臣，刚正清廉、惜才重教，大力兴办实业，是中国近代洋务派的代表人物之一。主政四川期间，创办了四川中西学堂（四川大学的前身），关注并参与了学制改革，对中国近代教育体制改革产生了积极影响。

中华人民共和国成立以后，特别是改革开放以来，定兴文化事业出现了百花齐放、百家争鸣的喜人局面。《范阳风》《范阳韵》《定兴方言》《北齐义慈惠石柱》《黄金台诗文选》等一大批文学作品、专业书籍如雨后春笋般相继出版。1997年定兴被文化部（今文化和旅游部）授予"全国文化先进县"称号，并经过多次复检验收合格，保留至今。

这是我们的文化底蕴，这也是我们的文化血脉。

我们编辑这套《黄金台文库》，就是力求把定兴的传统文化进行一次较为全面的盘点，取其精华奉献给家乡人民。这是一项宏大的工程，这是一项"求木之长者，必固其根本；欲流之远者，必浚其泉源"的工程。

盛世多撰述，盛世出好书，盛世重藏书。以弘扬中国传统文化为指归，展示定兴的文化风采，其嘉惠时人、流传后世意义不言而喻。限于我们学力有限，书中难免有一些错误出现，望海内宏达，幸祈教正！

《黄金台文库》编纂委员会

目　录

崔莺莺待月西厢记 ⋯⋯⋯⋯⋯⋯⋯⋯⋯⋯⋯⋯⋯⋯⋯⋯ 1

　第一章 ⋯⋯⋯⋯⋯⋯⋯⋯⋯⋯⋯⋯⋯⋯⋯⋯⋯ 2

　第二章 ⋯⋯⋯⋯⋯⋯⋯⋯⋯⋯⋯⋯⋯⋯⋯⋯ 30

　第三章 ⋯⋯⋯⋯⋯⋯⋯⋯⋯⋯⋯⋯⋯⋯⋯⋯ 66

　第四章 ⋯⋯⋯⋯⋯⋯⋯⋯⋯⋯⋯⋯⋯⋯⋯⋯ 92

　第五章 ⋯⋯⋯⋯⋯⋯⋯⋯⋯⋯⋯⋯⋯⋯⋯ 116

四丞相高会丽春堂 ⋯⋯⋯⋯⋯⋯⋯⋯⋯⋯⋯⋯⋯ 143

吕蒙正风雪破窑记 ⋯⋯⋯⋯⋯⋯⋯⋯⋯⋯⋯⋯⋯ 177

后　记 ⋯⋯⋯⋯⋯⋯⋯⋯⋯⋯⋯⋯⋯⋯⋯⋯⋯ 213

崔莺莺待月西厢记

第一章

"唉——"寺院西边的房间里，传出了一声轻轻的叹息。

张生恹恹地合上书，两眼无神，木木地盯着窗外。

窗外的树枝上，几只灰不溜秋的麻雀却全然不顾屋里主人的烦闷，兀自跳来跳去，还不时叽叽喳喳地叫唤几声，更让张生心里平添了几分烦恼。

这几天，张生心里颇不平静。

暮春时节，天光晴暖，万物复萌。黄河东岸的普救寺中，万绿吐翠，繁花初绽。桃花粉，梨花白，真如霞铺玉砌一般。一阵微风拂过，空气里荡漾着一缕缕淡淡浓浓的花香。徜徉在这浓郁的春光里，不要说那些忙忙碌碌的蜂儿蝶儿，就是天下顶麻木的人儿，也要醉了。

张生本也是惜春之人，若是往常，早有几首咏春之作在手。可是，自从那天见到了那位神仙一样的妹妹，张生便再也无心欣赏这春日的美景。

真是想不到啊！这次出来赶考，竟然会巧遇这样一场奇缘。

莫非，这一切，都是上天的安排？啊，果真如此，我张生那可要好好感谢上苍！

1

如今正值大唐年间，德宗刚刚即位，今年恰逢取试之年，读书人都摩拳擦掌，纷纷准备赶往京师赴试。张生秉承祖训，自幼认定万般皆下品，唯有读书高，所以苦读诗书，寒窗十余载，不敢有丝毫懈怠，只为有朝一日金榜题名，光宗耀祖，衣锦还乡。像其他学子一样，张生也早早从家乡洛阳出发，一路迤逦西行，正是要前往京城求取功名而去。

张生家中已无他人，随行的，是自幼便陪伴他读书的琴童。这琴童虽然年纪不大，可是忠厚老实，办事本分，颇得张生喜爱。主仆年纪相仿，脾性相投，二人骑马而行，有说有笑，一路上倒也不觉得寂寞。

这一天，张生和琴童二人风尘仆仆赶路前行，眼见不远处一条大河横在前方。一打听，原来已经到了河中府地界。路人告诉他们，再往前面就是蒲关了。

蒲关，蒲关？好熟悉的名字。哦，对了！张生突然想起一人——杜确！对，就是他！当年在学堂里读书的时候，杜确是自己的同乡和同窗。张生还记得这杜确身材高大，虽然论年纪小自己半岁，可是个头儿比自己整整高出半头。大眼，长脸，大嘴，大嗓门儿。读书虽然比不上张生，可是有把子力气，碰到调皮捣蛋的孩子欺负张生和那些文弱的同窗，杜确总是出手相助。张生钦佩杜确仗义豪放，杜确羡慕张生满腹才华，二人惺惺相惜，也没和家里人商量，就悄悄地结拜为异姓兄弟，郑重相约，苟富贵，勿相忘，誓同生死。张生还清楚地记得，少年时代的他们，比肩苦读，都曾立下报国安邦的志向。后来，眼看朝政废弛，地方节度使叛乱不断，黎民百姓生无宁日，杜确常常愤愤不已。有一天，杜确找到张生，说他决定弃文从武，报效国家。听到这个消息，张生还曾非常惋惜，想到杜确读书几年，尚未取得功名，如今却要半途而废，实在可惜。无奈杜确决心已定，张生只得和他洒泪相别。后来听说杜确离开家乡，寻访天下名师，修得一身武功，还一举考取了武状元，朝廷封他为征西大元帅，带兵镇守蒲关。

问过路人，得知此处距离蒲关不远，张生心里盘算，距离赶考还有些时日，何不先去拜望故友。他乡寻故知，不亦乐乎！

想到这里，张生即刻写好一封书信，找到一位前去蒲关的生意人，托付他带给杜确，告诉老友自己不日即将到蒲关拜访。

一想到即将见到多年未见的杜确，张生禁不住去心似箭。主仆二人快马加鞭，晓行夜宿，匆匆赶路。

这一天，张生和琴童马不停蹄走了半日，来到一座城前，二人勒住缰绳，下马细细观看。只见这里城门高大，街道宽阔，城门正中三个大字：河中府。此时张生有些疲乏，于是吩咐琴童说："今天咱们就住在这里吧。"琴童的肚子已经咕噜作响，早有此意，忙不迭地应声道："好嘞！"

主仆二人牵着马来到城中，四处打量，只见街上商铺鳞次栉比，行人穿梭往来，吆喝声，叫卖声，熙熙攘攘，好不热闹！

张生和琴童走了不远，就看到前面不远处酒旗招展，原来是一处客店。二人来到客店门前，正中高悬一匾，上书"状元店"。

"好吉利的店名！"张生不由得暗暗夸赞店家的精明。

店内小二早已看到门口的客人，还没等招呼，早已闪身迎出，满面春风："先生要住店吗？我家可有干净的客房。"

"那给我找一间上好的客房，再把我的马儿安顿好了。"

小二朗声答道："好嘞，先生放心吧！"

小二把马匹交给店中他人，殷勤地领张生来到二楼的一间客房。

"这可是我们这里最清净、最干净的客房，先生看看是否满意？"小二打开房门，张生见房间虽然不是很大，陈设也很简单，仅一床、一桌、一凳，可是打扫得干干净净。一股幽香隐隐飘来，原来桌上早已燃起了一炉熏香。

正是张生喜欢的味道。

张生点点头："不错，就这间吧。"

小二爽快地应了一声，手脚很是麻利。这边帮着琴童安置好了行李，那边已经张罗了一壶热茶捧来。

张生踱进屋来，缓缓落座，啜了半杯茶。小二刚刚转身要走，张生拦下："小二哥，别急。我还有一事相问。"

"先生有什么吩咐？请尽管说。"

"这附近可有什么闲散好玩的地方吗？名山胜境、福地宝坊都可以。"

小二听罢一乐："先生可是问对人啦。小二我从小住在城中，方圆百里的名胜我都知道。要说我们河中府啊，好玩的地方可是不少。就说最近的吧，离小店不远，有一座名寺，叫普救寺。早年间是则天娘娘香火院，咱们平头百姓哪里进得去！如今，南来北往，三教九流，凡是路过这里的人，没有不去游览一番的。先生可以先去那里看看。"

张生听得小二如此推荐，心中早已按捺不住，立刻吩咐琴童："你准备好午饭。我先去到那普救寺转上一遭。"

"好嘞，我准备好午饭，喂了马，等您回来。您可早点回来啊！"

2

在河中府，普救寺可是大名鼎鼎，方圆几百里的人们都知道这座寺院。寺里前殿庙宇巍峨，佛像高大，庄严气派。香客们在这里有的上香，有的做法事；殿后的小园里，却是另一番景致，曲径通幽，杂花生树，间或亭台水榭，是香客游人们消闲歇息的好去处。正因如此，平日里寺中过往的游人络绎不绝，每天专程前来的香客让寺里的僧人们应接不暇。普救寺的香火之盛，远非其他寺庙所能比肩。

眼下，主持寺中事务的是法本长老。法本出家前，也曾是一位读书人，年轻的时候应试过几次，没有考中，心思也就淡了。后来机缘巧合，剃度为僧，辗转落脚到普救寺。

毕竟读书人出身，平日里法本忙完了寺里的事务，总是手不释卷。除了喜欢读书，法本博通古今，爽朗健谈，加之性格谦和，喜好交游，因此往来的朋友很多。法本特别喜欢和读书人交往，但凡寺里来了读书人，法本总是要交谈几句，碰到言语投机的，常常相谈甚欢。

这天，法本应山下友人之约出门赴斋，就把寺中诸事安排给了小和尚法聪料理。法聪二十岁出头，年龄虽不大，却百伶百俐，是法本座下最精明的弟子，深得法本信赖。

交代完寺中诸事，法聪一一答应。临出门前，法本又回过头来，特意叮嘱法聪，如果有什么人前来探访自己，一定要记下名、姓，待自己回来以后禀告。

"师父请放心，弟子都记下了！"法聪连声答应。

法本长老一出门，寺里一天的大小事情都落在法聪头上，他可是忙得不亦乐乎。一大早起来，法聪就吩咐众僧收拾干净了庭院，紧接着接待了几拨香客，又安排了一场法事，整整忙了一个上午。眼看日悬正南，才总算是稍微清闲了一点儿。法聪抽出身来，靠在寺门口歇息。

刚刚站定，远远望见一人径直朝普救寺而来。

"这么晚了，莫非还有人上香？"法聪暗自思忖。

法聪见来人近了，原来是一面皮白净的年轻书生。法聪赶忙打招呼："先生从何而来啊？"

来人正是张生。"师父，打扰了。敢问师父尊号？"

"先生客气了！小僧法聪。"

"哦，法聪师父好！小生从洛阳而来。久闻上刹幽雅清爽，法相庄严，长老学识渊博，交游甚广，好生仰慕。此次特意前来，一来瞻仰佛像，二来拜谒长老。请问长老在吗？"

法聪应道："哎呀，不巧今天师父不在寺中。请先生进来喝杯茶吧。"

"哦……"张生轻轻叹了口气，不禁有点失望，"既然长老不在，就不必吃茶叨扰了。麻烦您引路，我到贵寺瞻仰一遭，就不胜感激了！"

"先生请！等小僧我取了钥匙，开了佛殿、钟楼、罗汉堂、香积厨，我们转上一会儿，说不定师父就会回来呢！"

张生随法聪进到寺中，前殿大殿、左右侧殿都观瞻了一番。只见这普救寺依山而建，殿宇楼阁，廊榭佛塔，顺着山势逐级升高，雄浑庄严，挺拔峻峭。远观舍利宝塔直插云霄，进得门来，琉璃宝殿洁净庄严，所见大小建筑或高大气派，或设计精巧，寺内花树繁茂，隐隐间疏香阵阵。张生心中不禁暗暗称奇：果真是不虚此行啊！

此时，张生还万万不会想到，不虚此行的，远远不止于此！

3

河中府的这座普救寺最初由武则天皇帝下令修建，原本是供她专用的一座香火院，当年香火鼎盛，显赫一时。武皇驾崩之后，寺庙一度冷落，无人打理，逐渐破败。

有一年，前朝的崔相国路过河中府，早就听说普救寺的声名，慕名前往观瞻。不想偌大一个寺庙，却已经破败得不成样子。崔相国心中好生惋惜，于是出资主持重新修建。后来，屡试不第的法本偶然结识了崔相国，崔相国见他谈吐不凡，颇有见识，于是亲自为法本剃度，令其主持寺内事务。法本感念崔相国的知遇之恩，与崔相国交往甚密。

崔相国当时已经年过五旬，娶妻郑氏，可惜偏偏膝下子嗣不旺，只有一个爱女莺莺和一个幼子名叫欢郎。夫妻琴瑟和谐，又有儿女绕膝，一家人的日子甚是和美。

崔相国高居相位，日理万机，加上近年来朝政废弛，骚乱不断，各地军务政务上报朝廷，崔相国在衙门里公务繁忙，加班加点，难免寝食不周。这一年冬末春初，天气乍暖还寒，崔相国因为忙碌到深夜，偶感风寒，开始并没有在意，本想过几日便好了，不料拖延了几日，竟然开始头晕发热，浑身酸痛，这才服药，不想病势日渐沉重，最后竟然留下妻子和一双儿女，撒手归西而去。家里的顶梁柱倒了，仆从们也大部分被遣散，偌大的宅院，只剩下老妻和一双儿女，凄凄惨惨，冷冷清清，真是让人好不悲伤！

崔相国去世之后，按照惯例，郑老夫人要带着女儿莺莺和幼子欢郎，扶枢回家乡博陵安葬。孤儿寡母，只带着两三个家仆，悲悲戚戚，一路回乡。

这天，一行人来到河中府地界，突然听到一阵喧闹之声，郑老夫人掀开车上的帘子向外张望，只见路上行人都急急慌慌地向这边涌来。她赶忙问道："发生了什么事？"车夫打听了一回，告诉郑老夫人，说前方道路被一股贼人堵住，不能通行了。

唉！屋漏偏逢连夜雨，船破却遇顶头风。这不前不后，可如何是好？郑老夫人一筹莫展。此时欢郎年幼，尚不知愁苦，莺莺年长几岁，却晓得母亲的心事。见到郑老夫人长吁短叹，莺莺看了看周遭，突然想起了什么，于是对母亲说："我记得小时候随父亲到这里来过。那次上香，好像就在附近的一座寺庙。"

听到莺莺提起这事，郑老夫人猛然间想起，崔相国在世的时候，曾经在此处不远修建过一座寺院，名字就叫普救寺，寺里的住持和崔相国交往甚密，名字叫法本，自己还曾见过几面。

想到这里，郑老夫人急忙派一个得力的仆从赶往普救寺，找到法本，请求把崔相国的灵枢暂时停放在寺中。法本听说崔相国已经过世，非常悲痛。又见其家人扶枢回乡，路途遥远，孤儿寡母，实属艰难，禁不住心里十分悲戚。想起当年崔相国的知遇之恩，法本当即一口答应，并安排寺中妥善安置。郑老夫人一行于是就暂时借住在普济寺中。

法本感念崔相国的恩惠，对郑老夫人自然是恭敬有加。他特地在普救寺西侧僻静处，找了一处环境雅致的院落，安排他们住下。平日里打扫庭院，饮食供应，都格外用心。

尽管如此，郑老夫人寄人篱下，不得归途，他乡再好，终非归宿。日日派人去打听路途情况，每次都回复说还没有畅通。时间长了，郑老夫人心中甚是烦闷。平日里闲来无事，想起崔相国在世时，家中仆从如云，常常宾朋满座，可现如今，借住在普救寺中，自己形单影只，连仆人们都遣散回家了，虽说还剩下了一两个，可是使唤起来应手的，只有莺莺的一名侍女，自幼和莺莺一起长大的，名叫红娘。唉！真是贫居闹市无人问，富在深山有远亲哪！人生地疏，门前冷落，郑老夫人不由得悲从中来。再一想：莺莺和红娘虽然一个懂事，一个伶俐，可毕竟都是女孩子，难以托付大事；欢郎虽是男孩，可是年纪太小，不谙世事，自然更不懂得郑老夫人的苦衷。唉，少年们哪里识得愁滋味，郑老夫人啊，心中纵有千般苦，更与何人说！

想到这里，郑老夫人不禁又是一声长叹。

可是，光是发愁又有什么用呢？眼看着一时半会儿回乡无望，不知道还要在这寺庙里住多久。这样住下去总归不是个长久之计。将来路上太平了，早晚也得赶回家乡。凡事需要提前打算，看这形势，扶柩回乡，路途遥远，眼下又不是很太平，孤儿寡母长途跋涉，毕竟让人放心不下，需找个帮手才好。可是她左思右想，亲朋好友中也没有什么可以托付的可靠之人。无奈之际，忽地想起了自己还有个侄子，名叫郑恒，于是托人送信前往京师，告诉郑恒前来普救寺接自己一家，帮着扶柩回到博陵老家安葬先夫崔相国。

提起这个郑恒，郑老夫人又添了一桩堵心事。

早年间崔相国在世的时候，已经把爱女莺莺许配于郑恒，本想这是一桩亲上加亲的好姻缘，可是莺莺却说什么也不愿意，为此事闹过多次，弄得郑老夫人好生尴尬。俗话说，女孩的心事你别猜，猜也猜不来。可话又说回来，这不争气的郑恒也着实可恼。小时候父母娇惯，甚为顽劣，近些年长大成人，却文不成，武不就，不做正事，游手好闲，不思进取，也难怪莺莺嫌怨，说什么也不同意这门婚事。招呼他前来帮忙，也实在是无奈之举，好歹是个男子，也是自己的侄子，总比旁人可靠些吧！

想起来，又是一桩烦心事，唉，不提也罢。烦闷间，郑老夫人慢慢呷了一口茶，长长地叹了一口气。感觉屋里好生憋气，索性走出房门，吐一吐胸中闷气。

出得门来，只见寺中绿木吐翠，百花绽放，晴空丽日，微风拂面。毕竟暮春时节，景色怡人。郑老夫人一路缓步踱来，不觉已经来到了莺莺的房前。莺莺的院中很是清净，房门轻掩。想来爱女莺莺每天也是闷在自己的闺房里，不是读书作诗，就是做女红，可别闷坏了身子。

"红娘。"

"哎。"

"招呼小姐出来散散心。"

那红娘正是十五六岁年纪，玩心未泯，一听老夫人招呼，正合自己的心意。这些日子整天陪着小姐闷在屋里，做点女红倒还罢了，二人好歹还能说上几句话。最不喜欢的就是小姐读书的时候，读到开心处小姐自得其乐，读到悲戚处黯然神伤。可自己不认识几个字，看小姐一会儿喜，一会儿悲，都不知道小姐在乐什么，悲什么，真是没趣！现在听到夫人这声吩咐，红娘飞一样跑到小姐莺莺的房中："小姐！小姐！老夫人招呼咱们出去赏春呢！"

莺莺从早上起来，闲来无事，就一直手执书卷，也正有些倦了。听得红娘呼唤，正中下怀，于是放下手中书本，轻移莲步，出了房门。

一来到院中，满目春光顿时倾泻下来。莺莺微微眯着双眼，轻轻翕动着鼻翼。阳光灿烂，却又恰到好处，不像是夏日里那么炽烈，空气里还弥漫着一阵阵清幽的花香，让人顿时感到精神一振。

这些日子以来，自己和母亲被困在寺中，孤独寂寞，百无聊赖，无处打发时光，想来好生可怜！唉，在寺中走走，心情或许好一些。

"小姐，听说佛殿那边的桃花开得可好了，咱们过去看看吧！"

好不容易见到莺莺出来，红娘禁不住撺掇起来。

"好吧。那就去那边走走吧！"

莺莺万万不会想到，今天，她的一句"去那边走走吧"竟让她拥有了此生最难忘怀的经历。

4

张生随法聪流连于寺中，眼见殿宇巍峨，格局非凡，一路上啧啧赞叹。说话间来到了佛殿之前，张生眼前突然一亮，倒不是佛殿的宏伟高大震撼了张生，而是——佛殿侧旁几株盛开的桃树下，一名窈窕的女子蓦然闪现。张生定睛一看，哎呀，只见这丽人，身穿素雅的罗裙，衬托着比桃花还要鲜嫩的粉面，更显飘逸的风姿。蓬松的乌发梳着如意髻，只绾了一根翡翠簪子，不插珠花，不戴钗环，不抹脂粉，越发显示出一种天然婀娜的风韵。时而柳眉微蹙，墨眉、墨眼及长睫毛，似朵小墨菊花抖动；时而笑颜盛开，如云破月朗，芙蓉出水。她此时正在和身边另一女子说着什么，但见那丽人一张口，唇红齿白，燕语莺声。张生顿时呆立在佛殿前，浑身似一股强大的电流穿过，感觉有一点点眩晕，连法聪的连声呼唤也没有听见。

此时红娘正陪莺莺小姐准备进入佛殿，不知为何，莫名感觉有一束光斜刺里射过来。一扭头，红娘见不远处，一位书生模样的年轻公子就像一截木头一样，正呆立在佛殿前，木头上的那双眼睛痴痴地凝视小姐莺莺。红娘一见，心中暗笑，这个书生好生无理，就算是我家小姐花容月貌，哪有这样盯着人看的？难道你在读书的时候没有学过，这样子直勾勾地看人，特别是看漂亮女孩有失斯文的吗？她扭头对张生啐了一下，赶紧提醒小姐："那边有人，咱们赶紧回去吧。"此时莺莺也注意到了那束钉子一样的目光，心里又惊又喜，惊的是在这里竟然遇到了这样一位陌生的男子，喜的是这位陌生男子飘逸倜傥，风度翩翩，特别是竟然对自己那样含情脉脉。每个怀春的少女，见到异性的这种目光，心中都难免会有些又惊又喜又得意。听到红娘提醒，莺莺忍不住回头匆匆扫了"木头桩子"一眼，然后随红娘快步离开了佛殿，她也不知道为什么，自己的心里就像是藏了一只小兔子，怦怦直跳。

眼看丽人离开，直到看不见踪影，好半天，"木头桩子"才重新变回了张生。

张生使劲晃了晃头，又揉了揉眼睛，问法聪："刚才莫非是观音现身了吗？"

法聪早已把这一幕看在了眼里，忍不住暗笑：爱美之心人皆有之，只是如此痴迷入戏者，倒是不多见。

"先生快醒醒吧，哪里有什么观音，这是崔相国府里的莺莺小姐。"

张生哪里肯相信："不对不对，世间哪有这等绝色女子？莫非这就是传说中的闭月羞花、沉鱼落雁、倾国倾城的国色天香吗？"

佛殿奇逢——从清康熙四十二年（1703）刊本《绣像西厢》（清钱书撰）

张生抬头仰望着天空，双手抱拳："求求老天帮忙，赐我一次机会，让我再见一见这神仙一样的妹妹吧！"

法聪见张生痴汉般信口胡言，赶忙掩住他的口，说："快别胡思乱想了，人家莺莺小姐早就走远啦！"

法聪一边说着，一边拽起张生往回走。张生望着莺莺小姐离开的方向，恋恋不舍，一步三回头，口中还在不住地嘟哝赞叹。一路走来，心里已经打好了主意：着什么急去京城应试，反正考试还早，我先在这里会会莺莺小姐再说。

对了，得想个什么法子呢？张生放慢了脚步，沉吟了片刻。对，先从小和尚这里摸摸门道。

张生装作无意的样子，问法聪："相国家的小姐怎么会在普救寺中呢？"

"唉，说来话长。"法聪于是把崔相国去世，莺莺和母亲扶柩回乡因道路受阻，暂住普救寺的经过告诉了张生。张生听罢，"哦"了一句便默不作声。

大凡天下之事，蒙上天眷顾，机缘巧合是有的，比如今天巧遇莺莺小姐。但是，这样的天赐良机也是可遇不可求的，更多的机会往往是需要创造的。那究竟怎么创造和莺莺小姐再次相见的机会呢？张生再也没心思游览寺院，满脑子都晃着莺莺的影子。

走着走着，张生忽然心生一计，好主意！心里一喜，差点儿喊出声来。他偷偷地瞄了一眼法聪，幸好法聪并没有注意到自己的表情，于是满面含笑："法聪师父，小生我这次是奔往京城准备赶考的，眼下住在城中的状元店，那里其他都好，可惜就是闲杂人等太多，每天人来人往，环境太嘈杂，不方便读书。我看咱们普救寺环境清幽，是个读书的好地方，能不能麻烦你和方丈说说，把寺里的空房借我一间住，供我温习功课。至于房钱，定然不会少的。"

法聪何等聪明之人，听罢这话，心中暗笑，对张生的心思也已经猜出了七八分，只是不好点破："好吧，我回去问问长老，看看可否。"

张生赶忙拱手谢过，心里一半欢喜，一半忐忑，满腹心事地回到状元店。

5

每天鸡鸣即起，是普救寺长老法本多年的习惯。法本虽然已经年届七旬，可是鹤发童颜，精神矍铄，走路行如风，说话声如钟。主持寺中事务以来，法本每天早上起床之后，都是先简单洗漱一番，来到寺中各处走一走，这样既活动了筋骨，顺便也查看了寺中的情况。法本终日勤勉，治理有方，所以尽管寺中事务繁杂，却都被安排得井井有条。

今天早上，法本像往常一样，照例巡查完毕，安排了寺中诸事，回到禅房坐定，抿了一口茶，叫来了贴身弟子法聪："我昨日离寺赴斋，寺中可曾有什么事情吗？"

法聪赶忙上前："寺里的事情，都按照您的吩咐办理妥当。只是昨天有一个书生从洛阳到京城赶考，路过咱们普救寺，特地来拜访您，可惜不遇而返。"

一听说是读书人，法本精神一振，吩咐说："那今天你在门口多转转，说不定还会来。如果再见到这位书生，赶快请进来见我。"

"弟子遵命。"

法聪于是得空就到寺门口张望一番，等待张生。法聪心里料定，那痴情的张生，今天必定还会前来。

张生自从昨天在普救寺见到莺莺小姐后，茶饭无味，夜不安眠，满心里只惦记着：不知道还能不能再见到这位神仙一样的妹妹？不知道普救寺的长老是否回来了？不知道法聪师父是否和长老转告了我的话？不知道长老是否答应？

张生一大早起来，揣着满肚子的问号，哪里还吃得下早饭？简单梳洗一番，便不顾琴童吃饭的招呼声，匆匆出了店门，早早奔普救寺而来。

好在客店离普救寺不远，加上张生走得急，不一会儿，已经来到寺前。法聪按照长老的吩咐，早已到寺门口张望了好几次。张生一来，法聪一眼看到，老远就大声招呼："先生！我家长老正等着您来呢！稍等一下啊，我这就去通禀一声！"话音未落，飞奔进寺。

不一会儿，张生就望见法聪随一位长者来到寺门。心下猜想，这必是法本长老了。只见法本长老，身材挺拔，步履稳健，鹤发童颜，法相慈祥，疏眉朗目。法本声若洪钟："昨日老僧出门赴斋，先生远来，有失远迎。望先生恕罪！"

张生赶忙拱手相拜："小生张君瑞，久闻长老大名，昨日前来聆听长老教诲，不巧未能得见。今日相见，真是三生有幸啊！"

二人互相寒暄着，法本长老引张生来到禅房中落座。法本上下仔细打量了一遍张生，只见张生二十出头的年纪，头戴公子巾，身着素长衫，面色白净，眉目清秀，身材修长，举止斯文，浑身上下透出一股清新脱俗之气。心中暗暗赞叹：好一个俊逸书生！

"敢问先生家乡何处？高堂可好？"

张生开始见到法本的时候，见他神色庄重，举止不凡，本来还有些拘谨。可落座之后，见他面目和善，言语和蔼，不由得心生敬爱之情，原来的拘谨也一点点丢到脑后。现在听到法本问话，于是把自己的身世一股脑儿地告诉法本，自己的家乡在洛阳，自幼熟读经书，听先人教诲，大丈夫立世，应破万卷书、行万里路，所以成年之后喜欢到四处游历。自己的父亲曾经在朝中做官，官至礼部尚书，虽然身居高位，可是为官清廉，两袖清风，朝野上下有口皆碑。唉，可惜的是，父亲五十多岁年纪却不幸染病身亡，一年之后，母亲也追随先父而逝。说到这里，想到自己年纪轻轻，父母却早早离世，张生不由得有些黯然神伤。

见此情形，法本赶忙宽慰了几句，问道："先生此次来到普救寺，有什么事情吗？"

听到这话，张生没有说话，却从袋中取出一两纹银，双手奉上："长老，这是小生的一点微薄心意，请笑纳！"

法本长老虽然久居寺中，可是八方香客信徒往来不绝，阅人无数，对世事相当通透。俗话说："礼下于人，必有所求。"张生这样做想来必是有事相求，又不好开口吧。想到这里，赶忙摆手拒绝："先生何必如此客气！有什么事，老僧自当尽力！"

张生早就等着这句问话呢，只是一直没好意思开口。现在听长老这样说，于是嗫嚅了一下，又搓了搓手："小生……嗯……小生确实有一件事情想拜托长老，只是初次结识长老，不知是否当讲。"

法本见张生吞吞吐吐，欲言又止，满面涨红，心里莫名地喜欢起这个年轻人，赶忙解围："先生不必客气，有什么事请讲无妨。"

张生硬着头皮说："小生此次前往京城应考，路过河中府，暂住在旅馆之中。可惜旅馆环境嘈杂，小生无法清净读书，能否借宝刹闲屋一间，这样既可以容小生复习功课，还可以有机会聆听长老教诲。当然，按照寺里的规矩，租金自不会少的。"

张生说完，偷眼瞄着长老，那颗心"扑通扑通"直跳，既担心长老拒绝，又害怕长老看破了自己的心事。

法本原本以为有何难事，听到张生这样说，心里很是高兴。他本来就是善谈之人，平日里碰到言语投机的香客，都要聊上半天。现在张生前来，几句话，已看出他谈吐不凡，可真是正合了自己的心意。于是朗声答道："区区小事，何足挂怀。寺里的闲房不少，先生自己随意挑选一间就是。"

张生一听大喜，没想到长老是这样一个爽快之人！心里悬着的石头扑通落地，忙起身施礼拱手谢过："非常感谢长老！小生别的房间都不要，只想在寺里西边找间房就心满意足了。"

法本长老满口答应，立刻吩咐法聪安排寺里僧人打扫房间。张生喜不自胜，谢过长老就起身准备回到旅店收拾行李。正在这时，门外传来一个银铃般的声音："长老回来了吗？"

6

法本长老听到声音，赶忙起身出门，只见门外站着一位身着粉红衣衫的少女，十五六岁年纪，齐眉刘海下，忽闪着一双机灵的大眼睛。法本长老赶忙请她进入房中。

粉衣少女施礼拜过长老："小女子红娘拜见长老！我家老夫人吩咐红娘前来询问长老，什么时候给我家老相公做法事超度呢？"

张生站在一旁，心里一惊，这女子怎么如此面熟呢？哦，想起来了，不正是昨天见到的那位神仙妹妹身边的小丫鬟吗？当时只是匆匆扫了几眼，现在近处细细打量红娘，张生心里不由得暗暗赞叹：到底是大户人家，连一个小丫鬟的气质都非同一般。红润闪烁霞彩的脸庞，两条修长细弯眉毛下，一对秀目透出一股机灵聪颖。虽然只是面施薄粉，衣裙也并不十分华丽，可是言谈举止间，言语得当，落落大方。虽说只是一个婢女，却没有一点点轻佻粗俗之感。这时候，张生不由得浮想联翩，如果有朝一日，我张生能够把莺莺小姐娶入家中，一定求老夫人把这个伶俐可爱的红娘也一起给我。想到这里，张生似乎已经穿越到了那幸福的一刻，脸上禁不住露出了得意之色，猛一定睛，却发现红娘秋波一转，看似无意的一束目光扫了过来。张生顿时羞红了脸，赶忙低下了头。

法本长老听红娘原来是为这事前来，心里已有主张。于是朗声答道："老僧一直惦记着这件事呢。我已经把一切都安排妥当了，准备二月十五给老相公做法事，看看老夫人是否同意。只是这几天寺里事情多，还没有来得及请示老夫人，请姑娘回去禀告老夫人啊。"

红娘一听，心里有了底，莞尔一笑："既然如此，那我和您一起到佛殿看一看布置情况，然后回禀老夫人，等老夫人回话吧。"

法本长老点头称是，刚要出门，忽然想起张生还在这里，于是回过头来对张生说："老僧失陪了，请先生您稍坐片刻，我陪红娘到佛殿看一看，一会儿就回来。"

张生心想，我才不在这里呆坐呢，最好跟着一起去转转，运气好的话没准儿还能有机会和红娘套套近乎呢！于是赶忙说："长老不必客气。我也正好想瞻仰瞻仰佛殿。你们前面走，我跟随在后面就好。"

法本长老料定张生是个懂得礼法之人，一同去倒也无妨，再说，他一个年轻人，枯坐禅房，也实在无聊得很。

三人出了禅房，来到佛殿。法聪小和尚早已打开殿门，等候在这里了。

张生走近法聪，悄悄问道："是谁要给老相国做法事？"法聪低声告诉他，是莺莺小姐。随后感叹说，寺里的人都夸这位莺莺小姐太孝顺了！这个月十五是她为先父守孝最后的日子。为了报答先父养育之恩，所以莺莺小姐要做一场法事。

法本长老告诉红娘："难得莺莺小姐有这样一片孝心，老僧哪里敢怠慢？！给老相公做法事需要的斋供道场都已经准备好了，到十五日那天请老夫人和莺莺小姐过来拈香就好。"

听到这些，张生不由得暗暗赞叹莺莺，转而又暗自感慨：天下的父母养育子女，全都含辛茹苦，费尽心力；可是做子女的，又有几个能体会到父母的辛苦呢？父母在时，子女往往少不经事；等到年长，明白了父母养育之恩时，却又常常是子欲养而亲不待。唉，不用说旁人，自己不就是这样吗？

"唉！"想到这里，张生不禁长叹一声，心头一酸，泪水已经模糊了双眼。

听到叹息声，法本长老扭头问张生："先生为何事伤心？"

张生怆然答道："莺莺小姐本是女流之辈，尚且懂得这样报答父母。可叹我堂堂一男子汉，四处闯荡这么多年，自从父母离世之后，还没有回报过一陌纸钱，实在惭愧！"

说到这里，张生已经泪流满面："长老，求您念小生我思念父母之心，在莺莺小姐给崔相国做法事的时候，能不能容许我也供上一些钱，追赠一份斋给我的父母？"

张生说完，见法本长老半晌无语，似乎面有难色，于是再次深施一礼："求长老慈悲为怀，答应小生的请求吧！"

俗话说，百善孝为先，几个人听到张生这样说，都不由得暗中称道张生。其实法本长老对张生的请求，心中也默默赞许，对张生的好感，自然又增加了几分。只是人家崔家安排的法事，自己私自答应外人追荐斋供，担心郑老夫人怪罪。眼下见张生这样苦苦相求，法本长老犹豫了一会儿，终于一狠心，点了点头。长老看红娘兀自观察法事安排，趁她没注意，悄悄把张生和法聪招呼到一旁，吩咐法聪，十五日给崔相国做法事的时候，记住给张生带上一份斋供。张生听罢喜出望外，连忙深深一躬，施礼谢过。

看过法事安排，红娘看到布置很是周到，放下心来。法本邀请红娘和张生到房中喝茶，张生本想答应，可转念一想，还一直没有机会单独和红娘搭话，于是灵机一动，推辞说要出去方便，早早来到院子门口，等候和红娘搭讪。红娘因为急着给老夫人回话，也辞茶谢过长老，出得门来。

刚一出门，猛然间闪出一人，走到面前冲自己施礼，吓了红娘一跳，手抚狂跳的胸口，定睛一看，原来正是那张生。红娘心里有七八分不高兴，勉强还了个礼，冲张生道了万福。

"先生何事？"红娘面有不悦之色。

张生知道自己莽撞了，赶忙道歉说："姐姐恕罪！姐姐恕罪！小生急着找姐姐说话，不想冲撞了姐姐，请姐姐原谅！"

　　红娘心想，这张生倒也懂得礼法，脸色好了一些。

　　"姐姐是莺莺小姐的侍女吗？"

　　"正是，我叫红娘，先生有什么事吗？"

　　"红娘姐姐，幸会幸会。小生姓张，名珙，字君瑞，是洛阳人，刚刚二十三岁，是正月十七日子时出生，还没有娶妻……"

　　红娘一听，不禁笑着打断了张生："谁又问你这些了？"

　　张生此时也感到自己的这番表白有些心急，不太妥当，的确有些好笑，于是转移了一下话题："嗯……小生冒昧地问一句：你家莺莺小姐经常出来吗？"

　　好一个大胆的书呆子！素昧平生，这么冒冒失失地介绍自己，还敢来打听我家小姐的事情，真有些过分了！一股怒气不由得冲上心头。不过，红娘是何等聪明之人，转念一想，自然明白了张生的心思，这不分明是爱慕我家小姐吗？想到这里，红娘的心里不由得又有些得意，哼，算你好眼力！得意之色在脸上还没有停留一秒钟，红娘转脸又装出一副不高兴的样子，哼，这么冒冒失失，本姑娘得教训教训你这个书呆子！

　　红娘双臂交叉抱在胸前，一双秀目像两束耀眼的电光"唰"地直射向张生，唬得张生不敢直视，赶紧低下了头。

　　"我家老夫人身出名门，治家严肃，平时教我们做人务必冰清玉洁。在我们崔府，哪怕是十二三岁的男孩子，如果没有人召唤都不得随便进入中堂。有一回我家小姐偷偷出了闺房，被老夫人发现，当下就把小姐叫到庭下训斥：'你身为女孩子，私自离开家门，倘若遇到贪色之流偷窥于你，你不觉得难为情吗？'我家小姐听罢非常惭愧，答应母亲，从今以后会改过自新，再也不会犯这样的错误了。老夫人对待她的亲生女儿尚且如此严厉，更何况是对待我们这些下人呢？另外，看先生也是读书识字之人，想必也学习过先王之道，说话做事理应遵从周公之礼。先生难道没有听孟子老先生说过'男女授受不亲'的道理吗？正人君子，难道不应该'瓜田不纳履，李下不整冠'吗？难道不应该'非礼勿视，非礼勿听，非礼勿言，非礼勿动'吗？！今天是遇到红娘我了，算你走运，如果碰到我们家老夫人，今天啊你就死定了，老夫人肯定不会与你善罢甘休。记住，今后说话，该问的则问，不该问的，不要瞎问！"

　　哎呀呀！好厉害的红娘，好个伶牙俐齿的红娘！一席话，连珠爆豆般劈天撒下来，直噎得张生哑口无言，满面通红，羞愧不已，只深深地低着头，除了连声诺诺，再不敢说一句话。

　　过了好半天，张生耳边再没有红娘的斥责之声，才偷偷抬起头来，发现人家红娘早就走了。留下张生一人，呆呆地立在门前，脑子里边乱哄哄像一团麻，一点儿头绪都没有。

　　唉，想来怨就怨老天吧！老天，你为什么让我遇到了美若天仙的莺莺小姐？唉，也怨那莺莺小姐，昨天邂逅的时候，你为什么非要回头看我一眼呢？你若是不理不睬，我也索性死了这颗心，要命的是你那一回头，特别是那两潭秋波，含情脉脉，又怎能不让我心生希望！嗯，不对，想来莺莺小姐可能对我是有点情意，只是母命难违，要怪就应该怪老夫人了。老夫人啊，您的管教未免太过严苛了吧！唉，也不对，张生转念又一想，天下做父母的，都担心女孩家被陌生男子拨动芳心，唯恐碰到不仁不义之徒吃亏上当。唉，老夫人啊，您哪里知道我张生的为人，我出身官宦之家，家教严谨，从小父母就教我为人之道，我张生怎么会是那等始乱终弃的薄情郎！上天啊，如果您给我一次机会，让我有幸得到莺莺，我一定好好珍惜，含在口中怕化了，捧到手中怕摔了。如果问我对莺莺的爱能坚持多久，我会说，是一万年！

　　"唉！"张生长叹一声，耳边一会儿响起昨天莺莺的燕语莺声，一会儿又响起红娘伶牙俐齿的训斥，一会儿又联想起那未曾谋面的郑老夫人冷若冰霜的神态，可是所有这一切，最终都遮不住莺莺那窈窕的身影，俏丽的面庞，特别是昨天那匆匆的回眸，那一波秋水，更是让张生的思绪千回百转，心神荡漾。

　　心乱如麻！心乱如麻！此刻的张生，宛如经历了一场大仗，精疲力竭，又没精打采，慢慢走出了寺门。哎呀！不对！还没有和法本长老辞行呢！对了，还得问问长老，房子准备得怎么样了。张生猛然间想起，于是又急忙回转身，来到长老房前。

　　法本长老见张生一去，这么长时间也没有回来，正在纳罕，现在见到张生回来，连忙迎上前去。未及开口，就听张生询问房舍准备情况，于是答道："塔院的侧面西边有一间闲房，通风宽敞，也很清净，先生可以住在那里。现在房子我已经吩咐人打扫干净了，先生随时可以搬来住下。"

张生听了很是高兴，一桩心事了却，赶忙深施一礼，谢过法本长老，回答说自己马上回客店搬来行李入住。

法本长老见张生话毕匆忙就要出门，想趁着吃饭两人再好好聊聊，于是挽留说："不急，不急，先生吃了斋饭再回客店吧。"张生这个时候才觉出肚子的确有点饿了，于是答应："太好了，多谢！请您老准备好斋饭，我回客店把东西搬过来再来吃斋。"法本见张生如此爽快，心里又添了几分喜欢。于是嘱咐张生，速去速回，一定赶来吃斋饭。张生再次谢过，快步返回客店。

回到客店，张生看这里人来人往，好不热闹，忽然又有些恋恋不舍起来。张生本不是那种两耳不闻窗外事，一心只懂啃书本的书呆子，他天性活泼，仗义豁达，为人率真，不拘小节，也喜欢和人交往。客店里热热闹闹的，寂寞的时光还容易打发；如今真的搬到寺中居住，那里必是古刹佛影，孤灯一盏，寂静清幽。如果不是为了莺莺小姐，漫漫长夜，可如何挨过！

7

普救寺西院，莺莺小姐房中。

莺莺放下手中针线，心绪不宁。母亲吩咐红娘去问长老给父亲做法事的安排，去了半晌，这小丫头怎么还不回来？红娘贪玩，莫非又跑到哪里玩耍去了不成？

正思忖间，忽然听到院中传来脚步声响，是红娘回来了。"吱呀"一声，房门打开，红娘走进屋来。

莺莺故意不理她，装作没看见，连头也没抬，继续做自己的针线。红娘扫了一眼，一下子看出来小姐不悦，心里明白小姐嫌自己出去时间长了，回来晚了，她也知道其实小姐是不放心自己。她自幼来到崔府，一直和小姐在一起，手足般亲近，名为主仆，实似姐妹。

红娘赶忙来到莺莺近前，俯身下来，仰头盯着莺莺，满脸含笑："小姐不要生气啊。我去方丈那里问好了以后，先去回禀了老夫人才回来的，没敢耽搁啊。"

莺莺见红娘亲昵地来哄自己，板着的脸再也绷不住，终于笑着问："和长老说好什么时候做法事了吗？"

"长老都准备好啦，二月十五日，请夫人和姐姐去拈香。小姐，我今天看了，那个做法事的大殿布置得可好了！"

听到这话，莺莺轻轻"哦"了一声，似乎是心中一块石头落了地。

见到小姐眉头舒展，红娘又靠近了一些，拉着小姐的手，放低了声音说："姐姐，今天我还遇到了一件好玩儿的事情，你想听听吗？"

莺莺一听，忍不住刚想问"什么事"，转念一想，谁知道这小丫头又有什么鬼点子！不能让这小丫头牵着走，于是故意又低下了头，拿起了针线，装作无所谓的样子，默不作声。

红娘见莺莺不搭腔，自己终于忍不住，自顾自说来："前天咱们在寺中遇到的那个书生，姐姐还记得吗？今天我又碰到他了。"说到这里，红娘故意停了下来，两只大眼睛盯着莺莺。莺莺眉头一跳，却没有搭腔。红娘接着说："今天我去找法本长老，那个书生也正好在方丈房中说话呢。等长老安排好了法事，我出门回来的时候，那书生在门口等着我呢。小姐，你猜，他说了啥？"红娘又停下来，等着莺莺问话。莺莺终于忍不住问道："他说了什么？"话出了口，莺莺才觉出不妥，他说什么和我有什么关系？不觉羞红了脸，手里的针线也乱了针脚。

红娘微微一笑，学着张生的样子，说："那书生在门外，等我出来，弓着身子给我深施一礼，说：'小生姓张，名珙，字君瑞，是洛阳人，刚刚二十三岁，是正月十七日子时出生，还没有娶妻……'小姐，你说可笑不可笑，谁问他这些了啊？"

听到这里，莺莺也忍不住笑了，好一个书呆子，简直傻得可爱！转念一想，不对啊，他和红娘说这个是什么意思？再一想，不禁又有些脸红了。

"他还问，我是不是小姐您的使女；还问小姐常出来吗。"

莺莺有点着急："那你怎么说的？"

"我呀！我抢白了他一顿。世上竟然有如此可笑之人，我家小姐出来不出来，和你有什么关系？你凭什么打听？我凭什么告诉你？真不知道他怎么想的！"

莺莺听过，"哦"了一声，似乎若有所思。

这下子红娘可猜不透小姐的心思了，自己这样做，是对呢，还是不对呢？沉默了一会儿，莺莺嘱咐红娘："这书生，确实可笑。不过，这件事可要小心，就此打住，千万不要跟老夫人提起啊！""放心吧！小姐。"这次红娘明白了。

俩人说话间，不觉红日落尽，明月升空。天色已近一更时分。

"天色不早了，你快去准备香案吧，该去焚香了。"莺莺吩咐红娘。

8

张生吃过晚饭，走出房间，只见天空澄澈，月光如水，寺内花影婆娑，清风习习。寺中居住，虽然房间不大，一床一桌一凳，可是布置得很是简洁雅致。最让张生满意的是，这里距离莺莺小姐的房间不远。听寺里的法聪小师父说，莺莺小姐每到月明之夜，都要出来在花园里焚香拜月。张生白日里已经仔细看过，这个花园和自己的房间正好挨着，心里很是高兴：等到莺莺小姐出来，一定要躲在太湖石假山后面，好好地欣赏一下美人月下焚香。

张生正在仰望着天上的明月遐想、踱步，不觉一更已过，寺里的和尚们都已经陆续入睡了，整座寺院显得格外幽静。夜色中，只偶尔传来一两声鸟鸣。

正在这时，只听见花园的角门"吱呀"一声，一缕暗香飘来，直沁入心脾。

"红娘，把角门打开，香案抬出来，就放在太湖石旁边吧。"好清脆好柔美，好熟悉好亲切！正是莺莺小姐的声音！张生的心狂跳不已，赶忙躲到太湖石后面，伸长了脖子偷眼观看。只见那莺莺小姐，一头秀发看似随意地松松地绾了起来，隐隐地闪着光泽。一身素色衫子，衣领低开，露出雪白的脖颈，在月光下分外迷人。真好似那传说中的湘陵妃子，斜倚着舜庙的朱扉；又宛如那月宫里的嫦娥，隐隐约约情影流连。好一个绝色女子啊！张生直看得目瞪口呆，脚步也挪动不得，似乎连呼吸都已经忘记了，瞬间石化为一尊石像，石像的胸膛里，一颗心在扑通扑通兴奋地跳着。

这边香案已经摆好。莺莺吩咐："红娘，取香来。"待红娘取香过来，莺莺纤纤玉指轻轻拈起一炷香，秀目微合，口中低声祷告："这一炷香，祝

墙角联吟——从清康熙四十二年（1703）刊本《绣像西厢》（清钱书撰）

愿已去的先人，早日升入天界。"拜罢，再取一炷香："这一炷香，祝愿我的老母亲，身体安康。"等到取了第三炷香，却久久无语。这时红娘走过来，朗声祷告："这一炷香，祝愿我的莺莺姐姐早日找到如意佳婿，我红娘也就早有安身之所啦！"原来按照当时的风俗，小姐出嫁的时候，可以带着自己的婢女一同嫁到夫家，小姐为妻，婢女为妾，共事一夫。所以红娘这一拜，既为小姐，也算是为自己的终身大事。

听到红娘的祷告，莺莺微微苦笑，俯身再拜，心中无限伤心事，尽在深深两拜中。三炷香焚过，莺莺小姐轻轻地长叹了一声，似乎心事重重。

张生见此，心头一动：看小姐好像有心事啊。那小姐究竟有何心事呢？又怎么才能得知小姐的心事呢？哦，对了，想当初汉代的才子司马相如曾经用琴声试探卓文君，最终抱得美人回。今日我张生虽然没有司马之才，莺莺小姐是否有文君之意呢？不妨试她一试。

可是今日不巧没有带琴前来，如何是好？张生略一沉吟，有了！我且吟诵一首绝句，看莺莺小姐如何回应。拿定主意，张生略加思索，脱口而出："月色溶溶夜，花阴寂寂春。如何临皓魄，不见月中人？"

莺莺小姐正沉思间，猛然听到有人吟诵，大吃一惊，不禁失声道："什么人在墙角吟诗？"不想红娘听罢却"扑哧"一笑，不以为意，告诉莺莺："听这声音，除了那个二十三岁不曾娶妻的傻家伙，还能是谁？"说罢红娘掩口笑个不停。莺莺却转惊为喜，真是好诗句！如此多情才子，怎不令人爱慕呢？不由得对张生添了几分喜欢。于是禁不住赞叹说："好清新的诗句，我也依韵和一首吧。"也是略加沉吟，即脱口吟诵："兰闺久寂寞，无事度芳春。料得行吟者，应怜长叹人。"张生听罢，心中赞叹：好敏捷的应答！语句清晰，音律相合，好诗！好诗啊！如此佳人，明明可以拼脸，却偏偏有如此才华，这样才貌俱佳的女子，真是可遇难求啊！

张生激动不已，正要起身迎出，却听到那红娘说："姐姐，这里有人，咱们回去吧，免得老夫人惦念。"好个可恨的红娘！好个可恶的刁丫头！张生心里禁不住愤愤然。

莺莺这时才注意到，月亮已经高高地升到了头顶，夜已渐深。心里明白了红娘的用意，这么晚了，还不回去，唯恐母亲听到风声，那可就麻烦大了。于是莺莺一步三回头，恋恋不舍地随着红娘一起回到自己的房间。

月光下，花园里，假山旁，只留下张生孤零零一人和他孤零零的一个身影。唉！明月啊，请你告诉我，为什么美梦刚刚开始就这样匆匆醒来？漫漫长夜，知心人不在，却让我如何安眠？

9

二月十五日，河中府普救寺。

平日里本已森然庄严的普救寺显然又经过一番整饬，今天显得更加神圣肃穆。

一早斋饭完毕，法本长老召集寺中众僧，告诉大家今天是为崔相国举行法事的大日子，郑老夫人和莺莺小姐要在法事上拈香。大家都要各司其职，不能出什么差错。众僧听罢，纷纷散去，各自准备。

见众人都离开了，法本长老把法聪叫到身边，低声叮嘱，趁着郑老夫人未到的时候，先安排张生为他的父母拈香。万一郑老夫人问起，就说张生是长老的亲戚，以免夫人责怪。法聪点头："长老请放心吧。"

今天张生早早起床，简单梳洗完毕，换上一身干净的衣服，就匆匆出得门来。等来到佛殿，天边还有几颗星星在若隐若现地闪烁呢。

梵王殿外，深蓝的天际，一轮明月淡白的影子依稀可见。重重叠叠的琉璃碧瓦之间，青烟笼罩，旗幡飘动，寺内众僧的诵经声已经响成一片，众多施主也都已早早等候在殿外。不多时，寺中法鼓金铎声大作，二月春雷般响彻殿宇；钟声佛号绵延不绝，在寺庙林宇间久久盘桓。

见张生早早来到，法本长老低声嘱咐张生："先生先拈香吧，唯恐等一会儿郑老夫人来了怪罪。如果有人问起，先生就说是老僧的亲戚。"张生心里赞叹法本做事如此融通周密，连声谢过长老。

张生快步来到香案之前，取过一炷香，倒身下拜，心中默念："一炷香，祝愿仙逝的父母高堂、列祖列宗天堂里逍遥自在。"拜过，又取下第二炷香："二炷香，祝愿健在的各位亲朋好友诸事顺利，身体安康。"

张生拈起第三炷香，见左右无人注意自己，压低了声音祷告："小生恳求佛祖保佑，红娘不要这么调皮，老夫人不要阻拦，早日成全我与莺莺小姐幽会成功。"

三炷香拜过，张生退到一旁。

这时法本长老陪着一位妇人走进了大殿。只见那妇人五十岁上下年纪，体形丰满，面容端庄，神色中透着一股威严。妇人后面，跟着莺莺，红娘伴在莺莺的身旁。

原来是郑老夫人和莺莺到了。

郑老夫人环视了一周，不禁微微含笑，看起来对法事的安排比较满意。随即对法本说："烦劳长老拈香。"接着又对莺莺说："咱们过去吧。"

张生偷偷地轻声对身旁的法聪说道："多谢小师父您的诚心祷告，神仙妹妹果真来了，小生有幸相见。"

张生的目光就像舞台上的两束追光，一步不落地落在莺莺身上。只见那崔莺莺，一身素白罗裙，清新素雅；脸上淡淡地涂了一层脂粉，更衬得一张粉嫩的樱桃小口分外娇艳；两颗黑葡萄似的大眼睛，似幽似怨似含情，又好像是两潭盈盈秋水，波光流转，深不可测，真是让人猜不透她的心思。张生隐隐感到，桃花下，月影中，殿堂里，每次见到莺莺，都会感受到她不同的风韵，或俏丽，或幽婉，或娇羞，或者兼而有之，唯一不变的，莺莺小姐还是那样素雅而美丽，沉静而神秘。

郑老夫人和莺莺在大殿中拈香祷告完毕，法本长老带着她们到大殿旁的房间休息。

等到落座，法本长老对郑老夫人说："老僧有一件事情，不知当讲不当讲？"

郑老夫人呷了一口茶："长老有什么事请讲，不用客气。"

法本长老起身施礼："谢过夫人！老僧有个落魄的亲戚，名叫张珙，自幼饱读诗书，父母亡故以后，思念父母，他听说寺中这次为崔相国做法事，央求我说想借这次法事，也附带一份斋供，追荐父母，老僧被他一片孝心感动，就私自答应下了。担心您不高兴，本来想不告诉您，可是老僧反复思量，出家人诚实为本分，所以还是告知您，希望您能答应，不要怪罪老僧。"

崔老夫人听了，微微一笑："长老不用客气，这又不是什么大事。再说年轻人追念父母养育之情，很是难得。"

听郑老夫人这样说，法本长舒了一口气。

"对了，那位年轻人在哪里啊？我见见他。"郑老夫人看起来饶有兴致。

斋坛闹会——从清康熙四十二年（1703）刊本《绣像西厢》（清钱书撰）

法本长老心里欢喜，赶紧派人去请张生。张生一直等在殿外，并未走远，听说郑老夫人呼唤，心里先是一惊，惊的是不知道老夫人叫自己有什么事；接下来又是一喜，喜的是不仅可以再次见到莺莺，而且还可以见过莺莺的母亲，怎么说也不是一件坏事。就这样心下忐忑着，赶紧整了整头巾，又掸了掸衣服，快步进来拜见郑老夫人。郑老夫人见张生一表人才，彬彬有礼，特别是那双眼睛，清澈明亮，透出一股聪慧之气，心里很是喜欢。问了张生几句出身家世，张生都应答自如。郑老夫人听了心中不禁暗暗惋惜，这么秀雅的一个书生，如果有个功名就好了，可惜了，是个布衣秀才。

这时，有僧人进来，告知法事即将开始，于是众人一同来到大殿观看法事。

为了报答崔相国的知遇之恩，法本长老对这次法事的安排，自然是竭尽全力。只见大殿之上，香烟袅袅，弥漫升腾，笼罩了整座寺庙；法鼓金铎高低错落，响彻云霄；和尚们的诵经声响彻大殿，回声阵阵，绕梁不绝。

郑老夫人和莺莺等人缓步来到大殿，一时间，旁观的香客们都纷纷扭头来看莺莺，人群中不时发出啧啧赞叹之声。紧接着，原本秩序井然的僧人们也纷纷把目光投向莺莺这里。

红娘在一旁看得清楚，不禁偷偷地哑然失笑。扭头再一看那自称"未曾娶妻"的，也正在傻傻地盯着小姐，那目光寸步不离，红娘狠狠地瞪了他一眼。可惜的是，那傻东西却浑然不觉，红娘沮丧地哼了一声。

法事就在众人的心猿意马中完成了。想来众人对法事本身未必有什么印象，但是莺莺小姐的芳容必将成为很多人魂牵梦萦的牵挂。普救寺中，住着一位美若天仙的莺莺小姐，这个消息从这一天开始，像长了翅膀，迅速传遍了全城。

此时方才残月西沉，晨钟敲响，鸟儿鸣叫。法本长老说："天亮了，老夫人和小姐请回去歇息吧。"郑老夫人和莺莺谢过长老，返回了自己的宅院。

张生站立一旁，也禁不住悄悄伸了个懒腰。闹闹哄哄，忙了半宿，终于结束了。对这样的法事，张生本来没有什么兴趣，如果不是想着为自己的父母献上一份斋供，如果不是为了多看莺莺小姐一眼，他才不稀罕呢。唉，可惜的是，莺莺小姐在这里的时间太短了，如果能够在这里多停留一会儿该多好！可爱的莺莺小姐为什么那么急匆匆地就离开了呢？美好的时光为什么都像闪电一样过得这么快呢？为什么？看来，人生不如意者十之八九，思念总是太漫长，幸福总是太短暂！

第二章

1

寺中的日子，平静如水。

这一日，普救寺中众僧人晚课完毕，刚刚准备歇息，法本长老正在禅房中打坐。

"噔！噔！噔！"一阵急促的脚步声越来越近，禅房外突然急匆匆闯进一人，来人跑得上气不接下气，目光中满是焦急和恐惧。法本长老微微睁开双眼，见来人原来是今晚在寺门口值班的僧人。

"这么晚了，什么事情这样惊慌？"

值班的僧人气喘吁吁地回答："禀告长老，门外突然来了很多士兵，他们点名要您出去答话呢！"法本长老一听，心中暗自惊讶：什么人如此无理，这么晚了还敢来打扰我普救寺安宁？法本长老赶忙起身，快步来到寺门口，往外一看，不由得倒吸了一口凉气：只见寺门外黑压压一片人马，火把映红了一片天空，锣鼓喧器，旌旗晃动。仔细观看，只见旗上写着一个斗大的"孙"字。法本长老一见，心中一冷，坏了，莫非是孙飞虎不成？

孙飞虎是何许人也？

距离普救寺不远，有一个地方叫河桥，由于地势险要，历朝历代都有重兵把守。如今，负责镇守河桥的军队，领头的将军就是孙飞虎。孙飞虎本来是当地的一个小地痞，自小习得些拳脚，平日里吃喝嫖赌，欺压百姓，称得上是劣迹斑斑。若是清平时节，这样的货色迟早落得个进班房的下场。可惜这些年天下动荡，政务混乱，孙飞虎凭借着三拳两脚的功夫，投靠了当地的守军将领。这个将领从外地初到河中府，根本不了解当地民情，加上平庸无能，整天只顾忙着吃喝玩乐，搜刮地皮，哪里管孙飞虎是什么角色。孙飞虎深知为官之道，那就是溜须拍马，曲意逢迎，还经常把搜刮来的财宝献给上司，于是上司对孙飞虎也就睁一只眼闭一只眼，后来竟然派他守护河桥。这样一来，孙飞虎越发变本加厉，抢劫民财，强占民女，简直可以说是无恶不作，名为官军，实际上比土匪强盗还霸道，百姓闻之色变，叫苦不迭，只是敢怒而不敢言。

　　前一段时间，普救寺为崔相国做法事，崔莺莺当众为亡父拈香，莺莺的绝世美貌惊艳一时。由于法事规模浩大，围观的百姓众多，莺莺绝世美貌的消息飞一样在城中传扬开来，消息自然也传到了孙飞虎的耳朵里。孙飞虎不仅贪财，更是好色之徒，自从发迹之后，已经连抢带骗网罗了四个年轻女子在家中。即便如此，还不满足，听说莺莺有倾国倾城的美貌，孙飞虎顿时心痒难耐，垂涎三尺。只是和其他女子相比，莺莺毕竟是前朝相国的千金，另外，现在又借住在普救寺里，普救寺的那老和尚法本也不是好惹的，总得想个什么计策才好。可惜孙飞虎色胆包天，却没有一丝谋略，一段时间以来，他绞尽脑汁，思来想去，到底也没有想出什么好办法。管他娘的，相国已经死了，老子还怕他何来！老子手里有现成的军队，那普救寺又不是什么铜墙铁壁，料那些秃和尚也挡不住老子手里的刀枪！干脆，直接抢吧！

　　主意已定，事不宜迟，说干就干！这天晚上，孙飞虎带了手下五千名士兵，倾巢出动，人衔草，马衔环，秘密行军，悄悄地赶到普救寺。由于行动诡秘，等到普救寺值班的僧人发现情况不对，早已为时过晚，整个普救寺已经被孙飞虎围了个水泄不通。

　　见到法本长老出来，孙飞虎派一名手下催马上前，趾高气扬地一扬马鞭："老和尚你好好听着，我家孙将军今天来普救寺，也不难为你们。自古英雄爱美人，我家将军喜欢莺莺，只要你们把崔莺莺交出来，保你们平安无事，如果不交，哼哼！"他冷笑了一声，挥鞭指了指身后的军马："看到了吗？我们这五千人马，立刻就把你们寺庙踏作平地！"

　　法本长老初到庙门的时候，看到黑压压的贼兵，心里大惊，现在听到这话，不禁大怒：虽然早就听说孙飞虎依仗手中的兵权，平日里为非作歹，可没有想到会猖狂到这个地步。想来普救寺也不是普通的无名小庙，虽然比不上当初武皇时候的气势，可毕竟还是一座远近知晓的名寺；况且崔莺莺小姐还是堂堂前任宰相的女儿，是你孙飞虎可以随随便便想欺负就欺负的吗？这贼，真是胆大包天了！

法本长老直气得一颗心突突乱跳，双手都禁不住直打哆嗦，真忍不住想破口大骂。可是转念一想，那孙飞虎是一介草莽武夫，如果硬碰硬，激怒了他，莽撞之下真的攻打普救寺，我们毕竟不是他的对手，只会眼睁睁地吃亏啊！法本长老本是事事通达、处事融通之人，他强压心头的怒火，冷静下来，眼下第一步必须先稳住这些贼兵，再抽出时间寻找退敌的计策。想到这里，法本长老表面上装作很镇定的样子说："请将军少安勿躁，这件事情，请容老僧我回去禀告一声郑老夫人，我们商议商议。请等我的回话。"

法本长老快步回到寺中，径直来到郑老夫人房前。此时早有人飞跑着把孙飞虎带兵来抢莺莺的事告诉了郑老夫人，郑老夫人一听，简直是一声晴天霹雳，同时又感觉不可思议，堂堂普救寺，堂堂相国的女儿，那个贼孙怎么会有这么大的胆子？郑老夫人从京城来，到了河中府，又住在普救寺中，平日里很少出寺门，自然没听说过这个孙飞虎。正在将信将疑的时候，法本长老匆匆来到门前，她赶忙迎出房门，把法本请进房中。

法本长老的话，把郑老夫人的猜疑变成了不幸的现实。郑老夫人真是又急又气，就快掉下眼泪来，情急之下，却束手无策。法本长老见了，赶忙宽慰说："这件事牵涉到莺莺的终身，不如和莺莺一起商量一下，看看能不能想出一个好的对策。"郑老夫人一听，一时也没有别的好主意，赶忙点头答应。等不及招呼莺莺过来，二人就急急忙忙奔往莺莺的房间。

2

平日里莺莺就不喜欢出门热闹，总是躲在自己的房间里，安安静静，不是读书、作画，就是做些女红，一颗心平静如水。可是，自从那天晚上在花园月下焚香见过张生后，不，也可能是从看桃花邂逅的那次起，一颗春心突然开始萌动，一连几天，吃不香，睡不着，全部心思几乎都放到了这个俊朗的书生身上。此时的莺莺，又兴奋，又纠结。兴奋的是，十几年来，自己终于遇到了一个喜欢的男子；纠结的是，父亲在世的时候，已经答应把自己嫁给母亲的侄子，也就是自己的表兄郑恒。父母原本想亲上加亲，女儿的终身大事也就有了依靠，可是对这个郑恒，莺莺打心眼儿里不喜欢。小时候在一起玩耍的时候，这个表兄就狡黠顽皮，也不知道哪里来的那么多歪点子，常常欺负自己。长大以后，不好好读书，也不想习武，文不能文，武不能武，特别是他的父母去世以后，再也没人管束，整天就是和一帮狐朋狗友鬼混，游手好闲，坐吃山空，眼看那个家都快被他败光了。莺莺的父母看到郑恒这样不成器，也暗暗后悔把女儿许配给他，好在当时并没有立下文书字据，应该还有反悔的余地。小时候的莺莺不懂这些，可是这几年渐渐长大了，也开始想到自己的终身大事。虽然身在深闺，但在梦中，莺莺常常梦见自己的白马王子，虽然模模糊糊看不清楚面目，但可以肯定的是，绝对不是郑恒这种类型。自从那天在佛殿前第一次见到张生，莺莺的心就再也没有平静过，这不正是自己在梦中常常邂逅的白马郎君吗？一想到这些，莺莺总是不由得脸红心跳，偷眼看看身边并没有别人，只有跟随了自己多年的丫头红娘，莺莺才放下心来。这个红娘可是个鬼机灵的丫头，自己的心思会不会被她看穿了？要不然，为什么前几天告诉我那个张生不曾婚娶的话？莫非是在试探我吗？

莺莺是个羞怯的姑娘，平常时候，要是母亲让她见个客人，总要磨蹭半天，感觉很难为情，如果见到个生人，都要羞得满面红霞。莺莺自己觉得奇怪的是，自从见了那个人，怎么立刻觉得那么亲切呢？你看他：身材那么挺拔，玉树临风；面庞那么清秀，浓眉朗目；举止那么斯文，说话又那么温婉；再想想那夜的那首诗，韵脚多么整齐，和诵得多么清新，真是有才有貌，翩翩君子啊！可是，他知道我的心思吗？唉，谁肯和他通个音信，把自己的心思告诉他呢？

有几次，莺莺下了决心，自己出去，去见见那个张生，把自己的想法痛痛快快告诉他。每当这时，莺莺就会发现，红娘像个小尾巴一样，自己走到哪里，她就跟到哪里。红娘跟着自己这么多年了，从来没有觉得有什么不妥，可是现在，莺莺突然觉得红娘有些令人讨厌了。

"红娘，每次我出门，你都像个讨厌的影子，怎么到哪里都跟着我？"

红娘听莺莺小姐责怪，不由得急红了脸，辩解说："这可不怨我啊，是老夫人吩咐我要跟着小姐的。"一着急，红娘说了实话。

　　莺莺恍然大悟：我那娘啊真是好没意思，这样子提防着人家，我可是您的女儿啊，不是贼！哼！您把我管束得这么紧，哪里是为我着想，还不是为了崔家的面子？担心我这女孩子做了什么不体面的事儿，丢了崔家的颜面！莫非，只有嫁给您那个浪荡的侄子郑恒，才算不失体面，您才心满意足吗？可是，娘啊，您考虑过女儿的感受吗？难道女儿不是您亲生的骨肉吗？这个念头一闪出，就吓了莺莺一跳：自己真是气糊涂了，怎么会怀疑娘亲不是亲生呢？想到这里，莺莺不由得又苦笑着摇了摇头，无奈地叹了口气。

　　其实，最近红娘也发现了莺莺的变化。这些日子，小姐茶饭不思，心神不宁，似乎都有些日渐消瘦了，真是让人心疼。小姐从来没有像现在这样心事重重，自从见了那张生，就变成了这个样子，莫非……红娘心里似乎明白了些什么，可还不敢确定，只是更加小心地伺候小姐。每天都是早早地把小姐的被褥铺好，点燃熏香，祈祷小姐能睡个安稳觉。

　　莺莺看到红娘比往日更勤快了，自然也明白红娘的心意，但这又有什么用呢？绫罗的被子寒气森森，你就是把那名贵的麝香熏尽了，也不会带来丝毫的温暖啊。哎，也不对，到底还是有一些温暖的，想起那夜张生的赠诗——"月色溶溶夜，花阴寂寂春。如何临皓魄，不见月中人？"每一句话，每一个字，莺莺都已经翻来覆去默念了不知道多少次了，真是字字含情，暖意融融啊。可惜，如今空有诗在，却不能和他相见。每当想到这些，可怜的莺莺坐也不安，睡也不稳，心想出去登高散散心，身体却又懒得动弹。可是这样枯坐，又烦闷无比。一天天就这样思绪纷纷，昏昏沉沉，纠结不已。

　　这天晚上，莺莺正这样百无聊赖间，忽然响起了急促的敲门声。这么晚了，谁还会来呢？莺莺不禁有些纳闷儿。红娘赶忙跑去开门一看，原来是郑老夫人和法本长老站在门口。

　　"天这么晚了，母亲有什么事吗？"

　　"唉，可是不得了了！"

　　郑老夫人喘着气，一边说着，一边进了房间。

　　"莺莺啊，有个贼兵头子叫孙飞虎的，你听说过吧？他来啦！"

　　"他来做什么？"莺莺更加莫名其妙了，这个名字，她隐约听说过。

"是为了你啊！这贼人带着五千士兵，现在就堵在寺门口，说要抢你回去成亲哪！这可怎么办呢？"说着，郑老夫人落下泪来。

就在这时，孙飞虎的军士在门外高声喊叫："寺里的人都给我听着，限你们三天内把莺莺献给我们将军成亲！胆敢三天内不送出，我们就火烧寺庙，寺里的僧人全部斩首，一个不留！"

听到这里，莺莺母女更是心乱如麻，两人泪眼婆娑，却不知如何是好。这孙飞虎如狼似虎，大军压境，寺中哪里有人能够抵挡得住？唉，真是叫天天不应，叫地地不灵啊！

郑老夫人哭着说："我这一把老骨头，就是死了，倒也罢了，可怜莺莺你青春年少，尚未出嫁啊，这可怎么办呢？"说着眼泪又刷刷地流了下来。

眼下莺莺已经从最初的慌乱中清醒了一些，看到母亲这样难过，于是安慰母亲说："我倒是有个主意……"

"有什么好主意？快来说说看！"众人几乎异口同声地问道，几道目光全都盯着莺莺，急切地期待着答案。

"我这个主意有以下五个好处：第一，可以保护老母亲您免受摧残；第二，可以挽救普救寺，免受焚毁之难；第三，可以保住寺中僧人的性命，大家平安无事；第四，先父的灵柩能够得以保全；第五，"说到这里，莺莺看了看傍在母亲身边的弟弟欢郎，终于忍不住眼中的泪水，倏然滑落，"我们崔家的香火也可以延续。如果孙贼攻打寺庙，玉石俱焚，欢郎还小，可就断了我们家的血脉。"欢郎听了，紧紧抱住莺莺，大哭着说："姐姐不要挂记我！"

郑老夫人等不及，有惊喜更有些疑惑："有这么多的好处，快说来听听，到底要怎么办？"

"把我送出去，嫁给孙飞虎这个贼人！"莺莺一字一句，几乎是咬牙切齿地说。

"不行，不行，不行！"一听到这话，郑老夫人的头摇得像个拨浪鼓。本来还以为莺莺有什么奇谋妙计，原来却是这么个馊主意！殷切的希望破灭了，随之而来的是更深切的失望。

"我们崔家从来没有做过伤天害理的事情，老天为什么这么惩罚我们啊？如果把你嫁给这个贼人，不单是把你的一辈子给毁了，还辱没了咱们崔家的名声，等我死了，怎么有脸去见列祖列宗啊?!"

听罢母亲的哭诉，莺莺真是又悲又气：悲的是，自己命苦，偏偏碰到了孙飞虎这贼人；气的是，都到这步田地了，母亲心心念念的，更多的竟然还是如何保全崔家的名声。罢，罢，罢，莺莺擦干了眼泪，愤然说道：

"既然如此，总不能因为我自己，害得大家都不得安生。既然不能嫁给贼人，干脆，不如我吊死，把我的尸身给了他们算了!"欢郎哭得更厉害了，紧紧地抱住莺莺，好像生怕一下子失去姐姐。众人见此更加悲痛。

法本长老见一时也想不出什么计策，于是说："我去召集众僧商议商议，看看大家是否能够想出退贼的计策。"

正在众人踌躇之间，莺莺反而镇定下来，拦住法本长老："长老请慢走，我又想到了一个主意。母亲，您看这样行不行?"

虽然见女儿第一条计策不如意，可是听到莺莺这样说，郑老夫人还是止住了哭声，眼巴巴地盯着女儿，想看看莺莺又想了怎样一个计策。

"现在寺中僧人众多，估计总会有几个有计谋的。咱们告诉众人，不管是谁，如果他能够杀退贼兵，立下功劳，我莺莺情愿倒贴嫁妆嫁给他。"

郑老夫人听了，止住了哭声，擦了擦眼泪，张了张嘴，想说什么，却没有说出来。显然，莺莺的这个主意并不合她的心。在郑老夫人心目中，自己的女儿嫁人，第一位要考虑的，当然是门当户对，未来的女婿一定要配得上崔家的门第。比如前几天为崔相国做法事的时候，见到的那个张生，一表人才，彬彬有礼，听法本长老的介绍，人品也很好，还有和莺莺年纪相当，郑老夫人心里其实是很喜欢的。可是，再想想，虽然他出身尚书人家，但是现在家道中落，自己又没有功名，一个布衣秀才，还是配不上莺莺。唉，事到如今，想这些有什么用，还是先应付眼下吧。

郑老夫人抬眼看看大家，眼神里满是期待，可此时屋里的几个人，不是低声抽泣，就是耷拉着眼皮一言不发。唉，看来一时再也没有好一点的主意了。郑老夫人叹了一口气，无可奈何地说："唉，虽然这样难以找到门当户对的人家，可是总比落入孙飞虎那个贼人手里好。"法本长老一听，这倒也是没有办法的法子，总强过在这里坐以待毙。

法本长老令法聪紧急召集寺内众人，来到大殿。寺里的众僧也早已知道普救寺被孙飞虎围困，为的就是抢那如花似玉的莺莺小姐，大家聚在大殿里，交头接耳，议论纷纷。有的激愤，主张冲出去，和贼兵拼命；有的胆怯，低声嘀咕不能因为一个莺莺小姐连累了整个寺庙；还有的一言不发，只等着长老一声令下。法本长老待众僧来到，高声宣布："列位听好了！眼下孙飞虎带着五千兵士围困在门外，我们普救寺危在旦夕，刚才郑老夫人说了，如果有谁能够退敌，将莺莺小姐许配为妻，郑老夫人陪送嫁妆！"

法本的话说完，大殿里顿时鸦雀无声，安静了有好几秒钟，众人好像都不相信自己的耳朵。片刻之后，大家醒过神来，开始互相询问：这是真的吗？大殿里顿时一片喧哗。虽说是出家人，但是毕竟也有很多人凡心不灭，特别是那天给崔相国做法事的时候，莺莺小姐的美貌惊艳了全场，早已扰动了寺内不少人的凡心。

可是大家叽叽喳喳讨论了半天，谁也没有想出一条可行的办法。可惜啊，众人空有爱美之心，却无退贼之计。

就在众人纷纷摇头惋惜的时候，只见人群之中冲出一人，拍着双手，高声应道："长老，请听我说，我有退敌之策！"这声音宛如一声惊雷，乱纷纷的大殿顿时安静下来，大家定睛一看，原来是借住在寺里的那个张生。大殿里顿时又喧嚣起来：一个手无寸铁的书生，能打败门外的五千贼兵？有的人撇了撇嘴，有的人眼里满是狐疑地看着张生。

见张生冲上前来，法本长老忙给郑老夫人介绍："这位就是前几天借着崔相国的法事追荐父母的书生张珙张君瑞。"

其实不用介绍，郑老夫人也还记得这位秀雅的书生。可是一名文弱书生，能有什么退贼之计？郑老夫人满腹疑虑："你有什么好计策？"

只见张生胸有成竹地朗声回答："俗话说，重赏之下，必有勇夫。只要老夫人您赏罚分明，出言必诺，我的计策就一定能成！"

这时候站在母亲身后的莺莺见张生上前，一阵狂喜，那颗心扑通扑通跳起来：好一个张生，没想到，关键时刻竟然能够这样勇敢！佛祖保佑，保佑他能击退了贼兵！红娘站在一旁，看到莺莺脸上露出惊喜的神色，自然明白了她的心意，不由得也暗暗祈祷：老天保佑，保佑张生此举成功，小姐的终身也就有了依靠啦！

郑老夫人见张生这样信心满满，心里也是一喜，赶忙满口答应："刚才长老已经说过，有谁能够杀退贼兵，我自然把莺莺许配给他。"

张生听了笑着说："既然老夫人这样说，那就没有问题了。其他人暂且回到自己的房间，我来说说我的退贼之计。"

郑老夫人吩咐红娘："你陪莺莺小姐回房休息。"

莺莺开始的时候见张生站出来，心里又高兴又感激。可是转念又一想，一介书生，除了手中的纸笔，哪有什么退敌的神器呢？想到这里，莺莺的心不由得又忐忑起来，真的想听一听他到底有什么良策。可是母命难违，也只好百般不情愿地走出了大殿，却忍不住回头望了望张生。这一回头，恰恰又遇上了张生的目光。看到莺莺小姐满是疑虑又充满希望的回眸，张生镇定地点了点头，用自信的眼神回答莺莺：小姐放心吧，没问题！

3

法本长老散了众僧，带张生和郑老夫人来到自己的房间，长老小心地掩上了房门。

未及落座，郑老夫人忙问："先生有什么计策？"张生转身望着法本长老，说："我这个计策，还需要长老帮忙。"

法本长老忙说："我这么大的年纪，又不会打仗，能帮您什么忙呢？"

张生见法本长老这么紧张，赶忙笑着说："长老不要害怕，不是请您出去打仗厮杀。"于是张生对法本长老和郑老夫人低声说了自己的计策。听完了，法本长老手捋长髯，思索了一会儿问："计策倒是不错，可是三天之后怎么办呢？"张生笑着回答："长老不要担心，我后面自然还有计策。"于是张生又和二人低声说了几句，夫人和长老都点头称是。

三人话毕，法本长老快步走到寺门口，冲着门外的大军高声叫道："孙将军在哪里？孙将军在哪里？老僧有话要说。"

只见众兵士中走出来一人。只见此人四十岁上下年纪，五短身材，黑漆漆的一张南瓜脸，满脸横肉，两道粗粗的眉毛下，偏偏长着一对小眼睛，此人正是孙飞虎。只听他瓮声瓮气地嚷嚷着："老和尚想好了吗？废话少说，快把那小美人儿送出来！"

法本长老见来人言语粗鲁，果然是一名莽汉，先是厌恶，接着反而放下心来，不慌不忙地说："将军不要着急，也不要生气，夫人本来想带着莺莺小姐出来见过将军，可是莺莺父丧不久，孝服在身，不方便出来见人，您如果带着士兵强行攻打寺庙，鸣锣击鼓，吓死了小姐，也就可惜了。"

孙飞虎一听就急了："那你说怎么办？"

"将军如果想娶小姐，就要命令手下士兵，不要轻举妄动，退后一射之地等待才好。"

"那得等到什么时候？"

"不需要等太久，三天即可。等到三天之后，丧期已过，功德圆满，莺莺小姐就能脱下丧服，换上五彩的衣服，郑老夫人准备好嫁妆，把莺莺小姐许配给将军。"

见到孙飞虎脸上还有犹豫的神色，法本长老走近他，低声说："如果现在就非要莺莺小姐嫁过去，一来她父亲的丧期未满，二来这样对将军可是不吉利啊！"

孙飞虎本是个没有读过多少书的粗人，不过倒也有自知之明，知道自己胸无点墨，需要听听人家读书人的意见。他久闻法本长老是个饱读诗书之人，又是德高望重的高僧，所以一听这些话，特别是最后一句话，心里不由得有些动摇：如果真的急着娶了莺莺，万一触怒了神仙，降罪下来，那可不得了。唉，算了，反正我就在寺外，谅你们也要不了什么花招儿。想到这里，点头答应："好吧，那就限你们三日之内，把莺莺小姐送出来。如果到时候要什么花招儿，我让你们一个都活不成！"

法本长老见孙飞虎答应下来，知道计策已经成功了一半，心中不由得欣喜异常。刚要转身回到寺中，身后孙飞虎又一声喝住："等一下。"

法本长老心中一凛：坏了，莫非这家伙要变卦？急忙回转身来，故作镇静地问道："将军还有什么事情吗？"

"回去跟郑老夫人说，像我这么好的女婿，到哪里去找？告诉她好好准备嫁妆，三天后痛痛快快让我和小美人儿成亲！"法本长老心中暗笑：天下竟然还有这样无耻无赖之人！嘴上却连声答应着返回寺中。

4

寺门外，按照法本长老的要求，孙飞虎一声令下，贼兵纷纷退后大约一箭之地，驻扎到距离普救寺大约二百米开外的地方。

黑压压的寺门周围顿时变得开阔起来，法本长老的心也豁亮起来，他长长地松了一口气，擦了擦脸上的冷汗，回到寺中，去见郑老夫人。郑老夫人和张生还守在房中等候，忙问："贼兵怎么说？"

法本长老长叹一声："眼下贼兵倒是退了，可是如果三天后不送出莺莺小姐，我们还是哪个都活不成。"

张生听说贼兵已经暂时退后，知道计策的第一步已经成功，见到法本长老和郑老夫人还是满面愁容，眼巴巴地看着自己，赶忙说："二位可否听说过一位杜确将军？"

"莫非就是那位白马将军吗？"没等张生的话说完，法本长老就惊讶地问。

"正是。长老听说过吗？"

"这位白马将军，我们这一带哪个不知，谁人不晓？将军就在此地不远的蒲关镇守，手中统领着十万大军。听说他文武全才，军纪严明，嫉恶如仇，周围的百姓提起他都赞不绝口呢！莫非先生认识白马将军不成？"

"我和杜确将军是老同学、老朋友，我现在就写一封书信向他求救，他一定会前来解救的。"

"哈哈，太好了！如果能请白马将军来解围，别说一个孙飞虎，就是十个八个的，也不是白马将军的对手啊。普救寺无忧了！"法本长老不由得抚掌大笑。

"可是……"张生迟疑着问，"外面贼兵团团围住，我们得想个办法把书信送出去。"

法本长老略一思索，双手击掌，笑着对张生说："这件事先生不必发愁，老僧有个主意，您看如何？"

法本长老压低了声音，说了自己的对策，张生连连点头称是。

5

俗话说，瘦死的骆驼比马大。如今的普救寺，虽然比不上当年武皇在世的时候，可毕竟还是一座知名宝刹，寺内常住的僧人就有三百多人。这些僧人出家之前原本经历不同，脾性各异，可是既然入得佛门，大多也都能够遵守佛门的清规戒律。

但是有一名僧人是个例外，他的名字叫惠明。

　　惠明出家前家境宽裕，从小喜欢武枪弄棒，练得一身好功夫，天性嫉恶如仇，好抱打不平，终于得罪了当地的恶人。可恨那官府黑暗，不分青红皂白，就要拘捕他，走投无路之下，投奔普救寺而来。法本长老得知他的经历之后，打心底喜欢他，于是收留他做了弟子，取法号惠明。江山易改，禀性难移，惠明削发为僧后，脾气不改当年。他平日里每天坚持练武，喝酒吃肉，仗义豪侠，仍然常常路见不平一声吼，该出手的时候就出手，和寺里其他的僧人相比，很是特立独行。

　　这几天，孙飞虎带贼兵围困了普救寺，可是气坏了惠明和尚。贼兵围堵在庙门外，寺里的僧人们都无法像往常一样正常出入，别人还不打紧，惠明和尚可是不方便得很。平日里三天两头出去喝酒吃肉，可是眼下寺内的斋饭，不是青菜汤，就是干馒头，用惠明的话说："嘴里都快淡出个鸟来！"其实这还不是让惠明最难以忍受的，一日三餐，好歹对付过去，倒也没啥，最气人的是听说孙飞虎带着五千贼兵，团团围住普救寺，竟然只是为了抢一个莺莺！姑且不说莺莺是前朝的相国之女，即使是平民百姓的女子，堂堂的朝廷守军，也万万不能做出这等为人不齿的腌臜事来！依照惠明的性子，早就冲了出去，一把扯住孙飞虎那厮，一顿胖揍才能熄灭心头的怒火。无奈法本长老早就有话在先：没有他的命令，寺内所有僧人哪个也不能轻举妄动。所以此时惠明正气哼哼地躺在禅房中生闷气，憋气！

　　正在这时，僧房的门被推开了。

　　"谁？"惠明气哼哼地问了一句。

　　法聪走进门来："惠明师父，法本长老要您过去，说有事商量。"

　　惠明一听，心里一阵兴奋：莫不是长老要打孙飞虎那厮？早该如此！想到这里，一个鲤鱼打挺，站起身来，"腾腾腾"甩开大步直奔长老房中，法聪一溜小跑追在后边。

　　惠明径直来到法本长老房中，发现除了长老，屋里还坐着一位年轻的白面书生。对这个书生，惠明多少也有些耳闻，好像是个姓张的读书人，看起来和长老的交情很不错。惠明拜过长老，又给张生施了一礼。张生看到惠明身材高大，站在那里，就像是一座铁塔一般，浑身肌肉遒劲，面色黑中透红，一双大眼炯炯有神，说话声若洪钟，一看就是多年习武之人。没错，这正是自己想要找的人！张生赶忙起身回拜。

"惠明，来这边，坐下说话。"法本冲惠明招了招手，示意他坐到自己的身边来。

"长老找惠明有什么事吗？"惠明还没等屁股坐到凳子上，就急不可待地问道。

"现在孙飞虎的贼兵围困了普救寺，要强抢莺莺小姐为妻，这件事你知道吧？"

惠明一听，一肚子的怒火终于喷了出来："呸！孙飞虎这贼，欺人太甚！做出这样猪狗不如的腌臜事！我知道那小子，也就三脚猫的功夫。长老，您要是准许我出去和他比试比试，我有十成的胜算收拾了他！"惠明说完，双眼殷殷地盯着长老，两手扠在腿上，似乎只等着长老一声令下，就站起身来冲出去。

不想法本长老却摇摇头："万万不能硬拼。这次他带着五千贼兵，咱们寺中人少，凭你一个人单枪匹马难以战胜他们。咱们需要用一条计策，确保既能杀退了孙飞虎，又能保全咱们普救寺，要做到万无一失才可。"

一听长老这话，惠明一下子泄了气，收起了双臂。

"那长老您说，有什么好计策？"

一直没有说话的张生这时开口告诉惠明，他准备写一封书信，送给自己的朋友，也就是镇守蒲关的白马将军，请他前来救援。

"这封书信可是非常重要，万一落入孙飞虎那贼的手里，咱们普救寺可就全完了。所以送信的人，既要有胆，又要有谋，确保把信平安送到才可以。单凭匹夫之勇，可不一定能成。"说完张生看着惠明，眼神里透出诸多不放心的神情，似乎是在问：惠明你这样风风火火，莽莽撞撞，能行吗？

惠明一听，再看张生那神色，一股豪气升起："先生担心我惠明只是有勇无谋的一个莽汉吗？请放心，除了我，这事您谁也不用再找了！"

法本长老在一旁，看火候差不多了，说道："先生，惠明粗中有细，我看是最合适的人了，您就放心吧！"

张生马上点点头："那我立刻写一封书信，惠明你连夜送到蒲关给白马将军。"

惠明答应一声，便回去准备马匹行装。

张生当即铺展纸张，不假思索，刷刷几笔，没用几分钟，一封求援书

惠明寄书——从清康熙四十二年（1703）刊本《绣像西厢》（清钱书撰）

信就写好了。张生把书信交给法本长老过目，长老看过，连连点头。封好书信，惠明也恰好收拾停当，等在门口。法本长老把书信交给惠明，轻轻拍了拍惠明的肩膀，什么话也没有说。惠明认真地点了点头："长老放心吧！"跨上马冲出寺门。

孙飞虎的那些士兵原本就是一群乌合之众，平日里头领不务正业，自然军纪涣散。这次随着孙飞虎出来围困普救寺，听说是为了抢美女，很有些人不以为然，嘴上不敢说，心里不免暗暗嘀咕。惠明冲出寺门的时候，正是半夜三更时分，大部分执勤的岗哨也昏昏欲睡，半睡半醒之间有人嚷嚷说是寺中跑出了一个和尚，岗哨寻思逃个把人，有什么大不了的，胡乱嚷嚷了一通，谁也不愿意真的去追赶，任惠明驰马奔进沉沉的夜色之中。

6

自从投笔从戎，转眼间已经七八年过去，杜确戎马倥偬，当年的一个书生，如今已经成为威名远扬的武将。因为杜确总是喜欢骑一匹雪白的战马，所以被称为白马将军。

半年前，朝廷派杜确到蒲关镇守，杜确来到这里，发现尽管地势险要，守备却很松懈，于是加紧操练军马，每天巡视防区，军纪严明，对百姓秋毫无犯，蒲关一带的蟊贼草寇纷纷逃亡他处，剩下的也都不敢轻举妄动，所以自从白马将军到来，这一带很是平安。孙飞虎在河中府一带胡作非为，杜确也有所耳闻，出于义愤，他曾几次给朝廷上书反映此事。可是如今朝政废弛，各个部门办事效率低下，大小官员们都抱着多一事不如少一事的态度，杜确的几次上书都石沉大海，至今也没有回音。杜确心急如焚，天天盼着朝廷早日下旨，平定孙飞虎的乱军，还一方百姓平安。所以，自从上书之后，他特别命令部下，要格外关注外面的信件，一旦有来信，一定要交给他亲自审看。

这天凌晨，天刚刚亮，杜确已经起床升帐，办理军务。正在此时，手下军士进帐禀报，说是外面有一名和尚求见，自称从普救寺赶来，还带了一封重要的书信给将军。杜确不禁心中诧异：平素和普救寺往来并不多，是什么人给自己写信呢？赶忙下令把来人请进来。

来人正是惠明。惠明大步踏进帐中，双手合十，给杜确将军施礼。杜确见这位僧人风尘仆仆，脸上有焦急的神色，赶忙问道："请问师父法号？为何事前来？"惠明答道："贫僧是普救寺的和尚，名叫惠明。寺里有一位借住的书生名叫张珙，给您写了一封书信派贫僧送给您。"

"张珙？"杜确一听，是多年前的同窗兄弟啊，前不久刚刚收到了他的一封书信，说是进京赶考，路过附近，准备来看望自己，今天又派人连夜送信，会有什么事情呢？杜确赶忙说："快把书信拿来我看。"

惠明从怀里掏出书信，双手交给杜确将军。

杜确展开书信一看，没错，正是老友张珙的来信。张珙在信中说："自从在家乡洛阳分别，现在我们兄弟已经有很多年没有相见了。虽然平时联系很少，但是小弟我经常听说兄长的威名。想当年我们兄弟抵足同眠，畅谈报国大志，可叹如今却天各一方。近些年小弟我常年在外漂泊，对兄长的思念之情时时萦绕心间，听说你统率百万雄兵，为国镇守边疆，大丈夫理应如此，小弟我心中好生羡慕。本来准备前来拜访，叙一叙你我兄弟阔别的思念之情，不料走到河中府借住普救寺期间，身体突然不适，没能去看望兄长。更料不到的是，贼将孙飞虎率领五千人马围困普救寺，想要强抢崔相国的女儿崔莺莺为妻，真是让人气愤。包括小弟的性命，也危在旦夕。请兄长念多年兄弟故友的情谊，发来救兵，上为国除害，下保黎民百姓。就是那已经故去的崔相国，也必将感念兄长的恩情。虽然提出这样的要求很是冒昧，可是小弟引颈盼着兄长发兵前来解救！"

惠明接着向杜确禀告了孙飞虎如何率领大军围困普救寺，普救寺危在旦夕一事。

杜确对孙飞虎早已痛恨不已，没有片刻犹豫，当即告诉惠明："师父辛苦了，请您暂时在营中歇息，我马上发兵。"

惠明施礼谢过。

杜确立即召集众将，亲自率领五千精兵，飞马赶往普救寺。

7

普救寺这边，郑老夫人、张生和法本长老正在盼望着杜确将军的救兵。掐指算来，书信已经送出两天了，怎么还不见白马将军的救兵呢？莫非惠明途中出了什么差错，没有送到书信？众人心中忐忑不安。

正在焦虑间，忽然寺门外传来一阵摇旗呐喊的声音。张生心中一喜：莫非是老友白马将军的人马到了？赶紧登上寺院高墙，只见远处烟尘滚滚，孙飞虎的贼军已经乱作一团，似乎正在遭到冲杀。时间不长，就见到孙飞虎军队的外围，包抄过来一支军队，这支队伍，快似疾风，瞬间就把孙飞虎的贼军冲了个七零八落，纷纷逃散。等到那支军队再靠近一些，张生方才看清楚，军中直挑着一面大旗，旗上写着一个斗大的"杜"字。

"是白马将军的援军到了！"张生兴奋地大叫起来。众人纷纷登上高墙，看到孙飞虎的贼军四散逃去，心里的石头顿时纷纷落地。

工夫不大，一位头戴战盔、身披战甲的将军骑着一匹雪白的战马，飞奔来到普救寺前。

"杜确兄长！"张生一眼就认出了故人。

"快快打开庙门！"张生高叫着吩咐僧人打开寺门，飞跑着迎了出来。

杜确跳下马来，一把抱住了张生，兄弟二人相拥着，一起朝寺内走去。

郑老夫人和法本长老等众人早已在寺中等候。杜确一见到郑老夫人，赶忙躬身施礼，赔礼道："杜确有失防范，致使贼人孙飞虎为非作歹，惊扰了郑老夫人，请您恕罪。"

郑老夫人赶忙起身答谢："将军折煞老身了！幸亏将军前来搭救，老身一家老小的性命才得以保全。老身真不知道该怎么报答将军才好！"

"这本是小人分内之事，老夫人客气了。"

眼见贼军围困已解，寺中僧俗皆大欢喜。

张生拉着杜确将军的手："自从和兄长分别，再也没有机会聆听您的高论，今天相见，俨如拨云见日啊。"

杜确嗔怪着张生："贤弟过奖了，贤弟既然已经来到河中府，为什么不去找愚兄叙旧呢？对了，你怎么会住在普救寺中呢？"

"小弟听说兄长镇守蒲关，早就托人送了一封书信给兄长，打算前去拜望。"

"是啊，前一段时间的确收到了贤弟的来信，我就一直在盼着贤弟前来。可是望穿秋水，不见君来啊！"

听到这里，张生泯然一笑，不好意思地低声说道："小弟本想去兄长帐中叙旧，谁知在寺中遇到了一位神仙妹妹。"

"哈哈，还有这等好事！快说来听听。"

张生抬起头，见左右无人，就悄悄地把遇到莺莺，暗地里爱慕莺莺，于是到寺中借住的前前后后详细地告诉了杜确。杜确听完，大笑起来，一把拍到张生的肩头："好家伙，运气不错啊！我说怎么迟迟不到我那里去呢！不过老弟这样做就有点重色轻友啦，你早点跟老兄我说说，说不定还能帮你参谋参谋呢！"

张生赶忙解释："实在抱歉，本来打算事情有点眉目了，再去探望兄长。谁承想前几天普救寺被贼兵围困，郑老夫人答应说谁能退贼兵，就把小姐许配为妻，所以才求兄长相救。"

杜确大笑："哈哈，没想到我这次出兵，居然一举三得，一为朝廷锄奸，二为百姓除害，三为兄弟做媒。不错，不错，真是一桩好姻缘！恭喜老弟！恭喜老弟！"

兄弟二人抚掌大笑。

二人正谈笑间，郑老夫人前来请杜确和张生吃饭，杜确谢过："请老夫人不必客气，孙飞虎还有一些残兵没有消灭，等到下官去捉住他们再来拜望老夫人。"

郑老夫人谢过："将军以军务为重，老身就不挽留了。"

杜确转身刚要离开，忽然又想起了什么，停住脚步，说："听说当初郑老夫人答应把莺莺许配给搬来救兵之人，这次我的弟弟君瑞立下此功，不要看我家弟弟现在是白衣秀才，可是满腹锦绣文章，我看二人郎才女貌，这可是一桩难得的好姻缘，希望夫人不要反悔啊！"

郑老夫人一听，迟疑了一下，说："将军这是哪里话！只怕我家小女还配不上令弟呢！"

杜确听了，哈哈大笑："老夫人这样说下官就放心了！"给众人施礼后，带着士兵去追赶孙飞虎的残兵败将去了。

没用几天时间，消息传来，孙飞虎被擒。依照首恶必惩、从者不究的原则，杜确将孙飞虎打入囚车，押送到京城由皇帝定罪。孙飞虎手下的士兵，除了几个恶行较多的与孙飞虎一同被押送京城之外，其余的大部分人被告诫不得再次作恶，之后被遣散回乡。河中府一带军务暂时由杜确代管。自此以后，这一带百姓不再遭受孙飞虎贼兵的侵扰，安居乐业，连普救寺里的僧人们都感觉日子舒心多了。

可是，偏偏有一个人却欢喜不起来。这个人就是张生。

8

日子过得飞快，不知不觉之间，一个多月的时间过去了。

从早上起来，张生就在房内读书，此时倦了，抬眼看看窗外。院中的那株满树的槐花，大半已经落下，青灰漫砖的地面上，米白色的槐花洒落了一地。

这一个月来，张生的心情就像是飞驰的过山车，可以说是跌宕起伏。自从击溃了孙飞虎贼军，一开始是亢奋，每天早上起来都充满了希望，希望哪一天郑老夫人招呼自己，和自己谈谈和莺莺小姐成婚的事儿。等啊盼啊，半个月过去了，郑老夫人那里却杳无音信，张生亢奋的心情慢慢变得游移不定：老夫人莫非忘记了当初的许诺？不会，那么多人在场，都听到了啊。老夫人莫非有事忙碌顾不上此事？也不是，张生已经私下里派琴童偷偷和红娘打听过了，说老夫人近来根本没什么事情，很悠闲呢。莫非，莫非是莺莺小姐不愿意？肯定不会！绝对不会！张生的直觉使其断然否定了这个猜想。在这百端猜疑，捉摸不定中，张生简直是度日如年。眼下，一个多月过去了，还是毫无音信，此时的张生，真是有些心灰意冷，什么也不愿意再往下想了。

唉！

女人的心思你别猜，猜也猜不来。

张生疲惫地合上了眼睛，迷迷糊糊，昏昏沉沉。

"先生在吗？"一个银铃般的声音从窗外传来。

张生打了个激灵，这个熟悉的声音让他陡然间清醒过来。

琴童赶忙打开房门。

"红娘姐姐。"琴童甜甜地招呼了一声。

张生赶忙站起身，揉了揉眼睛，正了正帽子，抻了抻衣襟，迎到门口。

"红娘姐姐驾到，张生有礼了。"

"先生不用那么客气。"红娘笑着摆摆手。

红娘走进屋子，两只忽闪的大眼睛四处扫视了一圈，却不忙着说话。

红娘请宴——从清康熙四十二年（1703）刊本《绣像西厢》（清钱书撰）

她知道张生心里肯定急着想问她的来意，嘿嘿，她偏要急他一急。

"这屋子够简陋啊！先生还住得习惯吗？"红娘故意兜圈子，不紧不慢地说。

"房间虽小，倒也清净，正是读书的好地方。"张生赶忙回答。

红娘看到床边卧着一张琴，伸手抚摸着问道："这是先生的吗？"

"正是。这张琴已经伴随小生多年了，是小生的心爱之物。"张生心想，红娘呀，你今天到底是来干什么？是不是老夫人让你来请我去商谈与莺莺的婚事？

"哦。那什么时候先生有工夫了，能弹奏一曲吗？"红娘饶有兴趣地说。

"若是红娘不嫌弃，小生愿意献丑。"张生赶忙恭敬地说。

红娘又慢慢踱到书桌前，翻了翻张生看了一半的书："这书这么厚啊！先生这是读的什么书啊？"——其实红娘不认识几个字，有限的几个字还是后来陪着莺莺小姐读书的时候学的。

"这只是应考的必读书目而已。"

"那这书好玩儿吗？"红娘俏皮地说。

"嗯嗯，这个，怎么说呢，一般，一般吧。"张生心里暗想，这东拉西扯的，纯粹是无话找话啊。这个鬼丫头，迟迟不说正事，莫非在故意吊我的胃口不成？哼，我偏偏不上当！

红娘在屋子里转了一圈，只见屋里只有一床一桌一凳，实在是没什么可说的了。抬眼偷偷看了看张生，张生俨然一副若无其事的神态。

"先生！"红娘突然表情严肃地说。

"有什么事，红娘请讲。"张生想，鬼丫头你终于说正事了。

"我今天过来，是奉我家老夫人之命。"红娘故意顿了顿。

张生精神一振，两眼放出光来，一定是我和莺莺的婚事。

"我家老夫人叫我来给您传个话儿，老夫人准备了酒宴，邀请您明天中午赴宴，说是有事和您商量。"

说这话的时候，红娘故意用非常平稳的语调，一字一句，缓缓说出。可是在张生听来，不亚于平地惊雷，一颗心顿时狂跳起来。谢天谢地，终于盼来了！原来老夫人没有忘记！

"太好啦，小生已经盼望多时了，多谢红娘，我一定去！"张生激动得声音有些颤抖。

红娘见张生这样，脸上故作镇静，心里却不由得暗笑。

9

这一夜，张生翻来覆去，没有睡好。好容易熬到天亮，张生早早起来，吩咐琴童，打来洗脸水，细细地打了一遍澡豆，又换了一盆清水，仔仔细细洗了脸。然后从衣箱里边找出了一件平时舍不得穿的新衣服——这本来是专门准备考试的时候穿——先穿了再说！

"哇，先生，您可真是英俊潇洒、气宇不凡啊！"

琴童在一旁，看着焕然一新的张生，夸张地张大了嘴巴。

听到琴童这样夸张的赞美，张生都有些难为情了，于是故意正色道："君子不交谄媚，不要如此夸张好不好？快出去看看什么时辰了？"

趁琴童转身出了屋子，张生又在镜子前转了一转。啊，身材修长如玉树临风，面目白皙，剑眉朗目，好一个气质非凡的帅书生！

"还不到巳时（上午9点至11点）呢！"琴童过来报时。

张生无奈地坐到书桌前，捧起了书，心不在焉地翻看起来，还没有翻看两页，又吩咐琴童："出去看看什么时辰？"

琴童跑出去，片刻就跑了回来："先生，还未过巳时呢！"张生无奈又捧起了书。也是奇怪，往日里读书，那些字都规规矩矩待在那里，书里的意思也都清清楚楚，怎么今天那些字都好像自己的那颗心，一点儿也不安稳，跳来跳去的，看了半天，愣是一个字都没有看进去！

"琴童——"

"先生，刚刚过去半个时辰。"

还没等张生吩咐，琴童就懒洋洋答道，他已经记不清今天上午报了多少次时。

"琴童，你到门口候着，看到红娘来了咱们早做准备。"

"我一直看着呢，先生。"琴童偷偷撇了撇嘴，从一大早就开始捯饬，澡豆用了多半盒，洗脸水就换了两盆，衣服都换成崭新的，那面从来不怎么用的镜子都擦得一尘不染，还怎么准备？

老天啊，时间怎么过得如此漫长?!张生心里暗暗叹息。

似乎过了很久很久。

"先生在吗？"那个银铃一样的声音再次在窗外响起。这声音，和这个早晨似乎已经相隔了一万年。

张生腾地从椅子上站起身来，快步奔出房门。

门开了，红娘只觉得眼前一亮。只见这张生，白缎小帽擦得亮闪闪，一身白色衣衫新崭崭、平平整整，腰间束着一条腰带，装饰着兽角，黄澄澄的。一张白净的脸庞，五官轮廓分明，挺拔的鼻梁下，一对饱满的嘴唇，白皙的牙齿闪烁着陶瓷般的光泽。两道剑眉下，一双眼睛清澈明亮，又如两潭盈盈秋水，脉脉含情。

红娘见透着英华之气的张生，暗自惊叹：好一个俊秀的书生！怪不得引得我们小姐神魂不宁。想我红娘是何等心硬的人物，活到现在，还没有谁打动过我，可是这位张生真算是个例外了。

眼见红娘目光灼灼地上下打量着自己，张生不禁有些手足无措："红娘姑娘，莫非小生哪里打扮得不合适吗？"

红娘见张生如此紧张，不禁掩嘴一笑："先生您已经来来回回收拾好几遍了吧！您看您那帽子擦得那么亮闪闪，我看早晚得滑倒几只苍蝇。哎呀，光溜溜得晃人眼，酸溜溜得让人牙疼。"

张生的脸一下子红了，连声催促说："好好，咱们赶紧走吧！真是谢谢老夫人了！"

一路走来，红娘故意默不作声。终于，张生忍不住问："今天你家老夫人都宴请什么人啊？"

红娘一笑："我家老夫人这次宴请啊，一不请街坊邻里，二不请寺中众僧，这次专门请先生您一个人啊！"

"是吗？果真如此，小生如何担待得起啊！"

"我听我家老夫人念叨，这回之所以请您，一是为了上次孙飞虎的事儿压惊，二是为了答谢您。说不定啊，还要和我们莺莺小姐订婚呢！"

张生一听，不禁喜上眉梢，顿时感觉神清气爽，脚步也变得格外轻快起来。

琴童在一旁听到这话，心里高兴，不禁发起了小孩子气："红娘姐姐，老夫人给我家先生都准备了什么好吃的呢？"红娘听到这话，心说这一对主仆，真是一对佳配，一个见面就说自己"不曾婚娶"，另一个赴宴问人饭菜，于是不禁笑出声来："老夫人的茶饭已经准备好啦！也就是淘几升陈米蒸蒸，炒几盘咸菜尝尝。"

张生心知红娘取笑，回头瞪了琴童一眼："就知道吃！"琴童立刻噤了声。

"想不到啊想不到，自从寺中见过莺莺小姐，没想到今天真的成就了这桩姻缘，莫非真是上天的安排？老天爷啊，小生要怎么感谢您才好啊！"张生不由得自言自语。

听到张生的感慨，红娘也深有同感："是啊，看来姻缘不是人力所为，真是天意啊！"

10

一路说着话，张生和红娘已经来到了郑老夫人院门前。院子今天显然经过了精心的布置，一条红毯通向主房，院子里的树上还挂着几只红彤彤的灯笼，和往日相比，显得喜气洋洋。

看到这些，张生感激而又忐忑："想我半生飘零，家无余财，如今想不到有这么大的福气来迎娶莺莺小姐，可是我连聘礼都没有，这可怎么办呢？"

红娘安慰说："先生不必担心，我家老夫人说了，我家不争您有无聘礼，不需要您红线半丝，银两分毫，一切婚礼所用的东西我们都已经准备好了，您只管高高兴兴做新郎官就好了。"

"哎呀，承蒙老夫人这样厚爱，小生可哪里敢承受啊！"

"先生也不必想太多了。想当初，全凭着您仗义出手，才请来白马将军，杀退了孙飞虎的贼兵，这样的功劳胜过了多少聘礼啊。"

张生听了，赶忙说："红娘过奖了，除暴安良，救人于危难之际，乃人之本分。"

"正是因为先生您这样仗义果敢，我家莺莺小姐对您也非常仰慕，经常在我面前夸您呢！"

"哦？真的吗？"张生一阵惊喜。

"小姐是怎么夸我的啊？"张生特别想知道自己在莺莺心中的形象。

"小姐说您尽管手无寸铁，一介书生，可是胸中有雄兵百万，胜过那无数守着黄卷青灯的读书人。"

张生的脸上漾起更多的笑容，脚下的步子简直变得有些轻飘飘起来，还没有到酒桌前，张生似乎就已经醉了。

转眼张生和红娘来到房门前，红娘挑帘进了屋："老夫人，张先生到了。"

"有请张先生。"郑老夫人语气平和。

张生赶忙快走几步，来到屋中，见郑老夫人在堂中端坐，张生赶忙躬身施礼："小生见过老夫人，多谢夫人款待。"

"张先生不必客气，请坐下说话吧！"郑老夫人的话语似乎很亲切，张生却莫名有一种距离感。

张生谢过，小心翼翼地斜坐在椅子边上，侧着身子听郑老夫人说话。

"前些日子，孙飞虎那贼围困普救寺，如果不是先生出手相救，我们一家老小的性命恐怕都难以保全，我们一家就没有今天了。所以今天特地安排下酒饭，粗茶淡饭，略表谢意。请您不要嫌弃简陋啊。"

张生赶忙起身谢过："俗话说，一人有难，万人相助。老夫人一家得救，一是托老夫人您的福，二是依赖于白马将军出手帮忙，如果没有白马将军，谁也没有回天之力。这些都是过去的事情了，请老夫人不要挂怀。"

说话间，酒席备好，郑老夫人招呼张生入席。

张生一看，除了侍立一旁的仆人，席间并无他人，只有自己和郑老夫人二人，偌大一张桌子，显得非常冷清。

郑老夫人吩咐下人："给先生满酒。"

见下人为张生酌好酒，老夫人举杯敬张生："请先生满饮此杯。"

张生赶忙站立起来道谢："老夫人赐酒，晚辈不敢不喝。"随后举杯一饮而尽。

"先生请坐吧。"

张生忙答道："小生坐在下座，尚且不合礼法，万万不敢和老夫人对坐。"

郑老夫人摇摇头："俗话说，恭敬不如从命。先生请坐了吧。"

张生赶忙谢过，小心翼翼地坐在座位边上。

郑老夫人吩咐红娘："去招呼小姐过来谢过先生。"

红娘答应一声，飞身跑出房门。

红娘来到莺莺房间，看到莺莺正斜靠在床头读书，急忙上前拉住莺莺的手说："老夫人在后堂宴请客人，招呼小姐您去见呢！"

莺莺抽回手，怏怏地说："今天我身体有些不舒服，不去了。"

红娘见状，晃着莺莺的手，神秘兮兮地说："小姐知道今天老夫人请的是谁吗？"

"谁呀？"莺莺微微抬起了眼皮。

"是那张生！"红娘兴奋地说。

莺莺的双眼放出光来："啊？死丫头，怎么不早说？要是请张生，就是不舒服，我也得去呀！"

想当初张生救下一家人性命，母亲答应把自己许配给他，莺莺是多么激动，自己终于有了依靠了！可是，事情过去后，母亲却好像忘记了这件事儿一样，再也不曾提起。一个多月来，莺莺天天都盼望着母亲早点邀请张生，商量订亲的事儿，可是母亲一直按兵不动。自己一个女儿家，当然不好意思提及此事，真是愁煞个人！可是，这愁苦，又能跟谁说呢？所以，近来莺莺闭门不出，整日闷闷不乐。

此时听到这个消息，莺莺早已跳下床来，一下子坐到碧纱窗前的梳妆台旁，对着镜子，细细描画好了双眉，用指尖精心贴好钿窝，又轻轻往脸上扑了一层脂粉，站起身来，又仔细看了看衣衫，轻轻掸了掸落到罗衫上的香粉。

看到莺莺打扮好，红娘不禁感叹："啧啧，看看我家姐姐这小脸！粉嘟嘟，水嫩嫩，吹弹可破，真是如花似玉，还透着那么一股尊贵。真要是娶了我的姐姐，那张生真是福气不小啊。"

莺莺笑着嗔怪："你个小丫头净是信口瞎说。管他张生有福没福，小姐我出身名门，兰质蕙心，有几个能比？"长久的压抑之后，今天莺莺的确有些欣喜得难以自制。

红娘笑道："以前你和张生两个人整天愁眉苦脸的，今天可都是喜笑颜开了！"

"以前的时候，我相思为他，他相思为我，从今往后我们就不用忍受这相思之苦了。啊！谢天谢地，感谢母亲总算是没有忘记张生的救命之恩，今天好心安排我们相见！"

可是红娘却有些不解："今天这是安排小姐和张生结亲啊！可是夫人为什么只安排了这样小的宴席，却不大宴宾客呢？"

听了红娘这句话，莺莺的心里咯噔一下。其实莺莺心里也很纳闷儿，按说订亲是一件大事，怎么也应该多邀请几个亲朋好友前来。虽说现在远离家乡，借住寺中，最起码也应该请法本长老过来做个见证啊！这样冷冷清清，莫非母亲有其他打算不成？心里这样想着，却不敢也不愿猜想下去，嘴里说："红娘，不要瞎想，你不懂老夫人的心思。"

二人说话间来到后堂门外，正巧张生出得门来方便，二人四目相对，含情脉脉。莺莺一见，羞得满面绯红，赶紧躲开，加快了脚步走向房中。

莺莺进得门来，见母亲正端坐在桌旁，脸上没有丝毫的喜色。莺莺心中不禁一凛。

郑老夫人见莺莺小姐来到，张生也恰好回来，招呼莺莺："小姐过来拜见了哥哥。"

张生听到这句话，好似头上打了惊雷，心想：哎呀，这称呼不对啊！

莺莺听到这句话，心内也猛地一沉，大惊：哎呀，莫非娘亲变卦了吗？

红娘听到老夫人这样招呼，心里暗想：坏了，这亲事八成要泡汤！唉，可怜这二人又要陷入相思之苦了。

红娘侧身看那莺莺小姐，只见她霎时脸色惨白，眉头紧锁。

红娘再看那张生，只见他满面疑惑，目瞪口呆。

莺莺呆立在门前，只感觉那双腿似乎有千斤重，嗓子里像是堵着棉花，惊慌得说不出话来，整个身子没有一丝气力，软绵绵的。

唉！我的亲娘！我那反复无常的亲娘！我那言而无信的亲娘！你让我莺莺认张生做哥哥，这不是要活生生把我们这对鸳鸯拆散吗？

张生也像傻了似的，呆呆地说不出话来。

莺莺和张生的神情，又怎么能够躲得过郑老夫人的眼睛？郑老夫人不由得在心里埋怨莺莺：唉，我这个傻丫头呀！这样一个布衣穷小子，你有什么可以贪恋的？为娘还不是为了你将来能过好日子？你知道，为了今天，为娘苦苦想了一个多月，你怎么就不明白娘的一片苦心呢？的确，为了想一个不太伤和气的办法婉拒张生，郑老夫人盘算了一个多月。按照情理，张生请来救兵，解救了孙飞虎的围困，理应兑现承诺。可惜你现在一介布衣，没有一分的功名，我的莺莺堂堂相国之女，真的嫁给你，不是太委屈了吗？你以为退了贼兵，就真的可以迎娶我们相门之女了？实在是太天真了！当然，郑老夫人明白此时还不能发作，最好是让他们自己明白，然后退步最好。于是压住心中的怒气不动声色地吩咐："莺莺给哥哥敬酒。"

莺莺低着头，一肚子心事，满面愁容，哪里还有心思敬酒啊！老夫人见状，扭头吩咐红娘："给先生斟酒！"

红娘噘着嘴，不情不愿地为张生满了酒。

郑老夫人却装作若无其事的样子，不住劝张生多喝几杯。酒入愁肠愁更愁，张生还哪里有心思喝酒，连声推让。

莺莺呆坐一旁，脑海中思绪翻滚。眼前的一切，恍恍惚惚，如同梦境一般，刚才还是满心欢喜，没想到转瞬间美梦破灭，泪湿衣衫。

当初若不是张生一封求救的书信，我们崔家老小哪里还有命在？娘亲现在这样做，未免太有负于人了吧！张生啊，你为什么不说话？难道你不想和我成亲吗？你心里究竟是怎么想的？真是让人琢磨不透！

从今往后啊，我莺莺粉面失色，再也无心打扮。相思的愁苦啊，比海还深，比地还厚，比那晴天还广阔。唉，娘亲用谎话编织了美梦，骗过了可怜的我和张生啊！娘亲啊，您难道不知道，我和张生，就是那并蒂的花苞，您怎么就忍心活生生地把那花苞揉碎?！娘亲啊，您难道不知道，我和张生，就是那散发着芳香的同心带，您怎么就忍心把这个同心带活生生割裂?！娘亲啊，您难道不知道，我和张生，就是那缠缠绵绵的连理枝，您怎么就忍心把它硬生生折断啊?！白发老娘说话不算数，不但今后我们崔家被人耻笑，还会空空地耽搁了女儿的青春，毁了女儿的幸福啊！

莺莺抬起婆娑的泪眼，见那张生也是强打精神，木然呆坐在那里。看他那满面愁苦的样子，纵使是琼浆玉液，也难以下咽啊！真想和张生说几句知心话，怎奈老夫人在近旁，两人虽然近在咫尺，却好似远隔天涯。

郑老夫人见莺莺没精打采，欲言又止的样子，自然明白女儿的心思，不禁心中冷笑一声，长痛不如短痛，今天绝了这门亲事，免得一辈子受苦。于是吩咐一声，让红娘把小姐搀扶回自己的房间。出得房来，莺莺长叹一声："娘亲怎么能够这样心口不一呢？"

俗话说佳人自古多薄命，秀才们从来都是懦弱无为。不知道张生究竟怎么想！

莺莺伤心地哭着走了，张生心如刀绞，也准备起身向老夫人告辞，可是就这样离开？不行，我要问个明白！张生借着酒力，壮起胆子问道："小生有一句话，不知道当讲不当讲？"

郑老夫人一听，心中稍许有些紧张，这件事，自己的确理亏。但很快平静下来：料他一个文弱书生，又能怎样？

"先生请讲，不必客气。"郑老夫人看似平静的语气中，隐藏着一丝颤抖。

"前一阵子贼寇围攻寺庙抢夺莺莺小姐的时候，老夫人您曾经许诺说有谁能击退贼兵，就把小姐许配给谁。当时小生挺身而出，给我的老朋友白马将军写了一封求救的书信，白马将军前来相救，才免去了这场灾祸。今天老夫人请小生前来赴宴，说是要告诉我喜庆的信息，可是不知道为什么在酒席宴上，老夫人却让我与莺莺小姐以兄妹相称？小生不是贪图吃您的一顿酒饭而来，如果不能和莺莺小姐结为秦晋之好，小生马上告辞了。"

郑老夫人叹了一口气："唉，先生有所不知，老身也有难处啊！先生自然对我们崔家有活命之恩，但是早在崔相国在世的时候，小女莺莺就已经许配给我的侄儿郑恒了。前些日子我已经写好书信告诉郑恒来普救寺，和我们一起扶柩回乡，万一郑恒来到，这件事情怎么办呢？其实我也是左右为难。"说到这里，郑老夫人停了停，看了一看张生的反应，见张生沉默不语，于是接着说："不如我赠给先生您一些金银财物，您再另选豪门贵宅的小姐，另择佳妻，您看怎样呢？"

张生一听，强压住心头的怒气，正色答道："既然老夫人不答应我和莺莺小姐的婚事，我还需要什么金银财物呢？虽说眼下小生身无长物，但好歹还有一肚子诗书！凭借小生的才华，不信没有出头之日！小生告辞了！"

郑老夫人见张生面带不悦之色，赶忙拦下："先生请不要急着离开。红娘你赶紧扶着先生去房中歇息，有什么话，明天咱们再说。"

张生摇了摇头，心中慨叹：唉，漫漫长夜，寺中难熬，再也不用指望什么洞房花烛了。

夫人停婚——从清康熙四十二年（1703）刊本《绣像西厢》（清钱书撰）

红娘见张生跌跌撞撞地走出房间，满面愁容，无奈地说："喝这么多，少喝一杯不好吗？"

张生醉意朦胧地回答："我哪里喝多了？"酒入愁肠愁更愁。此时的张生，满腹愁怨，更与何人说！

或许的确是酒醉腿软，张生突然一下子跪在红娘面前："小生为了莺莺小姐，昼忘餐饮，夜不能寐，失魂落魄，整天若有所失，自从隔墙相见和诗一首，每天都饱受相思之苦。原指望能够成就了这桩姻缘，没想到老夫人却变了卦。小生现在没有任何办法，这事情可怎么办呢？请红娘可怜可怜小生，把小生的这番心意告诉莺莺小姐，让小姐知道我的一片真心。如果不答应，我只有吊死在红娘面前一条路了！唉，可怜我头悬梁锥刺股，寒窗苦读，最后却落得个客死他乡。"

一席话悲悲切切，凄凄惨惨，张生心中满是苦楚，可红娘听过心里却有了底。俗话说酒后吐真言，张生发自肺腑的这些话，让红娘看到了他对小姐的一番真情，这样的男子，小姐值得托付；转念一想，一个大男人为一个女子痴情成这个样子，着实可怜、可笑还有些可爱。于是赶紧搀扶张生起来，笑骂着："唉，你呀，真是个傻东西！不要着急，我帮你一起想想办法。"

张生一听，酒立刻醒了一大半，赶忙问："红娘姐姐有什么好计策？快快告诉我！若有好的计策，我张生情愿为你筑坛拜将，姐姐的恩情永生难忘啊！"

"先生这么客气，红娘可是承受不起。"

红娘低头想了想，对张生说："我看到先生有一张琴，想来您必精于弹奏吧？"

"这个自然，这张琴伴我多年了。"张生这才想起，早上红娘到自己住处时，曾经问自己会不会弹琴。

"那就太好了！我家莺莺小姐恰好也喜爱抚琴，并且颇通音律。这样吧，今天傍晚我和小姐一同到花园焚香，听我咳嗽声为暗号，您弹奏一曲，到时候看看小姐说什么。如果时机合适，我就会把先生您的心意告知小姐。如果小姐有什么话，我明天就来告诉您。"

"多谢红娘！"张生感动得快要落下泪来，又要倒身下拜，红娘赶忙扶住了他。

"好啦，就这么定了。天不早了，我得赶紧回去了，免得老夫人找我。"红娘快步离开。

张生一个人，孤零零站在原地，一颗心，忽而满怀希冀，忽而怅然若失。

11

张生回到自己的房间，仔细回味红娘刚才说过的话，感觉这个方法实在很周全，看来有希望了！想到这里，他只盼着太阳快快落下，月亮早早升起。

等待，又是等待，难熬的等待。

唉，打更的声音怎么还没有响起呢？撞钟的声音怎么还没有响起呢？

张生早早把琴取了出来，轻轻地抚摩着琴身，缓缓地拨动着琴弦，琴声是那么熟悉，那么悦耳。这张琴随张生飘荡江湖多年，每当孤独寂寞的时候，琴声低沉，化解心中的烦恼；每当心情畅快的时候，琴声跳跃，应和着心中的欢快。今天晚上，琴声要倾诉对莺莺小姐的一片深情。老朋友，今天全靠你啦！

天色渐暗下来。夜风轻轻吹来。

清风啊，你快快地吹，早早把我的琴声吹到那莺莺小姐的耳中吧！

深蓝的天空中，月亮慢慢地升起来，是一轮满月，月光倾泻下来，如银，似水。

红娘心里惦记着和张生的约定，一吃过晚饭，就不停地催促着莺莺小姐："时间差不多了，小姐，咱们该去焚香了。"

半日来，莺莺都打不起精神。母亲食言悔婚，莺莺万念俱灰，又羞愧，又气愤，听到红娘招呼，没精打采地说："眼看这桩亲事都成不了，烧香还有什么用？明月啊，你是团圆了，可是我和张生还能有这一天吗？唉！"

红娘这小丫头今晚却全然不顾莺莺的沮丧，在旁边不停地催促。莺莺拗她不过，勉强起身，枯坐也是无聊，出门到花园之中散散心吧。

夜幕下碧空澄澈，一轮圆月挂在深蓝的空中，微风轻拂，花香清幽，好一派醉人的夜色！

可是莺莺心里，却只有无尽的烦恼萦绕。母亲啊，早知今日，何必当初？现如今，张生他做了影子里的情郎，我莺莺成了画里的佳人，就像那水中花镜中月，所有美好的期待都是黄粱一梦，一场空啊。

这时莺莺的脑海中，不断浮现出今天中午宴席上的那一幕。母亲准备了那么丰盛的菜肴，还不断要自己给张生斟酒，如此殷勤，最后却让我们兄妹相称。母亲啊，您为什么如此绝情，又如此虚伪?！唉，看来和张生的姻缘，只能到梦里去寻找了！

红娘见莺莺闷闷不乐，心事重重，想着帮小姐宽宽心，于是抬起头望着月亮说："姐姐，你看这月亮四周的月晕，明天是不是会刮风啊?"

莺莺恹恹地回答："纵然天上有风月，人间却无好姻缘。"

见小姐无情无趣，红娘此时也真是束手无策了，只盼着时间快点跑，盼着张生快点到。

也不知道过了多久，月亮越来越高了，红娘见约定的时间差不多了，于是假意咳嗽了一声。

花园的另一边，张生早已等候多时了，听到红娘的"暗语"，心中不禁一阵狂跳：莺莺小姐来了！

手指轻轻拨弄琴弦，清澈悠扬的琴声在月色下的花园里袅袅传来，潺潺流水般，宛如天籁。

"哪里来的琴声?"莺莺听到如此美妙的琴声，不禁惊异地问身边的红娘。

只听得那琴声，时而柔婉，像是婀娜少女的头饰，随着脚步叮当作响；时而轻灵，像是俊秀公子身上佩戴的玉佩声儿清脆；时而雄壮，像是门前铁马随风作响；时而激越，像是风吹金钩敲打窗棂。

侧耳细细倾听，原来声音是从墙角东边传过来的。哦，明白了，一定是那张生！

此时琴声忽而雄壮，就像是万千铁骑奔驰而过；忽而清幽，就像是落花流水寂静无声；忽而高亢，就好似月朗风清夜，白鹤鸣叫响彻空中；忽而低沉，就好似小孩子在窗下低声耳语，呢哝声声。

琴为心声，从这琴声里，莺莺听到了张生对母亲尽食前言的幽怨无奈与愤恨，更听到了对自己绵绵无尽的深情。张生，你那里的琴声未绝，我

莺莺听琴——从清康熙四十二年（1703）刊本《绣像西厢》（清钱书撰）

莺莺已经懂得了你的情衷。怎奈我们如今劳燕分飞，各奔西东。唉，这种悲伤，更与何人说！

红娘见小姐在那里屏心静气，听得入神，又伤心又欣慰：伤心的是好端端一对佳人被活活拆散，欣慰的是尽管阻力重重，这对情侣依然一往情深。

"小姐您在这里听琴，我去老夫人那里看看有没有什么事情找我。"莺莺听红娘这样说，立刻心领神会，这是聪慧的红娘担心老夫人发现她们在这里听琴，时间久了生疑，过去打探一下。好一个机灵的红娘！好一个贴心的妹妹！

张生听见说话的声音，放下心来，知道是莺莺小姐在那边。一曲终了，重新整理琴弦，略一思索，弹奏一曲《凤求凰》。昔日的司马相如凭借此曲打动了心上人卓文君，两人终成眷属，《凤求凰》从此成为历代流传的爱情神曲，我张珙固然比不上汉代的司马相如，但愿莺莺小姐有卓文君的情义，懂得我张珙对她的一往情深。

情之所至，张生边弹边唱："有一美人兮，见之不忘。一日不见兮，思之如狂。凤飞翱翔兮，四海求凰。无奈佳人兮，不在东墙。将琴代语兮，聊写衷肠。何日见许兮，慰我彷徨。愿言配德兮，携手相将。不得于飞兮，使我沦亡。"

曲调情真，歌词哀婉，就好像是那孤独的白鹤在空中哀鸣。张生在向莺莺倾吐着肺腑之声：自从我张生见到了你，再也无法把你相忘。一日不见，对你的思念之情就几乎令我发狂。莺莺你的倩影啊，像那美丽的凤凰，萦绕在我的心房。我寻寻觅觅，追随于你，可惜却不能与你相伴身旁。如今，我只能借琴声倾诉我的衷肠。何日我们才能再相会，以抚慰我灵魂的哀伤？我的心上人啊，快快答应我吧，快快来到我的身旁，不要让我再深陷那无穷的思念，我再也不要那无尽的绝望！

知心之人听到这首曲子，自然可以明了张生的情意；心怀戚戚之人听到这首曲子，禁不住也会肝肠寸断。虽不是《黄鹤》《醉翁》《泣麟》《悲凤》这些名曲，却字字打动人心，久久不能忘怀，听罢此曲，离愁别恨，顿生心中！

字字句句，都深深地触动着莺莺，忍不住泪水扑簌簌滑落衣衫。一曲听罢，莺莺不仅感动于张生的一片深情，对张生的才华也越发钦佩。

"好曲！"莺莺不禁脱口称赞起来。

张生听到莺莺的赞叹，心中既欢喜，又有些疑惑。喜的是：莺莺已然明白了自己的心境；疑的是："老夫人食言，为什么小姐您也骗了我？"张生不禁脱口而出。

"先生误会我了！"莺莺简直是满口莫辩，二人隔着一堵花墙，莺莺恨不得冲过去剖露自己的心迹。此时的莺莺，已经顾不得女儿家的羞涩，只觉得应该把满肚子的话倾泻在知心人面前。

"这可不是我说谎啊，这一切都是我娘亲的主张。终身大事，怎么能由得了我！如果依照我的心思，我情愿和先生……"说到这里，莺莺还是不禁羞红了脸，幸好，隔着花墙，张生看不到自己的窘态。

"再说，我怎么忍心让先生这样苦苦相思呢？可惜啊，我的娘亲管束我太紧，除了圆月之夜晚上到花园焚香拜月，平日里不肯让我随便出门，就是出了门，还要暗地里嘱咐红娘寸步不离，紧紧地盯着我。好在红娘和我从小一起长大，懂得我的心思。"

"哦，"听了这话，张生长长舒了一口气，"原来如此！我也料到小姐对我的情意，若是小姐对我心意不一，我张生也早已离开此地奔赴京城，何苦在这禅寺之中苦苦守候？"

"沙、沙、沙"，一阵急促的脚步声传来，张生与莺莺正在隔墙互诉情衷，突然红娘迈着细碎的脚步赶到莺莺面前，压低了声音急切地说："姐姐！老夫人在找姐姐呢，咱们赶快回去吧！"

花墙那边的张生，听到红娘的话，无奈地叹了一口气，耳听得这边莺莺和红娘收拾东西，快步离开。张生枯坐了一会儿，才慢慢地收起琴，恋恋不舍地回到自己的房间。难得莺莺小姐对自己一往情深，可是郑老夫人就像是横亘在两人之间的一座高山，想要跨过这座高山，天知道还需要经历什么，张生不由得眉头紧锁，愁肠百结。

夜空中的月亮已经升得很高了，它悬挂在遥远的空中，冷冷的月光洒在院中，地上一片惨白。冰冷的夜风袭来，张生不由得连连打了几个寒战。

第三章

1

自从那夜隔墙听琴之后，一连多日，莺莺再也没有听到张生的消息。月夜听琴，莺莺明白了张生对自己的一往情深，内心又高兴又难过。高兴的是自己的心上人，原来也深深地爱着自己，两情相悦，真是天赐姻缘；难过的是母亲大人竟然从中作梗，百般阻挠，一对有情人，难成眷属。因此，几天来，莺莺茶饭不思，心神不安。

可是，这几天怎么没有听到张生的消息呢？张生在做什么？不会是一生气，就已经走了吧？莺莺一个人在屋内胡思乱想，越想越担心，越想心里越没底。

莺莺终是放心不下，叫来了红娘。郑老夫人近日事情比较多，红娘经常到老夫人那里听从差遣。

听到小姐招呼自己，红娘赶快跑了过来。

"姐姐，红娘来了！"

红娘一见到莺莺，就猜到了莺莺的心思。你看她头发也没有好好梳理，胡乱绾了个抓髻；脸上连脂粉也没有擦，更不用说描画一下纤纤柳眉了；床边绣了一半的花还是老样子，看来自己这几天到老夫人那里忙乎，小姐是心意阑珊，干什么都没有心思。

"我这几天身子不舒服，你怎么也不回来看我？"莺莺有些嗔怪地说。两人从小就几乎形影不离，彼此都已经不习惯没有对方的日子。

听莺莺这样说，红娘自然明白莺莺的心意，于是故意漫不经心地说："姐姐现在心里有了别人，哪里还会想我红娘呢？"莺莺一听，知道红娘在调侃自己，急得说不出话来，伸手装作要打。红娘早就做好了准备，话音未落转身闪开，回头见莺莺的脸都有些红了，知道自己的话气到了小姐，赶忙过来哄莺莺："姐姐不要生气嘛，红娘只是和您开个玩笑而已。姐姐有什么吩咐，红娘愿赴汤蹈火，万死不辞！"

莺莺见状，心里也明白红娘在调皮，于是顿了顿，故意不理红娘。

红娘何等聪明，眼珠转了几圈，拉着莺莺的手，说："姐姐吩咐红娘去做什么？莫非想张……"

莺莺一听，心中暗暗吃惊：这个鬼丫头，莫非是我肚子里的虫子？怎么我想什么，她都能猜到？这还了得？于是故意绷着脸，问道："张什么？"

红娘慌忙改口："我，我，张、张、张罗着姐姐的事呢！"

莺莺听罢，终于忍不住笑出声来："好妹妹，姐姐这里真的有一件事想求你呢！"

红娘心知莺莺惦记张生，故意问："姐姐什么事啊？"

"这几天我一直没有听到张生的消息，妹妹你替我去张生那里走一趟，看看张生在干什么，回来告诉我。"

红娘的头摇得像个拨浪鼓："小姐饶了我吧，我可不敢去，这事要是让老夫人知道了，还不打断我的腿！这可不是闹着玩儿的。"

莺莺一听就急了，也顾不得矜持："好妹妹，我求求你了，替我去一趟吧！"躬身就要下拜。

红娘见状，慌忙用手扶住莺莺："姐姐千万不要这样，这样可就折杀红娘了！既然姐姐吩咐，我就豁出去了，去一趟吧！"

莺莺见红娘出门，慢慢放下心来，只等红娘的消息。可是没过一会儿，红娘就急匆匆跑了回来，还没进屋，就喊道："姐姐！姐姐！"听红娘声音急促，莺莺赶忙迎到门口。

"姐姐，不好了，张生病了！"红娘喘着气断断续续地说。

"你怎么知道？"莺莺颤声问道。

原来，红娘还没走到张生的院子，就碰到了琴童。红娘向琴童打听张生，琴童告诉她，自从那夜和莺莺小姐隔墙抚琴之后，可能是心里惆怅，加上受了点寒气，回来后就病倒了。

红娘一听，心中暗叹：张生和小姐果真是天造地设的一对儿啊！张生病了，我家小姐也病得不轻呢！只因为前夜听琴，扰动得我家小姐芳心难安，几天来，只见她针线不动，脂粉不擦，眉头紧锁，寝食难安，还动不动长吁短叹。二人这分明是心有灵犀啊！

一听说张生病了，莺莺的心就悬到了嗓子眼儿。病成什么样子？请过大夫用过药没有？莺莺的心里七上八下，小脸变得煞白。

红娘一见莺莺这样，心里知道小姐惦记着张生，也顾不上再和小姐兜圈子了，赶忙拉着莺莺的手宽慰她说："姐姐不要着急，现在我立刻就去探望张生。"

莺莺听到红娘这样说，心里立刻热乎乎的：真不愧是我的好姐妹！她紧紧地握了握红娘的手，只说了一句："快去吧！"

见红娘旋风般出了房门，莺莺心中祷告：老天保佑！但愿张生的病没有大碍。转而心里灵机一动，暗自打定了一个主意。

2

自从那夜莺莺小姐隔墙听琴后，张生欣喜地发现，原来莺莺才是自己真正的知音，不仅自己深深地爱着莺莺，莺莺对自己也有情有义，因此对莺莺的思念越发强烈，心里有千言万语要和莺莺倾诉，可惜的是却再也没有机会相见。沉沉的思念，殷殷的祈盼，随之却是屡屡的失望，张生终于病倒在床。

平日里，张生读书倦了的时候，常常会踱到法本长老的禅房，和长老谈天。法本长老进入佛门之前，原本也是饱读诗书之人，经史子集，上下古今，皆尽涉猎。张生虽然年纪轻轻，可自幼苦读，学问却是极好，二人一起谈天说地，情趣见识很是相投，很快成了一对忘年之交。后来，张生读书读到颇有心得的时候，也会跑来找到法本长老，二人促膝切磋，频频有所见略同之处，彼此心中常常有相见恨晚之意。

可是这几天来，法本长老发现张生没有找自己聊天，心中不禁有些好奇。这天寺中诸事安排妥当，法本长老来到寺中西厢张生的房前，等到叩门进屋，却发现张生卧在床上，他吃了一惊，忙问："先生这是？"

张生见是法本长老前来，赶紧强撑着想要坐起来，长老赶忙扶住张生，连声劝说："先生不必多礼。"张生这才有气无力地告诉法本长老，这几天身体发热，浑身无力，头痛得厉害。

"平白无故，怎么会这样？先生莫非内有郁结，外受了风寒？"

听到这话，张生心头发热，鼻子一酸，和法本长老交往时间虽然不长，可是张生从心里已经把他当作了亲人一般，于是张生把前几天郑老夫人请自己吃饭，要莺莺和自己以兄妹相称一事原原本本告诉了法本长老。长老听罢，只是叹了一口气，什么话也没有说。他心里明白，张生本好端端的，突然生病，病根儿就是因为郑老夫人的悔婚。郑老夫人这样做，违背了当初的诺言，显然不合情理。可怜张生，一个斯文的读书人，能有什么办法呢？尽管满心同情，可是自己又能说什么呢？

法本长老宽慰了张生几句，闷闷不乐地返回禅房，一路上，长吁短叹，越想越不平，郑老夫人这么做事，实在是太过分了。不行，老僧我得去找找她，说说这事儿。才走了几步，法本长老又有些犹豫：见了郑老夫人，我说什么呢？不管怎么说，崔相国对自己有恩，无论如何还要顾及双方的面子，为了一个萍水相逢的书生，和郑老夫人撕破了脸皮那是万万不可的。对了，我到老夫人那里，告诉他张生病了，我姑且听听她怎么说。

打定了主意，法本长老快步来到郑老夫人的院中。

郑老夫人的院子里很是安静。借住在寺中，跟随的仆从也没有几个，平时除了洒扫庭除，栽种一些自己喜欢的花花草草，郑老夫人也没有什么特别的嗜好。郑老夫人家风很严，女儿莺莺已经长大成人，自己单独住在另外的房间。平时除了家里的几个人，其他闲杂人等一律不得随意到母女二人的住处，没有郑老夫人的许可，莺莺也不能够随便外出。女儿莺莺对母亲尽管很是恭敬，但是母女两人似乎也没有多少共同的语言。莺莺这孩子，哪里都好，就是太没有心计，就说那个张生吧，素昧平生，莺莺就认定他是可以信赖之人。虽然莺莺没有敢和母亲明白地说出自己喜欢张生，可是郑老夫人是过来人，她一眼就看出了莺莺的心思。莺莺啊，你也不想想，那个张生要钱没钱，要官没官，虽然出身于尚书之家，可是老父亲早已离世。现今社会，世态炎凉，人一走茶就凉。眼下自己家不就正是一个活生生的例子吗？崔相国在世的时候，家里宾客络绎不绝，可是崔相国一死，立刻门前冷落鞍马稀少。如今扶柩回乡，孤儿寡母，无依无靠，碰到路上不太平，只能借住在寺庙里边。更气人的是，前一阵，竟然差点儿被孙飞虎那个小贼欺侮。他孙飞虎算个什么东西？如果相国在世，别说一个小小的孙飞虎，就是一百个一千个孙飞虎，谁敢欺负到我们头上？万一莺莺嫁给张生这样没权没势又没钱的人，不知道这辈子还要吃多少苦呢！可是莺莺怎么就不明白这么简单的道理呢？

唉，真是儿大不由爷，女大不由娘啊。

郑老夫人正在房间里生闷气，仆人进来禀报说："老夫人，法本长老来了。"郑老夫人赶紧招呼请进。

法本长老给郑老夫人施礼后落座，相互寒暄之后，法本开口说："老夫人听说没有，住在隔壁的张生病倒了，就是上次请来杜确将军杀退孙飞虎贼兵的那个张生。"法本故意强调了张生搬救兵退贼一事，意在提醒郑老夫人不要忘记当初许下的诺言。

果然，郑老夫人一听，怔了一下，不过很快恢复了平静："是吗？"

法本故意不搭话，只等听她怎么说。

片刻的冷场之后，还是郑老夫人打破了僵局："想来张先生孤身一人在外，也没有什么人照顾，他在这里人生地不熟，烦请长老帮忙去请一位名医，仔细医治医治吧！费用由我来出。"

法本长老听到这话，心中暗笑：或许她也明白张生为什么生病了吧！或许她也感觉到自己的言而无信了吧！可是，难道她真的不明白，张生的病，除了莺莺这一味药，无药可医了吗？

3

红娘奉莺莺之托，匆匆赶奔张生的院落，一路走，一路替张生鸣不平。上次贼兵孙飞虎围困普救寺想要强抢小姐为妻，还不是多亏了人家张生搬来救兵解救？要不然，我们崔家老小哪里还有性命在？可是老夫人出尔反尔，答应好好的事儿，却在宴席上反悔，让二人以兄妹相称，活活地毁了这桩婚事。你看如今这二人，一个本来是满腹的锦绣文章，如今却满腹幽怨，病痛缠身；一个本是花容月貌，如今却整天以泪洗面，茶饭不思，瘦了腰肢，憔悴得让人心疼；一个昏沉沉读不下经史，一个心意沉沉懒得去摸针线；一个是琴弦上弹奏出离愁别恨，一个是在花笺上涂抹出断肠诗；一个是琴弦上传心事，一个是笔下写幽情。

　　唉，一句话，两个人都是害的那相思病。

　　唉，真真是一对可怜的人儿！

　　一路走一路叹息，不觉红娘已经来到了张生的房门外。毕竟是个小姑娘，红娘又起了调皮的心思：我先偷偷看看张生现在做什么。

　　红娘蹑手蹑脚走到窗前，伸出舌头舔舔手指戳破了窗棂纸，屏着气偷偷往里边观看。哦，看床上一人，多半是张生和衣而卧吧，再一细看，可不正是张生！只见他孤身一人，神态凄凉，面黄肌瘦，气息微弱。哎呀，莫不是张生就快愁死了吧？

　　红娘吓得心突突直跳，赶忙敲打房门，里面传出微弱的声音："谁呀？"

　　"我就是那个爱管闲事的小灾星，我家小姐让我趁着月朗风清、夜深人静过来看看先生。"红娘答道。

　　张生一听，心中一喜，挣扎着从床上坐起来，心想：小姐让红娘来，一定是有话带给我。

　　下床开了门，把红娘迎了进来。

　　"莺莺小姐最近怎么样？还好吗？"一见面，没等红娘问自己的病，张生就急切地问。

　　"不好。"红娘一副愁眉苦脸的样子。

　　"啊？小姐怎么了?!"张生大吃一惊。

　　红娘见张生满脸焦急，原本面黄肌瘦的一张脸，霎时变得惨白，紧张得连嘴唇都有些颤抖，赶忙笑着说："先生不要着急，我家小姐没什么大事啦，也就是整天连脂粉都懒得涂抹，每天千思百转想的，不知道在想念谁。"

　　"哦。"张生长长舒了一口气，心里暗自欢喜。既然莺莺小姐对自己有这份情意，何不托红娘带个话，表明我的心意呢？

　　张生站起身来，拱手给红娘施了一礼："小生有一件事情想辛苦红娘姐姐。"

　　"哎呀，先生怎么这么客气？什么事啊？"红娘想，看来一定是要我帮忙了。

　　"小生这里有一封书信，烦请红娘送给莺莺小姐，传达小生的肺腑之言。"

"啊？"红娘装作为难的样子，"这件事嘛，可不太好办。万一小姐见了书信，板起脸来训斥我：'大胆奴才，你怎敢私自带话给我？'她不高兴了，把信撕了可怎么办？"

张生忙说："拜托红娘姐姐，将来我会多多地准备金银酬谢您啊！"

红娘一听，冷笑一声："你这个穷酸秀才好没意思，你卖弄你家有钱吗？莫非红娘是为了图你的钱财吗？别看我红娘只是个女子，只是个下贱的婢女，也还有点志气的！"

一句话点醒了张生，知道自己一慌乱，口不择言，伤了红娘，赶忙一揖到地，口中连连道歉："姐姐不要生气，小生说错了！"

说着，豆大的汗珠顺着额头和鼻梁淌了下来。

红娘也知他是口不择言，见他着急，微微一笑，宽慰他："既然知错，红娘就不怪罪了。先生写吧，我帮你带过去。"

琴童赶忙备好了纸笔，张生笔走游龙，一转眼，书信写好了。

红娘不放心："先生写了些什么？念给我听听吧，好让我心里有个底。"

张生知道红娘不认识字，于是把书信的大意念给她听：

"莺莺小姐您好，小生张珙这边有礼了。今天红娘前来，带来您的问候，心中非常感谢！

"自从上次分别，就没有再听到您的音信，小生心中很是悲伤。我万万没有想到郑老夫人竟然背弃了前言，毁掉了她亲口许下的婚约。小生我每天遥望着您居住的地方，恨不得腋生双翅飞到您的身旁。我对您的思念夜以继昼，终于患病不起，这样下去，估计日子也不多了。

"现在我给您写下这封书信，尺短情长，聊表寸心吧。如果承蒙小姐不嫌弃，可怜我张生，能够读完此信，将是小生极大的荣幸！

"我知道写这封信给您非常冒昧，请您谅解！

"最后小生在仓促中做得五言绝句一首，表达我对小姐的情义：

"'相思恨转添，谩把瑶琴弄。乐事又逢春，芳心尔亦动。此情不可违，芳誉何须奉？莫负月华明，且怜花影重。'"

红娘原以为张生需要思忖一番才能下笔，没想到他文不加点，转瞬成书，这么短的时间内竟然写得如此婉转风流，心中不禁更加佩服张生满腹的文采。

张生把书信小心翼翼地叠成一个同心方宝，又在上面工工整整写下"鸳鸯"二字，然后双手交给红娘，反复嘱托："辛苦姐姐一定要亲手交给莺莺小姐，我的一片心意拜托姐姐转达了！"

红娘满口答应："先生放心吧，这封书信我一定送到。见到我家小姐，如果她问我：'谁的信啊？'我就告诉她，就是那天夜里抚琴的那位先生写给您的书信。"

张生连连称谢。

红娘转身要走，又想起了什么，回头说："红娘没有读过什么书，但是常常陪着小姐读书。有一句话，不知道当讲不当讲？"

"姐姐请讲。"

"先生的学问这么好，可千万不要把满腹的才华只用来写这些东西。如果把心思只用在这里的话，您就好像是一只鲲鹏，被丝线绑住了翅膀；还像是一只小小的黄莺，不再追求鸿鹄的志向。说句实话，我家老夫人之所以背弃前言悔婚，主要是嫌弃先生只是一个布衣秀才。请先生一定不要忘了考取功名，不要忘了青云之志啊！"

张生忙应道："感谢姐姐的一片肺腑之言，小生明白，大丈夫在世，自当建功立业，报效国家，岂能只是儿女情长？小生一定记住姐姐的嘱咐，请放心吧！"

"好吧先生，看您对我家小姐的一片真情实意，我一定会让这封信有个着落，我会好好劝说小姐过来探望您。"

见红娘拿着自己的书信离开，张生心中默念：我把这封堪比宋玉的风流书信，寄送给莺莺那窈窕美人，但愿它是我求亲的一道灵符，保佑我求亲成功。等着吧，明天她就该有回话给我啦！

4

这日一早，莺莺醒来，见红娘还没有回来服侍自己起床，知道红娘还要服侍老夫人，不得一丝空闲。这么早起来，连个说话的人都没有，好是无聊。唉，再睡会儿吧。

昨晚红娘去张生那里取了书信回来，听到老夫人召唤，赶紧又跑过去服侍老夫人。今早又是忙了半天，这会儿才清闲下来。刚想歇歇，心想不行，怀里还藏着张生的书信，于是急忙来到小姐的院子。

莺莺小姐的院里格外静谧，红娘轻轻来到小姐的窗外，静悄悄的，一丝风也没有，珠帘不动，透过窗纱，一缕暗香飘荡在空气中。小姐是不是还在熟睡呢？红娘蹑手蹑脚轻轻推开门，撩起玫红色的软帘，向屋里边张望。

只见莺莺小姐头钗散乱，一头秀发松松地拢起，斜着身子侧卧在床上。

红娘轻轻来到床边，轻声呼唤："太阳老高了，还不起床啊。莫非要做懒美人吗？"

听到红娘在身边，莺莺慵懒地睁开眼睛，慢慢从床上爬起来，长叹一声，下床梳洗。

红娘刚想把书信取出来直接交给莺莺，转念一想，万一我家小姐不好意思，责怪我呢？对了，趁小姐不备，我偷偷放到梳妆盒上，看看小姐见了怎么说。

莺莺对着镜子，卸了脸上的残妆，又轻轻敷了一层粉，把头发松松地绾了个发髻。伸手正要取玉钗时，看到梳妆盒上一封书信，于是轻轻拆开。红娘偷眼看着小姐，一颗心怦怦直跳。突然，小姐的眉头一皱，脸色沉了下来。

"红娘！"

"坏啦！坏啦！"红娘心里连连叫苦。

莺莺指着手里的书信："小贱人，这东西从哪里拿来的？"

"是……是……"

没等红娘答完，莺莺又厉声训斥："我堂堂的相国小姐，有谁如此大胆敢写这样的书信来调戏于我？我什么时候看过这样的东西？看等一会儿我去告诉老夫人，看不狠狠地打你一顿！"

红娘满腹委屈："小姐您吩咐我去看张生，张生就写了这封书信托我带给您，我又不认识字，哪里知道他写了些什么？"

红娘嘴上说着，心里却不服气：这书信明明是你自己招致的，却无缘无故来冤枉我。他给你写这样的书信，不是你纵容的还能是别人吗？

红娘想着，突然眼珠一转："嘘，姐姐不要声张。不用等你去老夫人那里告状，我现在就把这封书信呈给老夫人看。"说完，红娘抓起书信就往

妆台窥简——从清康熙四十二年（1703）刊本《绣像西厢》（清钱书撰）

外走。

莺莺一听，一下子急了，赶忙抓住红娘的衣袖："小丫头，姐姐逗你玩儿呢。快告诉我，张生现在怎样？"

红娘嘟起嘴："我不说！"

莺莺赶忙央求红娘："好红娘，快告诉我吧！"

红娘见莺莺真的着急了，扑哧一声乐了："张生现在啊，病得很厉害呢！面黄肌瘦，每天茶饭不思，面壁流泪，懒得动弹。日日夜夜就盼着和小姐成亲的好日子呢！"

莺莺也顾不上红娘的调侃了："那咱们赶紧请个高明的医生给他看看吧！"

"我看他这病啊，找多高明的医生，吃多么贵重的良药都不管用，他这是心病。张生这病啊，只有一个人能治。"说罢，红娘坏笑着盯着莺莺。莺莺一看，知道红娘话里有话，脸一下子就红了。

少顷，莺莺说："红娘，要不是你的面子，我就把这封书信交给老夫人，看他张生还有什么脸面来见我家老夫人。虽然我们崔家有负于他，也只限于兄妹之情，没有其他的情分。红娘啊，幸亏是你的口风很严，要不然别人知道了，这事儿恐怕早就满城风雨了。"

红云撇着嘴："小姐也够厉害的。您把他折腾得七死八活，还想要怎么样啊。"

莺莺吩咐红娘："给我准备纸笔，我给张生写一封回信，告诉他下次不要这样做了。"

时间不长，回信已经写好："红娘，你把这封信给张生送过去，告诉他，我之所以派你去探望他，只是出于兄妹之情，并没有其他的意思。如果下次再这样自作多情，我就去告诉老夫人，连上你这个小贱人，一起都逃不脱。"

"啪！"莺莺把书信扔给了红娘。

红娘捡起书信，心中暗暗埋怨小姐：人家张生为了你神魂颠倒，寝食不安，昼思夜想，泪水不干，可是小姐却丝毫不考虑人家的感受，一个劲儿地用这样的冷言冷语折磨人家。可叹我红娘一片苦心，盼望着你们俩能顺顺利利终成眷属。

如此想来，红娘不免有些委屈，有心不去吧，担心违背了小姐的心思，更主要的，张生还盼着小姐的回音呢。唉，谁让我红娘是热心肠的人呢？姑且做个忍气吞声的媒人吧。

罢罢罢，就走一趟吧！

一路走来，红娘还在不住地埋怨莺莺：小姐您也太任性了。就说听琴那一夜吧，平时在楼上临窗都担心风凉受寒，可是月下听琴，清露袭人，你看那张生和小姐两人，抚琴和诗，两情相悦，哪里还顾得上深夜的清寒？明明是你春心荡漾，我好心为你二人传递书信，却又不肯人前表白。在别人面前装作无所谓，可是背地里却暗自思念张生，愁眉苦脸。

张生正等待着莺莺的回音，红娘一进院子，他就看到了，急忙迎出门来："红娘姐姐，您终于来了！您简直就是那擎天柱，大救星啊！事情还顺利吧？"

红娘沮丧地说："先生不用犯傻了，事情糟了。"

好似兜头一盆冷水，张生一凛："小生的书信情真意切，莫非是红娘你没有用心吗？"

红娘更加气恼："我还不用心?！怨只怨先生您的命不好，可不是红娘办事不用心。那封书信倒是做了你的罪证，还连累了我！"

"啊?"

"先生如此无礼，活该您受罪。若不是顾及情面，我索性就去告诉了老夫人。平白无故，我还挨了抱怨。你俩的事儿，跟我有什么关系？从今往后，你们也不用见面了。西厢的月亮暗淡无光，秦楼的凤凰也飞走了，你也走开，我也走开，您也就是落得个酒罢人散尽，从此以后，您也不用再倾诉肺腑之言了。好啦，老夫人那里还有事情。我走了！"

红娘一席话，直说得张生一阵阵发蒙。见红娘转身要走，忙拦住红娘："小生错怪姐姐了！小生错了！小生给姐姐赔罪了！"

红娘一听，才停住了脚步。

"姐姐千万不能走，您这一走，谁还能与小生分忧啊。求您给小生出个主意，救小生一命啊。"说着扑通一声，张生跪在了红娘的面前。

"先生不要装成这种可怜的样子啦，我想管你们这事吧，又担心老夫人知道了饶不过我；有心不管吧……"

张生跪着央求红娘："小生的一条性命，全靠姐姐帮忙啊。"

"唉，我红娘生来吃软不吃硬，打不怕，骂不怕，偏偏最受不了的就是甜言蜜语的央求催促。真是让我左右为难。"

猛然红娘想起了怀里还有一封莺莺小姐的回信呢。

"对了，这是小姐给你的回信，你自己看吧！"

张生一步抢上前来，一把抢过书信，打开看了起来。看着看着，喜色爬上了眉梢："哈哈！真是天大的好事！小生要撮土焚香，跪拜老天开恩。早知道有小姐的这封书信，我早就应该出门迎接，请姐姐恕罪！哈哈哈！"

红娘万分诧异："小姐写了什么？快念给我来听听？"

"原来小姐骂我都是假的，她约我今天晚上到花园里来……"

红娘不相信自己的耳朵："快把小姐的书信念给我听听？"

张生念道："待月西厢下，迎风户半开。隔墙花影动，疑是玉人来。"

红娘一听，泄了气："这有什么啊，你怎么知道是小姐约你啊？给我解释解释。"

"'待月西厢下'，是告诉我约会的时间和地点，等月亮出来的时候，到西厢去等候小姐；'迎风户半开'，是说莺莺小姐会打开花园的门等着我；'隔墙花影动，疑是玉人来'，小姐是告诉我跳墙过去。"

红娘一听大笑："小姐约你跳墙过来！你能跳吗？真的是这个意思吗？"

张生："没错的！我是猜谜诗的行家。姐姐听说过古代有个叫隋何的人吗？"

"没听说过。"红娘摇了摇头。

"这隋何呀，原本是秦朝末年，汉高祖刘邦手下的一个谋士。他的口才极好。当时刘邦和项羽打仗，刘邦屡战屡败，为什么呢？因为项羽手下有一员猛将，名叫英布，刘邦很是头疼。这时隋何跟刘邦说，他愿意凭着一条三寸不烂之舌，去劝一劝英布。你猜怎么着？"

红娘虽然不认识字，可是最喜欢听人讲故事，特别是读书人讲故事，听到张生卖关子不说了，忙问："最后怎么样了？"

"隋何硬是把英布给说得归顺了刘邦！"

"哇，这隋何可真是厉害！"

"对呀，正因为他口才好，后人才称他是风流隋何。"

看红娘听得入迷，张生禁不住又问她："对了，您听说过有个叫陆贾的人吗？"

"也没有。他有什么故事啊？"

"陆贾也是刘邦手下的一个名臣。刘邦打败项羽，建立汉朝之后，统一了天下，可是还有一个叫南越的地方没有归顺，刘邦又很头疼。后来有人说陆贾口才很好，于是刘邦派陆贾出使南越。你猜最后怎么着？"

"肯定是陆贾说服南越归顺了汉朝，对吗？"

"姐姐实在聪明！结果的确如此，南越向大汉称臣。所以后世人称'浪子陆贾'，夸赞他口才好，头脑活。"

"先生的意思是……"

"和隋何、陆贾二人相比，我张生的才华可算得上是长江后浪推前浪哦！所以，我猜小姐的书信，绝对不会错的！"

啊哈，原来小姐在瞒着我啊。在我面前铁嘴钢牙，信里写的却是西厢待月，等到夜静更深，让张生跳过花墙幽会，来做那"女"字旁边加个"干"字之事。哎呀，想想就让人脸红！

这小姐未免太不够朋友交情，连对我红娘都用这种圈套。古往今来从来没见过写信的人还隐瞒着送信的人。真不明白，小姐的心思九曲十八弯，到底都是从哪里学来的？

哦，明白了。这时，红娘想起了以前莺莺读书的时候，给自己讲过的"三更枣"和"九里山"的故事。"三更枣"讲的是佛教中的一个故事。佛祖给弟子传道的时候，弟子询问何时传道，佛祖送给弟子三粒粳米和一颗红枣，弟子领悟，佛祖是告诉他三更的时候早点去。"九里山"也是一个典故，讲的是楚汉相争的时候，刘邦手下的大将韩信在九里山前摆阵，设了十面埋伏，逼迫项羽于乌江自刎。小姐告诉她，后人就经常用"九里山"指设圈套。哈哈，原来莺莺小姐这次的信里边就模仿了古人这种方法，从字面上看不出来，实际上却暗含了约会的时间和地点。

好啊，我红娘忙里偷闲，东奔西走替你们传书寄信，你们去云雨幽会。小姐啊，你在这关键的时候却把我红娘隐瞒欺骗！红娘端详着书桌上莺莺小姐的那封书信，越想越生气。哼，欺我红娘不识字！

"先生这回可以放心啦，看来这次十拿九稳，我家莺莺小姐已经芳心暗许了。哼，连我都瞒着！"

张生听红娘的语气不对，心里明白了红娘的心思，于是开导红娘说："姐姐不必生气，小姐这样做，一定有她自己的理由。"

"想不通！我就不明白，为什么小姐当着我的面，躲躲闪闪，不说实话？"红娘嘟起了小嘴儿。

"这就是姐姐的不是了，姐姐跟随小姐这么多年，难道还看不出来小姐这样做的深意吗？"张生踌躇满志地说。

"什么深意？"红娘莫名其妙。

"小姐这样做是有道理的。据我看，起码有两个好处：第一，万一这封书信落到老夫人手里，抓不到我们约会的证据。"

"嗯，有点道理。那第二个好处呢？"

"很显然，小姐还不相信我张珙的学问，她想用这种方法测试一下我的学问。像'三更枣''九里山'这样古人用过的计策，我张珙还能不知道吗？"

说罢，张生又捧起信笺，那信笺纸光洁得像晶莹的白玉，娟秀的小楷散发出隐隐的幽香，一字字一行行浸透了莺莺小姐的一片萌动的春心，墨迹似乎还没有干透，恰似莺莺小姐那莹莹的泪光。

红娘听张生这样一说，心里的困惑终于化解，多亏了张生讲给我听，我才明白了你这尺牍传深情，载不动的那许多愁。赶快回去给莺莺小姐回话去！

张生望着红娘远去的背影，忽然想起了什么，转头看看四周，只有琴童一个人在，心想对琴童说一说，又感觉不妥，摇了摇头。琴童见张生刚才还是欢欢喜喜，此刻脸上又浮现出了一层愁云，小心地问："先生有什么心事吗？"张生看了看琴童，吞吞吐吐地说："小姐约我晚上翻过那堵花墙和她约会，我本是一个读书之人，怎么能够跳得过那么高的墙呢？"

琴童一听，原来是这么一件小事。

"先生不用发愁。我知道那堵墙，并不是很高。再说，晚上我陪您一起去，如果您翻不上去，您踩着我的肩膀，我在下面给您当梯子。"

张生一听，非常高兴："真不愧是我的好琴童，我的好兄弟！"琴童听到主人的夸赞，自然十分开心，哼着小曲，里里外外忙着干起活儿来。

现在，一切都已经安排妥当，张生不禁暗暗感叹：看来万事皆有天注定，感谢莺莺小姐对我的这片情意，也感谢上天赐我张生如此聪明的天资，不费吹灰之力猜出了小姐的暗语，看来就是那风流隋何、浪子陆贾也比不上我这般聪颖机智。想到这里，张生又禁不住喜上眉梢，主仆二人欢快的情绪弥漫开来，连日来沉闷的气氛一扫而光，空气中都散发着一股喜气洋洋的气息。

内心的激动让张生坐立不安，看看天色还早，张生勉强坐在书桌前，翻开了书，可是心里如同揣着只小兔，一点儿也不安分。平时读书啊，总嫌白天太短，感觉转眼就天黑；可是今天这太阳怎么好像钉在了天上一样？

出门看了看天，才刚刚中午，万里碧空无云，太阳高高悬挂在空中。老天啊，天下万物都得到您的恩赐，大慈大悲的老天，您不会在乎争这一天的光阴，您就关照关照我张珙，今天您就偷一次懒，快快落山吧！

还没有坐上一会儿，张生又跑出房门，看那可恶的太阳，还是那样又大又圆亮闪闪刺人眼。如果我张珙能得到后羿的弓箭，我定要一箭把它射下来！

求求老天，让太阳早早落山吧！

求求老天，早点敲响暮鼓吧！

等天黑了，我就可以关上房门，滋溜一下跳过花墙和莺莺小姐约会去啦！

红娘从张生那里回来，一路上暗暗思忖：今天小姐让我去给张生送回信，表面上冷言冷语，暗地里却在信里约会张生。既然小姐不对我明说，我也暂且不动声色，不点破她，今晚焚香，小姐肯定会细细梳洗打扮，到时候我倒要看她怎么跟我解释！

5

月下花影重重叠叠，空气中弥漫着缕缕的花香。淡淡的月光下，庭院里分外宁静，徐徐的清风，吹透了窗纱，薄薄的窗帘随风飘动，暮霭淡淡，夜空明澈。

莺莺小姐对着菱花镜，在楼上细细梳妆打扮。

此时的院中，远离了闹市的喧嚣，池塘碧绿，鸳鸯入眠，杨柳绽放出黄绿色的嫩芽，一对对的鸟儿，已经归巢栖息。

莺莺小姐打扮完毕，虽然人在房中，早就心猿意马，等着夜晚快快来临，去和心上人约会。不知张生，见了我那书信，能否猜透我的深意？

"姐姐，今晚咱们要去烧香啦！"红娘故意说。

莺莺没有搭话，可是红娘心里明白一切：眼下小姐和张生一样，都是巴不得一下子就到天黑。自从相约月下幽会，两人每过一刻，就好像是熬过了漫长的一个夏天，看那天边高高悬挂迟迟不肯落下去的太阳，他们恨不得招呼那管理太阳的羲和神快快出来，鞭打太阳早早落下。

总算是盼到了太阳落西山，月上树梢头，莺莺和红娘急匆匆出了门，莺莺迈动那双金莲小脚，步履匆匆，穿过花园，已经顾不上脚下踩折了多少娇嫩的牡丹花芽，更顾不上一双薄薄的绣鞋被露水打湿。哎呀，走得太快，一不小心，头上的玉簪又被花枝藤蔓挂住啦。

红娘暗笑莺莺小姐走得急，帮她摘下挂住的藤蔓，连忙提醒说："小姐当心脚下青苔路滑，也不要让冰凉的露珠打湿了小姐您的凌波袜，万一受了凉，又该生病啦！"

莺莺默不作声，只顾匆匆前行，红娘只得跟在后面，气喘吁吁，一溜小跑。

来到花园门前，莺莺一张脸红扑扑的，娇喘微微。红娘告诉莺莺："小姐您先等一下，别动，我去打开那扇角门，去看看有没有旁人，别偷听了咱们说话。"

红娘蹑手蹑脚走过去打开角门，张望了一圈，见空无一人，心想：那个傻东西要是不来啊，哼哼，看我红娘饶得了他？

忽然，一阵风吹来，红娘发现在栅栏旁边有黑影在晃动，红娘想，莫非是树影晃动惊飞了乌鸦？嗯，不像。再定睛一看：哦，原来是张生那个傻瓜，是他帽子上的乌纱在晃动，看来他早就到了，在那里等着呢！

红娘回过头来看看莺莺，也正站在假山旁，不时向这边张望，一副心神不宁的样子。红娘心里不禁暗乐：您看这二位，一个藏在栅栏旁，一个躲在假山石下，都在痴痴地等着对方，只是各自还没有搭话，估计是谁也没看见谁吧。哎，看来还得我去招呼一声了。

红娘冲着栅栏边的黑影走过去，压低了声音，轻轻喊道："先生……"

乘夜逾墙——从清康熙四十二年（1703）刊本《绣像西厢》（清钱书撰）

话音未落，张生猛扑过来，一把抱住了红娘："哎呀，小姐您可来了！"

红娘一下子羞红了脸，挣扎着脱了身，嘴里骂道："禽兽，急什么？看清楚了，是我！"

张生一听声音不对，大惊失色，慌忙松开了手臂，连连倒退了几步，一看果真是红娘，顿时感到一张脸火辣辣的，赶忙连连躬身下拜："小生眼花，心里急躁，认错了人，请姐姐恕罪！请姐姐恕罪！"

红娘知道他错把自己当成了莺莺，小声嘟哝了几句，整了整衣衫。

张生见状，心知红娘没有怪罪，于是小心翼翼地问道："小姐在哪里啊？"

"在湖边的假山石下呢。对了，我再问问你啊，你真的确认今晚我家小姐约你吗？"

张生拍了拍胸脯："小生是猜谜诗的行家，论才华，胜过那风流隋何、浪子陆贾！"

红娘见他如此自信，放下心来："你不要从门里走过去，你得从这堵墙翻过去。听我的安排，我今晚安排你们两个拜堂成亲。"听到红娘的话，张生的那颗心呀，只剩下那个美呀。就连天上的月亮，也似乎害了羞，赶紧扯了一块浮云轻轻遮住了自己。朦胧的月光，就好像是那红纸笼罩着喜庆的烛光；宁静的庭院里，嫩绿的柳丝低垂下来在风中轻轻摇摆，花儿羞答答地悄然绽放，倾吐着诱人的芳香；地上绿草青青，像是一张绿茵茵的地毯，又像是那软绵绵的暖榻。天造地设的洞房啊！

如此良辰美景，怎可辜负？

看到张生跃跃欲试，急不可待的样子，红娘又叮嘱说："你看我家莺莺小姐，一头秀发，粉面含羞，还是个娇滴滴美玉无瑕的女孩家。今夜你二人在此成亲，先生你可要温柔些，千万不要吓着了她。"

"姐姐放心，小生一定遵命就是。"话音未落，张生来到墙边，撩起衣襟，一纵身翻上了矮墙。不要说一直悄悄躲在不远处的琴童，连张生自己都挺奇怪：今天怎么竟然如此身轻如燕？

咕咚！

"什么人?!"正在焚香拜月的莺莺小姐一声惊呼。

"是小生张珙张君瑞呀！"张生压低了嗓音回答。

莺莺猛然见张生，又瞥见不远处的红娘一双眼正直盯盯地瞅着，又羞又怕，顿时花容失色，羞怯像雾锁春山、双桥烟雨，红晕冲上脸颊，脱口而出："张生！我在这里烧香，你却无故前来惊扰，你的胆子太大了吧！你以为我莺莺是什么人？也像那孙贼孙飞虎来欺负我吗？"

张生闻听此言，一惊：坏了，小姐又变卦了！

红娘在不远处，看到这一切，心里急得百爪挠心：我这个媒人啊，当得可是不容易，操心费力，还担惊受怕。你看看，两人一个心中害羞假装怒气冲冲，一个意想不到张口结舌，我说张生啊，你不是自夸胜过那风流隋何、浪子陆贾吗？怎么这会儿一句话也说不出来了？平时没事儿的时候一张嘴伶牙俐齿，现在怎么不说话了？你看你垂着两手，弓着身子，你倒是说句话呀！哎呀呀，真是急死个人！

红娘正在着急，听到小姐招呼自己："红娘，这里有贼！"

"是谁？"红娘再也不能假装看不见，赶紧走上前来。

红娘做出生气的样子："张生，你来这里做什么？"

张生忙辩解："是小生……"

莺莺说："红娘，把他带到老夫人那里去！我倒要看看老夫人知道了，你怎么解释！"

红娘一想，那还了得！赶忙劝阻莺莺："如果把他带到老夫人那里，恐怕张生的颜面就丢光了，咱们姐妹处置他吧。"说罢偷眼看着莺莺，见莺莺不再搭话，看来是心中默许了。红娘绷紧的心松下来一些："张生，你过来跪下！你是读过孔圣之书的人，也一定明白周公之礼。半夜三更，你到这里想干什么？你不要埋怨我们非要追究你，你也算是饱读诗书，没想到却这样色胆包天！"

张生真是哑巴吃黄连——有苦说不出，心想：明明是小姐约我前来，现在却又变了卦，让我怎么说？

红娘见他不说话，又追问说："你知罪吗？"

张生更加委屈，只好嗫嚅着说："小生冤枉啊，实在不知何罪之有啊。"

"你半夜三更闯到别人家，不是作奸犯科就是想做盗贼，反正没安什么好心。想你本来是个求取功名的读书人，一个斯文的体面人，怎么现在却做起了采花大盗的勾当！"

　　红娘一边嘴里责骂，一边却偷偷给张生使了个眼色。张生立刻心领神会，赶忙"扑通"一声跪倒央告红娘："请姐姐劝一劝小姐千万不要生气，小生知错了，下次再也不敢了。"

　　红娘见状，又偷眼看看莺莺："好姐姐，您看张生也知道错了，看在红娘的面上，饶了他吧！"

　　莺莺见此，神色也缓和下来："如果不是看在红娘的面上，这次一定把你带到老夫人面前问罪！看你还有什么脸面回去见人！"

　　红娘赶忙谢道："多谢小姐！"

　　转头又对张生说："你看看，我家小姐多么善良、多么豁达！如果真把你送到官府，官府一盘问，明明是个读书人，本来应该好好读书，却半夜三更偷偷闯进别人家花园，就得狠狠地挨一顿板子打得皮开肉绽！"

　　"是，是，小生知罪了！"

　　莺莺见状，话又软了些："先生于我家有活命之恩，有恩当报，但是已然兄妹相称，何必再生此心？万一老夫人知道了，先生可怎么办呢？希望您以后不要再这样了，若是再犯，定然跟你没完！"

　　莺莺说完，拂袖离开。

　　张生听了，心中暗自叫苦：小姐你明明约我来相会，却为何又说这样的话？好不容易辛辛苦苦翻墙过来，两人一个红脸儿一个白脸儿，一会儿大棒威吓，吓得我魂不附体，一会儿又似乎晓之以理，哄得我丈二和尚摸不着头脑。莺莺啊，你的葫芦里究竟卖的是什么药？

　　红娘见张生望着莺莺的背影呆呆发愣，不禁笑道："先生不是号称猜谜诗的行家吗？先生不是比那风流隋何、浪子陆贾还机智吗？"

　　张生赶紧羞愧地摆摆手："唉，好姐姐，千万不要再提什么行家了，惭愧啊惭愧！"

　　"什么猜谜诗的行家，还说什么'迎风户半开'，还什么'隔墙花影动'，还什么'待月西厢下'，我看今后啊，可不要再提什么'春宵一刻值千金'了，您就准备着'寒窗更守十年寡'吧！"

　　挨了红娘的一顿奚落，张生仍然是不死心，硬着头皮说："姐姐，我再给小姐写一封书信，倾诉我的衷肠，劳驾您再给送过去，可以吗？"

　　红娘一撇嘴，连连摆手："我看还是算了吧，从今往后，你那淫词滥调的书信也别写了，也别再模仿司马相如和那卓文君的风流了，从此你俩井水不犯河水，阳关大道独木桥，各走一边吧。我红娘也落个清净。"说罢转身快步离开。

"哎……"张生还想解释一下，转眼间红娘已经走远。唉，望着红娘远去的背影，张生不禁悲从中来：这莺莺小姐真是折磨人啊。本来自己的病还没有痊愈，今晚是接到了莺莺小姐的书信才强撑着赶来赴约，没想到又受了这样的捉弄。唉，眼看着这病是好不了啦！想到这里，张生感到有些眩晕，身子晃了晃，险些摔倒在地。一旁的琴童手疾眼快，赶紧一把扶住了张生，搀扶着他慢慢走回了房间。

6

不知不觉间，张生房前的槐花已经悄悄凋落，火红的石榴花刚刚开始绽放，院子里弥漫着淡淡的花香，可张生的心里，充斥着绵绵不绝的忧伤。这忧伤啊，已经从春到夏，何日才是尽头？

自从那夜张生回来之后，病情越来越沉重。消息又传到了郑老夫人的耳中，虽然她表面上装作若无其事的样子，可是听说张生生病以后，她悄悄安排自己的心腹仆从，格外关注这张生的动静，听说张生的病不但不见好，反而更重，郑老夫人心中一惊。宴席上狠心悔婚之后，她自己也总是觉得这样做有些不妥。可是，一言难尽啊。一是莺莺已经婚配给自己的侄儿郑恒，虽说这个侄儿不争气，莺莺也百般不情愿，可是毕竟已经许婚在先啊！再说，这张生孤身一人，还白衣穷秀才一个，没有分毫的功名，我堂堂相国的小姐，怎么能嫁给这样的人家呢？这不是让人家耻笑吗？当初在孙飞虎那贼兵围困的时候，自己情急之中应允退贼者为婿，那也是万不得已的下策啊。虽说在酒席宴上狠心拒绝了这桩婚事，可是毕竟对不住人家张生的救命之恩啊！唉，左右为难啊。思前想后，脑袋里简直是一团乱麻，郑老夫人重重地叹了一口气。

"红娘啊。"

听到老夫人招呼，红娘赶忙跑进屋来，垂手而立："老夫人有什么事吩咐？"

"红娘啊，听说隔壁的张生病了，长老已经请大夫去给看了，也不知道病情怎么样？开了什么药吃？我放心不下，你过去看看，然后给我回话。"

红娘一听，心里大惊：哎呀，连老夫人都说张生病重，昨天我又数落了他一顿，想来病势更加沉重了。唉，小姐啊，你真是会折磨人啊。

"遵命。"红娘嘴里答应着老夫人，赶忙跑了出去，没有去看张生，先跑到了莺莺的房间，向小姐述说了老夫人的吩咐。莺莺听罢，心中暗想，看来现在火候差不多了，于是淡淡一笑："拿纸笔来，我来开一服药方，你给张生送去，定会药到病除。"

红娘一听，连连摇头："使不得使不得！天哪，小姐您千万别再折磨他啦！"

"放心吧，红娘，这是救人一命的大事，我不会开玩笑的。快去吧。"

"是真的吗？"红娘将信将疑。

"放心吧，这次肯定药到病除。"莺莺自信地说。

红娘想了想，也没有其他更好的办法，因为她明白，张生这个病，除了莺莺小姐，没有人能够医治。

"唉，反正老夫人刚刚吩咐我去看看他，就顺便给你把这个药方带过去吧。"

见红娘拿了自己的书信走了，莺莺胸有成竹地微微一笑。几次考验，看来这张生对我莺莺并非只是一时的心动。母亲总是跟我说，女人这一辈子，有两次投胎的机会。第一次投胎，是选择自己的父母，女人自己无法选择；第二次投胎，是选一个如意的郎君，这是可以选择的一次机会。想我莺莺出身相府，貌美如花，饱读诗书，聪明通透，岂能嫁给郑恒那样猥琐无能之人？想到郑恒这两个字，莺莺禁不住皱起了眉头。

其实自从暮春时节遇到张生，莺莺当时就一见钟情，可是婚姻大事，需要慎之又慎。母亲老是说自己年轻，经历的事儿太少，世事险恶，特别是人心最难看透，如今对张生，莺莺也要好好考验考验才可以。隔墙吟诗，月下听琴，互赠书信，几番下来，莺莺一直在观察张生，直到今天，莺莺一颗悬着的心，终于放下一些。于是她端坐绣房，成竹在胸，静等回音。

7

自从那夜抱病赶赴约会不成，反而无端遭到莺莺和红娘的抢白，张生心灰意冷，回来后病情越发沉重。这天早上，普救寺的法本长老带着一名大夫前来诊治，大夫给张生号了脉，叹了一口气，开了药方，叮嘱张生不要忧思过度，好好调养就离开了。张生心里明白，大夫说得很对，自己的病是心病，这病的药方只有一个，那就是莺莺小姐。解铃还须系铃人，什么时候莺莺小姐答应自己的求婚，自己的病也就好啦！

正在胡思乱想间，猛听到门外有轻轻的脚步声，接下来是几声轻轻的叩门声，这脚步声，叩门声，都是这么熟悉。对了，一定是红娘来了！张生猛地从床上坐起来。

果然是红娘。

"先生病体好些了吗？"

尽管心中暗喜，开口却充满哀怨："你们可是害死小生了，将来我要是死了，到阎罗殿前，红娘你可脱不开干系啊！"张生故意装作恶狠狠的样子咬着牙说。

红娘却不怕，笑道："天下害相思病的人不少，可是像你这样的傻子还真不多。明明是读书人，却不想着好好读书，整天满脑子梦想着花前月下，卿卿我我，心思都花在了偷香窃玉上。可惜啊，从海棠花开到现在石榴花都落了，还没能圆梦，实在傻得不一般！"

张生听罢，更加委屈："小生救了人，反而落了这般下场！自古有人说'痴心女子负心汉'，轮到我啊，正好反过来——'痴心汉子负心女'！你说我冤枉不冤枉！"

红娘道："依我看啊，先生您这病，是相思病。莫非秀才们都是这样喜欢单相思的呆傻模样？功名功名得不到，婚姻大事也难以成就。唉，可怜啊！"

见张生只是叹息，红娘接着说：

"对了，今天是我家老夫人吩咐我过来看望先生，看大夫给您开了哪些药。另外呢，还有啊……"

红娘故意顿了顿。张生忙问："多谢老夫人！还有什么？"

"还有啊，我家小姐特备了一服药方，托我送来。"

说完红娘盯着张生。

张生眼睛一亮，慌忙问道："小姐的药方在哪里？快拿来我看！"

红娘不紧不慢地说："有这么几种药引子，各有炮制的秘方，你可听好了啊！"

张生点头似鸡啄米一般。

红娘见状，心里暗笑。

"'桂花'摇影夜深沉，酸醋'当归'浸。"

"桂花性温，当归活血，这两样怎么炮制在一起？"

"面靠着湖山背阴里藏，这个方子最难寻找。不过，用上一服两服病就好了。"

张生似有所悟："那这个方子忌讳什么呢？"

"这服药啊，忌的是知母未寝，怕的是红娘撒泼。这味药方，需要先生一点点琢磨才能参透。"

红娘说着，把"药方"递给张生："这个药方，可是莺莺小姐亲手所开。"

张生读罢大笑："如果早知道小姐有书信来，我张生应该远道迎接啊！哈哈！"

红娘故作疑惑："怎么了？又像是前两次一样吗？"

"你不理解小姐的含义。小姐约小生一起……呵呵！"

红娘撇了撇嘴："你个呆秀才，还以为自己很聪明，得了这么个破纸条就喜出望外，如果真的得了我家天仙一样的小姐，你还不得疯魔了？我可告诉你，我家小姐心硬如铁，还最容易忘恩呢！对了，说了半天，小姐的信上怎么说的？"

张生念道："休将闲事苦萦怀，取次摧残天赋才。不意当时完妾命，岂防今日作君灾？仰图厚德难从礼，谨奉新诗可当媒。寄语高唐休咏赋，今宵端的雨云来。"

"这次和往日不同，这次啊，小姐一定赴约！"

红娘将信将疑，又撇了撇嘴："就是小姐真的来了又能怎么样？你看你，床上铺着一条五尺旧棉被，头枕着一张三尺破瑶琴，小姐来了，你请她住在哪里？冷呵呵的一间小屋子，还谈什么知音？"

张生听罢，红娘所言确有道理，于是怯生生地说道："我这里有银子十两，我去租一套铺盖来，如何？"

红娘的嘴一撇："我们莺莺小姐用的是鸳鸯枕、翡翠衾，睡着舒舒服服的，你租的那些粗陋的铺盖，怎么会合了我们小姐的心意？"

张生叹了口气："唉，我都为莺莺小姐憔悴至此，不知道她是不是为我也形容枯槁。"

红娘见状，又得意地说："我家莺莺小姐眉毛弯弯似远山铺翠，目光盈盈像秋水无尘，肌肤洁白若凝酥，蛮腰细细如嫩柳，脸庞俊俏，心灵聪慧，性格温柔。虽然不会神奇的针灸术，但是更胜过救苦救难观世音。"

张生谢道："今晚若好事能成，小生不敢忘记红娘的恩情。"

"你日日轻吟着思念的诗句，夜夜梦里苦苦追寻我家小姐的身影，如今这都已经成为往事。其实我家莺莺不图你白璧黄金，只要和你洞房花烛，一世恩爱就行了。"

张生忙不迭地连声诺诺，忽然又担心起来："哎呀，万一夫人看得紧，不放小姐出来可怎么办？"

"只要小姐真的有意来赴约，尽管老夫人的门关得紧，也一定想办法让你们如愿以偿。"

张生还是有些担心："但愿小姐不要又像前夜那样到时候反悔啊！"

红娘安慰他："那就看你的努力吧。肯来不肯来由小姐做主，等到见了面，能不能和小姐修来共枕眠，那就看您的福分了。"

第四章

1

　　红娘回来，一路小跑先直奔郑老夫人的院子，不小心碰倒院子里花架上的花盆。咣当一声响，惊起了枝头的几只栖息的麻雀，扑棱棱飞了开去。只见她云鬓歪斜，香汗淋漓。

　　郑老夫人见红娘慌里慌张、上气不接下气地跑回来，一张脸立刻板了起来。尽管她很想知道张生的情况，可是看到红娘如此慌慌张张，还是正色道："红娘，咱可是知书识礼的人家，讲究礼数，怎么这么莽撞，成何体统！"

　　"夫人，张生他……他……"一向口齿伶俐的红娘故意拖长了音。

　　郑老夫人一听，禁不住紧张起来："张生怎样？病得严重吗？"

　　红娘故意装作愁眉苦脸的样子，用手不停地捏着裙子，显得很是焦灼，弱弱地说："我看张生的病的确很严重，面色枯黄，精神萎靡，要不赶紧治，恐怕凶多吉少！"

　　郑老夫人一听，心头一紧，暗暗寻思，万一病情严重，我也脱不开干系。外人说起来，我们相国家母女联手欺负一个穷书生，这可好说不好听呀。一方面辱没了我们崔家的名声，一方面莺莺还未嫁人，还得寻一个好的人家。郑老夫人一想到相国撒手而去，剩下母女二人孤苦无依，不禁黯然神伤，如今又遇到张生这棘手的问题，万一病情严重，发展下去可是不得了："大夫开过药方了吗？大夫怎么说？"

　　"大夫号过脉了，说张生主要是心病，一般的汤药效果不大。"

　　郑老夫人心里自然明白张生的病源，于是问："小姐平素也颇通药理，小姐给开了药方吗?"

"开了,张生看到小姐的药方很高兴,也托我谢谢夫人和小姐的关心,他说服用几天看一看。"

郑老夫人听到这话,轻轻地舒了一口气,打发红娘伺候莺莺去了。

莺莺昨日吩咐红娘给张生送去书信,约好今晚相见,自从红娘走后,莺莺一夜没有睡好,早上起来,了无心绪,对晚上的约会,既盼望,又担心。盼那太阳早早落山,月亮早早升起,早点见到那张生。经过几番试探,莺莺终于确定张生对自己的确是一片真心,眼下巴不得马上扑到心上人的怀抱。可是还有些担心的是,前几番的约会都不欢而散,这次约会,张生还会相信自己吗?但愿张生能读懂我莺莺字里行间的心意。

和莺莺一样忐忑不安的,还有红娘。这次小姐又吩咐自己给张生送去了书信,约他今晚赴约。我家那小姐啊,谁知道是不是又在试探啊!真要是这样啊,可是要了人家张生的性命了!不行,我得看看小姐,探探她怎么说。

红娘走进门来,见到莺莺心神不宁地坐在窗前,虽然手里拿着针线,可是仔细一看,根本就没有绣上几针。看来小姐一直在等着张生的消息呢。想到这里,红娘故意不说话,只是不住地轻轻叹气。莺莺的心一紧:先生的病情怎么样了?见到我的药方吗?他说了什么吗?一连串的问题在心里翻来倒去,可是又不好意思直接问红娘。嘴上不说,脸色可是白一阵红一阵,索性放下了手里的针线,呆呆地望着窗外。红娘见到小姐这个样子,心里自然明白莺莺不放心张生,既然小姐没有开口发问,自己也就佯装若无其事吧。

真是难熬的一天!整整一天,莺莺和红娘主仆二人各怀心事,都想知道对方的答案,可是又都强忍着不开口。随着天色向晚,二人的内心也更加难以平静,都在等着对方先开口提起晚上约会的事儿。

"红娘。"晚饭过后,莺莺招呼红娘。

红娘心里一喜:"天哪,小姐终于开口了!"

"红娘啊,帮我收拾卧床,我要睡觉了。"

啊?!小姐的声音像平日一样,柔柔的,可是红娘感觉耳边响了一声炸雷。

"小姐，您要是这样，那，那位先生怎么办？"

"哪里的什么先生？"莺莺似乎听不懂红娘的意思。

红娘一听急得快要蹦起来："得得，我的小姐啊，又来了！又来了！真要是送了人的性命可不是玩笑！今天您如果又反悔啊……哼！"

"你要怎样？"莺莺似乎一脸的茫然。

"我就去，把你让我给张生送信和他约会的事儿告诉老夫人！"红娘噘着嘴往外走。

"好你个小贱人，倒学会了放刁！"莺莺绷着脸。

看红娘还是板着脸，莺莺知道红娘这回是真的生气了，于是又换成了笑脸："哎呀，真是羞死人了，晚上怎么好意思去呢？"其实这也是莺莺的真心话，长这么大，还从来没有和心仪的男子幽会过呢。

"有什么好害羞的？到那里你就合上眼不就行了。"红娘说完，自己都不禁觉得很好笑。

见莺莺还是在犹豫，红娘推着她，压低了声音说："小姐快点走吧，快点去吧！告诉你啊，我刚才出去偷偷看好了，老夫人已经睡下了。"

听说母亲已经睡下，莺莺精神一振，似乎平添了一股勇气，于是半推半就间，磨磨蹭蹭地走出了房门。红娘暗笑：小姐嘴硬，其实那颗心早就飞过去了。那脚步迈得比我还快，早就等不及了呢。红娘从床上抱起早已准备好的一套被褥枕头，跟在莺莺后边悄悄出了房门。莺莺见状，装作没有在意，心里却默默感谢红娘的细心和体贴。

月亮慢慢地升起来。

洁白的月色下，莺莺和红娘一前一后，悄悄地走在去张生房间的小路上。树影斑驳，脚步匆匆，红娘偷眼端详莺莺，心中不住感叹：我家小姐的确是貌美如花。只见月色之下，莺莺一头秀发轻轻绾起，散发出阵阵幽香；一张洁白的面庞就像是那无瑕的美玉，莹润细腻，吹弹可破；特别是那一双眼睛，恰似两汪盈盈秋水波光流转，难怪引得那张生昼夜思念。我红娘若是一名男子，也一定会拜倒在小姐的裙下。这会儿，西厢那个痴情的傻东西，估计正在伸长了脖子望眼欲穿吧！

2

红娘的猜想一点儿不错。

昨天晚上红娘给张生带来莺莺的书信，约定今晚相见，琴童前前后后忙了一整天，忙着收拾房间，扫地，擦桌，收拾得窗明几净，分外清爽。傍晚时分，琴童又点燃了一支熏香，平日简陋的房间顿时变得温馨起来。

人逢喜事精神爽，精神爽来病无踪。张生在病榻上已经躺了好几天，今天可要好好梳洗一番。一大早起来，张生就吩咐琴童烧好热水，忙着沐浴，沐浴完毕，打开衣箱，找出自己最喜欢的那款白色衫子穿上，再戴上一顶洁白小帽，往琴童面前一站。琴童张大了嘴巴，半天没有说话，前几天的病态一扫而光。只见张生面白如玉，双目如漆，鼻直口方，亭亭玉立，好一个风度翩翩的俊秀书生！

从晚饭过后，张生就再也坐不住了，一会儿从屋里走到院中，一会儿又从院中回到屋里，心神不宁。初更已过，还不见人来，等得人好心焦。小姐啊，千万不要说谎啊！这是多么安静美好的夜晚，那天仙一样的美人啊，你可千万要来啊！

夜色渐浓，整座庙宇笼罩在一片沉沉暮霭之中。

普救寺西侧的小院里，一个孤单的身影久久地伫立在门前。庭院里花香暗袭，宽敞洁净的书斋里，早已容不下心猿意马的读书人。这等待，实在是闷杀了里边的读书人，出来走走吧。

天上的彩云都去哪里了？深蓝的夜空，只有一轮明月如水。月光洒落在亭台，僧人们都回到了禅房，鸟儿们也都倦怠归巢，整座寺院，寂静无声。

咦？那边怎么有金佩的响声？哦，原来是风吹竹动哗啦啦作响。咦？那边花荫下怎么有人影晃动？莫非小姐来了？唉，也不是，原来是眼睛发花了。再擦擦眼睛，按住狂跳的心。唉，这心啊，都不知道放到哪里合适了！唉，还是呆呆地倚在门旁等着吧。此时，我如果有传说中那送信的青鸾，有陆机前辈那只送信的黄耳，是不是可以提前送给我一丝音信呢？

此时的张生，一时一刻都放不下莺莺小姐，这一天十二个时辰，时时刻刻挂念着心上人。和莺莺小姐相见后每个夜晚，都孤枕难眠，好不容易沉沉入睡，莺莺小姐又总是进入梦乡约会。如果早知道每天为了她寝食难安，真是后悔当初相见！张生也明白，作为男子汉，像这样朝朝暮暮陷入对小姐的思念，着实不应该。可是，如何才能摆脱这种绵绵情思呢？

此时张生倚门托腮，眼巴巴地等着莺莺小姐的到来。看着月亮一点点升高，心里越发忐忑不安：小姐到底还来不来呢？莫非在夫人身边脱不开身？真是望穿秋水，不见君来啊！越想心里越没底。唉，这么晚了，还不来，莫非又是说谎吗？

张生心里默默盘算着，日落之前，小姐就应该吃过晚饭，收拾一下，也用不了半个时辰。小姐若是肯来，此时想必早已离开了家门，走路的话，很快就该到啦。一想到小姐来了，这简陋的书斋肯定会立刻蓬荜生辉，充满温馨。

可是，为什么还没有到来呢？万一她不来呢？唉，一切都像是石沉大海，杳无音信。

张生心里默默地数着小姐的脚步，呆呆地倚靠在床边，默默地对小姐说："你虽然那么厉害地抢白我，我也不会记恨在心。只要能换来小姐的回心转意，那就是峰回路转，苦尽甘来。唉，转眼认识小姐快半年了，相思苦，日子实在是难挨啊。"

老天啊，不信的话您去问问司天台，我这相思足足愁了半年多，要说有多少愁呵，不说假话，要用十几辆太平车来装载。我孤身一人在这异地他乡粗茶淡饭，还不就是为了莺莺小姐吗？全凭心中一股至诚的情意才留住一口气在。小姐啊，你这一回如果不来，我张生也不必害单相思了，就给我准备一口棺材吧！唉！

3

红娘和莺莺来到张生的院外，红娘使了个眼色，止住莺莺："小姐您在这里等一下，我过去叩门。"

"笃，笃，笃。"

听到叩门声，张生的心一下子狂跳起来："谁呀？"

"你前世的老娘！"红娘戏谑着。

哎，这个鬼丫头！张生苦笑了一下，赶紧打开了房门，只见红娘一人，小心翼翼地问："小姐来了吗？"

"快把我这被褥枕头接过去。"

张生赶紧接过被褥，一股馨香沁入心脾。

红娘揉着手腕，一边跟着张生走进房间，把被褥铺好。张生心里已经明白了大半，禁不住心花怒放。一想到可爱的莺莺小姐真的来到了自己身边，张生哪里还有什么病？那点儿病啊，若有十分，现在也早已好了九分。

"先生，你怎么谢我？"

张生赶紧深施一礼："姐姐的大恩，小生无以言表。小生对姐姐的感恩之心，如滔滔江水，绵绵不绝，愿苍天明鉴！"

"好啦，谁要你发誓了？我可跟你说啊，对我们小姐温柔些，小姐千金之体，冰清玉洁的女儿家，你可不要吓着了她。"张生连声诺诺。

红娘带着张生来到莺莺身边，跟小姐使了个眼色："去吧去吧，先生来接您了，我在门外等着您。"见莺莺不动，伸手轻轻把莺莺推入张生怀中。莺莺顿时觉得一张脸热得烫手，张生揽过莺莺，搀扶着走进房间。

进了房门，张生猛地跪倒在地："我张珙有何德何能，胆敢盼来了神仙姐姐大驾光临！天哪，这不会是做梦吧？"

莺莺赶忙扶起张生："先生多礼了。"

"虽然以前经历了那么多的委屈，万万不敢祈盼有今宵的欢爱，承蒙小姐光临，小生不才，理当跪拜。小生没有潘安、宋玉的相貌，也没有曹子建的才华，感谢小姐抬爱。"二人拉着手，一同坐到床边。

第一次和张生这么近地坐在一起，莺莺的心禁不住地狂跳。坐在这张陌生的床上，自己都能感觉到浑身发热，不敢抬头，一双手的十根手指都缠在了一起，一排碎玉般的牙齿紧紧地咬住了嘴唇。

自从暮春时节在普救寺第一次邂逅莺莺小姐，张生和莺莺几次会面，但从来没有这么近距离地和她在一起。多少次梦里和她牵手，多少次醒来泪满衣襟，今宵梦中的神仙姐姐终于来到了自己身边。张生那热情的嘴唇、那柔丝般的短髭激动地抖动，一双手想抚摸莺莺，可又迟迟抬不起来……

一头秀发，发髻斜插金钗。金莲三寸，纤纤细腰，莺莺斜坐在鸳鸯枕头边，羞答答地不肯抬头。

张生那迟迟抬不起来的手终于颤抖着抬起来，轻轻地揽莺莺入怀。莺莺表面平静如水，其实水底群鱼游弋，完全是动乱世界，只要一阵天风乍起，那满潮的涟涟定会化作波涛翻滚。张生那颤抖的手如滑动的游丝使莺莺的堤岸在爱的热流中倒塌，莺莺杏眼中闪烁着爱抚的渴望，紧紧地倒在张生的怀抱，奉献地扬起红唇……此时他们二人是那样默契，彼此的心，早已融在了一起。那一次殿前初遇，那一次隔墙吟诗，那一次月夜听琴，那一次尺牍传情，带来了多少次梦中的牵手，带来了多少次心中的思念。多少知心的话儿，已经在梦中倾吐；多少深情的眷恋，已经在心中徜徉。

此时春宵一刻，二人沐浴在爱河，灵与肉的结合已经不需要语言的表白。

一间陋室，两只红烛，一对佳人。

一方雪白的丝帕，绽放一朵娇艳的红花。

云雨之后，张生再次跪拜莺莺："多谢小姐抬爱，小生也有幸和小姐共枕席，日后做牛做马也必将报答小姐的恩德。"

莺莺娇羞无比："我莺莺以千金之躯，今夜已经托付先生，望先生莫要变心辜负于我。"

"小生万万不敢！想我张生，本是一个无能的读书之人，孤身一人从家乡来到此处为客。自从巧遇莺莺小姐，从此日思夜想，不能忘怀，心中的忧愁无处化解，相思也无处释怀，多亏小姐抬爱，小生才有今天。小姐的清白之身已经给我张生，我一定把小姐当作心肝般对待。这么久以来，我寝食不安，昼夜思念，如果不是对小姐的真爱，怎么会感动老天，让我终于苦尽甘来？"

无限情思，依依情怀……

"笃，笃，笃。"忽然，门外传来了轻轻的敲门声。

"小姐，夜深了，该回去了。"

莺莺听了，赶忙整理好衣衫："我得回去了，时间长了，老夫人该找我了。"

张生帮着莺莺整理好发髻，恋恋不舍地把莺莺送出门外。如此佳人，一旦遇见，就会害得人挂念，如能相见，让人不得不爱。今晚我们在这里幽会，不知道下一次要等到何时？

想到这里，张生不由得有些悲戚。

等候在门外的红娘见张生送莺莺出来，对张生道："还不赶紧拜谢本姑娘！"张生马上连连道谢。

"小姐啊，咱们回去吧。"

张生望着二人快步离开，目光被牵得很远，很长……

初尝禁果的一对新人，如胶似漆，接下来几乎夜夜不舍得虚度。莺莺常常是二更动身，三更返回，后来，竟然常常凌晨时分才回到自己的房间。

4

炎热的夏日渐渐远去，秋色渐起。

郑老夫人近来总是感觉有什么异样，具体是什么，却也说不清楚。这天早上，莺莺来给母亲请安，望着莺莺的背影，她猛然醒悟，这种异样的感觉就是来自女儿莺莺身上！

老夫人立刻叫来了欢郎。

"这段时间我看莺莺说话有些恍惚，魂不守舍，腰肢体态和以前不一样。你最近有没有听说过她和什么人有交往？"

欢郎想了半晌，才说："前天傍晚，母亲您去睡了，我看见姐姐和红娘去焚香，好久也没有回来，我就回去睡下了。"

老夫人似有所悟："这事儿看来都在红娘身上，你去把红娘给我找来。"

红娘正在收拾房间，忽然听到门外传来欢郎急切的声音："红娘姐姐在吗？"

红娘听得声音很急，赶忙开门出来："找红娘有什么事吗？"

欢郎神色慌张："母亲知道你和姐姐去花园的事儿了，要找你呢！"

哎呀！坏了！我可受了小姐的连累了！红娘心里暗暗叫苦。"好，你先走，我收拾一下随后就到。"红娘的心怦怦直跳。

"小姐！小姐！"

"什么事情大呼小叫的？出什么事儿了？"莺莺听红娘呼得慌张，心想，这丫头，又要搞什么事？

"大事不好啦！您……您和张生的事儿，老……老夫人怕是知道了！老夫人现在叫我去她那里呢！这可怎么办？"平日里口齿伶俐的红娘，这时紧张得竟有点结巴了。

"啊？！姐姐，一定要替我隐瞒一下啊！"莺莺一听，也慌了神。

"我的娘呵，巴望你要做到深藏不露，可是偏偏露了马脚。"

莺莺反而镇定下来："月圆便有阴云蔽，花发须教急雨催。物极必反，事情好坏都是互相转化的。"

红娘埋怨："唉，你去张生那里幽会，时间也不短了，只是你俩私会，我每次都是提心吊胆。按说你应该当夜返回，谁想你竟然整夜不归？老夫人心计多，脾气又拗，估计不会相信我的花言巧语了。"

唉，老夫人肯定猜测那穷酸的张生已经做了崔家的女婿，小姐已经成了她的娇妻，红娘这小贱人就是那牵线的人。红娘心里暗暗叫苦。

莺莺叮嘱："红娘，到老夫人那里回话的时候千万小心！"

"我到了老夫人那里啊，老夫人肯定会这样问我：'你这小贱人，我让你平日里看着小姐，没想到你却来回给他们穿针引线。'如果老夫人这么问，我可怎么办？小姐啊，您受责备理所应当，可是我又图什么呢？"红娘着实委屈。

"您和张生在柔暖的寝帐内温存，颠鸾倒凤好不快活。可我站在门外的台阶上为你们望风放哨，冰冷的露水打湿了我的绣鞋。今儿到老夫人那里，我还得挨老夫人的棍棒责打，姐姐啊，您说我这是图什么？"红娘噘着嘴。

"好妹妹，姐姐嫁了如意郎君，到时候把你也带过去，你不也就遂心了吗？"莺莺说的也是实话，自己嫁了张生，红娘也随着嫁过去为妾，红娘这辈子也就有了安身之所。

红娘脸一红，赶紧岔开话题："小姐啊，不说了，我得赶紧过去了，要不然老夫人该着急了。我到老夫人那里，如果能把事情解释好说好了，您也不用欢喜；如果解释不好，您也不要怪罪我呀！"这时红娘开始慢慢冷静下来，思忖着怎么去对付老夫人。

红娘跑到老夫人房中，偷眼一看，只见老夫人面带怒色，端坐堂中。还未等红娘开口，老夫人已先厉声斥责道："小贱人，还不跪下！你知罪吗？"红娘赶忙跪下，低声说："红娘不知何罪之有。"

"胆大的奴才，你还敢嘴硬！你今天如果实话实说，我就饶了你；如若不说实话，看我今天不打死你个小贱人！"

"红娘不敢说谎。"

"你是不是带着小姐去花园了？"老夫人厉声问道。

红娘故作委屈："没去过啊，谁见了？"

"欢郎都看见了，你还敢狡辩！"说罢老夫人拿起掸子照着红娘兜头便打。

"夫人当心闪了手，请息怒，听红娘跟您慢慢说。"红娘眼见掸子劈头抢了过来，心想，好汉不吃眼前亏，我红娘虽然不是好汉，可是我也不想品尝这掸子的滋味。

"那你给我如实说来！"

"有一次，我和小姐做针线闲聊的时候，听说张生哥哥生病很久了，我们两个就瞒着夫人，去张生的房里探望。"

"去了以后，张生说了什么？"

"他说：'老夫人求我的事我已经给办完了，没想到老夫人言而无信，恩将仇报，让小生空欢喜一场。'然后他说：'红娘你先走，我和小姐在后面再说两句话。'"

郑老夫人一听就急了："小姐一个女孩家，你怎么能把她一个人丢在后边?!"

"我以为是小姐给他治病呢，谁想到他们俩燕侣莺俦，相亲相爱，做了夫妻呀！他们两个这一个多月以来总是住在一起，具体的您就不用细问了吧？"

郑老夫人一听，果然被自己猜中了，虽然早有心理准备，还是感觉头一晕，从椅子上晃了几晃，险些摔倒。红娘心知此话一出，老夫人必定大怒，此刻见老夫人脸色煞白，坐立不稳，赶紧起身，扶住了老夫人。

"他们两个年轻不懂事，不知烦恼，只管两人情投意合。夫人啊，俗话说'女大不中留'，您该放手就放手吧。至于其中的缘由，您就别再细细追究啦。"

郑老夫人好半天才缓过神来，哭着骂道："这件事，都怨你这个小贱人！"

红娘一听，反驳说："夫人这样说就错了，这件事，不是张生的错，不是小姐的错，更不是我红娘的错。这件事，都是夫人您的错！"

郑老夫人更是气得浑身发抖："你个小贱人，倒还指摘起我来！你说说，怎么都是我的错？"

"言而有信是为人之本，古人说：'人而无信，不知其可也。大车无輗，小车无軏，其何以行之哉？'"

　　别看红娘不认识几个字，可是平时莺莺小姐读书的时候，经常给她讲一些书上的道理，刚才的话，就是小姐教给她的。

　　"当初贼军围困普救寺，夫人许诺，谁能够击掉贼兵，就把小姐许配给他做妻子，您还说陪送嫁妆呢！这些话，莫非您都忘记了吗？"

　　郑老夫人听了，只能默不作声。

　　"如果张生不是爱慕小姐，他怎么会主动邀请白马将军前来退敌？贼兵退了，我们崔家老小的性命保住了，夫人却违背了原来的承诺，悔婚食言，这不是夫人言而无信吗？"

　　郑老夫人听了，仍然哑口无言。

　　"再说了，既然夫人不答应小姐和张生的婚事，就应该拿出金银酬谢张生，打发他赶紧离开。千不该万不该，还把张生留在寺中，使得这一对怨女旷夫，每天都是低头不见抬头见，日久必然生情，所以这都是夫人您考虑不周所致。"

　　"唉！"郑老夫人叹了一口气，这小丫头说得的确有些道理。自己当初怎么就没有想到呢？

　　"现在如果夫人把这件事情声张出去，可是大大的不妥。"

　　"怎么不妥？"郑老夫人的语气缓和了许多。

　　"之所以不妥，我想，一来会辱没我们崔家的名声。"

　　"唉！"郑老夫人点点头。

　　"二来呢，夫人您有没有想过，那张生虽然现在是布衣秀才，可是他有满腹才华，取得功名只是早晚的事儿，万一将来他有了权势，岂肯忍受这种欺辱？如果他把这件事告发到官府去，您不仅会落个治家不严的罪名，如果官府再深究起来，还会发现是您言而无信，知恩不报，这样岂不又坏了您的名声？"

　　好厉害的红娘！这一席话，入情入理，字字句句都说到了郑老夫人的痛处，直听得郑老夫人后背阵阵发凉，额头的冷汗都冒了出来。

　　"那你说怎么办好呢？"到了这一步，郑老夫人已经不由自主地开始和红娘商量对策了。

　　"红娘不敢自作主张，我倒是有个主意，请夫人明鉴。"

　　"你快说来听听。"

堂前巧辩——从清康熙四十二年（1703）刊本《绣像西厢》（清钱书撰）

"我觉得，请您原谅张生的过错，干脆把小姐许配给他，这样既洗去了二人私通的坏名声，还成就了一桩好姻缘。这两个人啊，一个是满腹才华，文章锦绣，前途不可限量；一个是貌比天仙，琴棋书画样样精通，真是郎才女貌，佳偶天成啊！"

说到这里，红娘抬眼偷偷看了看老夫人，只见老夫人还是没有说话，似乎正在犹豫。心中暗想，看来老夫人可能动心了。

"夫人啊，他们二人既然已经做下夫妻之事，红娘斗胆劝您一句，得放手时且放手吧，我们何必把大恩人给逼成仇敌呢？如果非要和张生结下仇怨，对我们崔家也是很丢面子的事啊。再说，毕竟还牵连着小姐呢，她可是您的亲骨肉啊。夫人您想想是不是这个道理？"

听红娘说完，郑老夫人半天没有说话。她心里暗想：这个小丫头说得倒也在理，如果真的经了官府，我们崔家可是太丢人啦！唉，算了吧，我们崔家从来没有犯法之男、再婚之女，就把莺莺许配了张生这小子吧！唉，谁让我养了这样一个不争气的冤家！

想到这里，郑老夫人余怒未消地说："你快去把我那个不争气的冤家叫来！"

红娘一听，心中大喜，一溜烟跑回莺莺的房中。

"小姐！"

5

从那红娘走后，莺莺坐卧不宁，那颗心就再也没有放下过。老夫人会怎么问？红娘会怎么答？若是红娘抵不住老夫人的责打，说出我和张生的真相可如何是好？她这颗心啊，既盼着红娘快点回来，又怕见到红娘。正在忐忑间，忽听门外红娘的喊声："小姐！小姐！"

莺莺踉踉跄跄跑到门口，抬眼先仔细看看红娘。哦？好奇怪，红娘满面春风，根本不像是挨了打的样子。

"老夫人没有责打你吗？老夫人怎么说？快点告诉我！"

"恭喜小姐！老夫人那棍子哦，啪啪地打在了我红娘的身上，打得我挺不过，不管三七二十一，我就都实话实说了。"红娘坏笑着说。

"啊?！你果真实话实说了吗？那夫人怎么说？"莺莺惊问。

"夫人现在叫你过去。"

"让我过去……干什么?"莺莺颤声问道。

"夫人啊……"红娘故意拖长了声音,一边笑眯眯地看着莺莺煞白的一张小脸儿。

"老夫人这回要同意你们的亲事呢!"

"啊?!"莺莺又是一声惊呼。这情形变化得也太快了!

"是真的,小姐!"红娘看着莺莺半信半疑的样子,忍不住大笑了起来。

看到红娘这个样子,莺莺知道是真话。"真是羞死人了,我怎么好去见老夫人?"莺莺的脸一下子红到了脖颈。

"又不是别人,在自己的娘亲面前,有什么好害羞的?想当初你和张生幽会,'月上柳梢头,人约黄昏后'。看你们那时候,连我都羞得紧,那时候你怎么一点儿也不害羞呢?"

莺莺听了,无言以对,只是羞红了一张脸。红娘推着莺莺来到郑老夫人房中。

见莺莺进来,郑老夫人怒气未消,两只眼睛瞪着莺莺,可又无可奈何。唉,冤家!

"莺莺,为娘平时什么都依着你,可是你现在做下这等不争气的事来!"话音未落,老夫人的眼泪先落了下来。

"女儿不孝,惹母亲生气了。"莺莺扑通一声赶紧给老夫人跪下。

"唉,这都是我的报应,怨不得别人。"

说着老夫人禁不住放声大哭。见母亲伤心成这个样子,莺莺也于心不忍,母女俩抱在一起,哭作了一团。

"我本想经官,又担心辱没了你父亲的名声,再说,这也不是咱们相国人家应该做的事儿啊!"

郑老夫人一边数落着莺莺,一边擦着满脸的泪水。

红娘见状,忙着劝慰母女二人。解劝了好一会儿,郑老夫人终于止住哭声:"唉,算了吧,谁让我养的女儿不争气呢。"

转身吩咐红娘:"你过去,把那个小畜生给我叫来。"

"遵命!"

红娘答应了一声,转身跑出房门,飞奔到"小畜生"的院中。

"先生！先生！"

张生听红娘呼唤得紧，赶忙迎出房门："姐姐找小生有什么事？"

"你和小姐的事被老夫人知道啦！"

"啊？"张生一听，霎时间脸色煞白，出了一身的冷汗，腿一软，赶紧一把扶住了门框。

红娘见张生吓成这个样子，扑哧一笑："不用怕，小姐已经跟老夫人都招了。现在招呼你过去，老夫人准备给你们俩成亲呢！"

"哎呀，好姐姐，下次把话一口气说完好不好，小生可是经不住这样的折腾了！"

"好啦，好啦，现在有这样的好事，还不快点去见老夫人。"

"小生心里慌得很，哪里敢去啊？"张生战战兢兢。

红娘的脸一下阴云密布，怒目圆睁："你和小姐既然木已成舟，莫非你还想收手不成？本以为你是个堂堂七尺男儿，敢作敢当，没想到是个'银样镴枪头'，算我红娘看错了人！今后啊，再也不管你们的闲事了！"

红娘一甩胳膊，转身就要走。这一顿数落，只说得张生的脸红一阵白一阵。罢，罢，堂堂男子，难道还比不上人家红娘一个女流之辈？于是赶忙拦住红娘："姐姐说的对。我马上随你去见老夫人。"

"哎，这就对了。见到老夫人，小心回话就是了。"红娘的脸，终于雨过天晴。

张生一路惶恐不安，跟在红娘的身后，来到郑老夫人房中。

老夫人端坐房屋正中，面含怒色。张生进门后，深施一礼，站立一旁，心中忐忑，不知老夫人将如何发落自己。

"好你个秀才！你是读书人，难道没有听说过'非先王之德行不敢行'的道理吗？"尽管心里无可奈何，老夫人还是厉声问道。

张生赶忙跪倒，连声谢罪："小生爱慕小姐，一时意乱情迷，做下错事，还请夫人不要怪罪，成全我们啊！"

"我本想把你送到官府里去，又唯恐这样辱没了我们崔家的名声。唉，既然你爱慕我家莺莺，今天我把莺莺许配给你为妻。可是有一个条件，你得答应。"老夫人语气缓和了不少。

张生忙连连叩头："多谢老夫人！小生如果有幸能够娶莺莺小姐为妻，

不要说一个条件，就是十个八个条件，也定当万死不辞。”

“我们崔家三代不招布衣为婿。你明天就出发，进京赶考，我呢，暂且替你养着媳妇。等你取了功名，再回来和小姐成亲；若是考不中，哼，不要回来见我！”

张生听了，心里大喜：凭我张生之才，考取个功名自然不在话下。于是连声答应，跪地给老夫人叩了几个响头拜谢。

红娘在一旁听着二人对话，禁不住喜上眉梢。哎呀，历尽千辛万苦，如今这事儿终于成啦！我红娘的后半辈子，也算是有着落了。回头看看一旁一直没有说话的莺莺，已经是喜极而泣。

郑老夫人吩咐，准备酒菜，明天她和法本长老要在十里长亭给张生饯行。

等到张生出了门，红娘送了出来：“恭喜先生！”

张生赶忙道谢。

“先生这次去赶考，我们都盼望着您考取个功名回来。到那时候，我们崔家张灯结彩、管乐齐鸣来迎候先生。”

张生连连道谢：“多谢姐姐吉言相送，小生定当回报姐姐的一片苦心。”

“还有啊，我红娘还有个条件。”

“姐姐请讲。”一听红娘这话，张生心里不由得有点紧张，谁知道这个调皮的小丫头又有什么鬼点子？

“我红娘啊，还等着先生您酬谢我这媒人，等着喝您的谢亲酒呢！”红娘得意扬扬。

“姐姐的恩情，小生哪能忘记呢？”张生是从内心感谢红娘。是啊，为了我和莺莺的姻缘，好红娘辛辛苦苦穿针引线，一次次，跑前跑后传递音信；一次次，为消除误会费尽口舌；一次次，为瞒住老夫人巧妙安排，甚至遭到老夫人的责打。没有红娘，哪里有我张生和莺莺的今天？受人滴水恩，当以涌泉报。红娘啊，你的恩德小生我和莺莺没齿难忘！

从母亲房里出来，莺莺又喜又悲：喜的是母亲终于答应了自己和张生的亲事，一对有情人终于如愿以偿；悲的是，明天就要在十里长亭送别张生了。幸福的来临总是如此艰难而短暂，离别的痛苦总是降临得如此迅疾而漫长！

6

秋风阵阵，北雁南飞，黄叶落满地。

一大早，郑老夫人和法本长老都早早准备好，要赶往十里长亭，为张生饯行。饯行的酒菜果品已经早早安排停当。

莺莺在房中闷闷不乐。唉，今天长亭饯行后，和张生就要各奔东西，从此相隔千里了。看着仆人们来来回回往车上搬着饯行的酒菜果品，叽叽喳喳，好不热闹。可是莺莺心里只有离愁别绪，着实凄凉！

多情自古伤离别，更那堪冷落清秋节。十里长亭，自古洒下了多少离人的眼泪！

可怜莺莺和张生，好不容易结束了漫长的相思之苦，却又要开始浓重的离别之愁。莺莺折下那长长的柳枝，想要系住那即将离去的玉骢马。夕阳啊，你就挂在那疏疏密密的树枝间，不要落下；马儿啊，你就慢慢地走；车儿啊，你在后边紧相随。"快走了！快走了！"忽然耳听得有人连声招呼，莺莺一惊，猛然间从刚才的幻觉中醒来，手一抖，金钗落到了地上，脸色变得煞白。

"姐姐，我来帮你梳头，老夫人招呼咱们该走啦。"红娘弯腰捡起金钗，轻轻别到了莺莺的头发上。一大早，红娘就发现莺莺呆坐着一动不动，目光恍惚，自然明白小姐的心思，她哪里有心情梳妆打扮呢？即使打扮得娇滴滴，万般妩媚，也还是要和先生分离。先生啊，你走后，可千万记得时常写信回来啊！

泪水朦胧间，莺莺昏昏沉沉地来到了十里长亭。郑老夫人和法本长老早已到了。红娘远远地看到张生已经等在那里，正在朝这边张望。

郑老夫人吩咐："长老，先生，你们二位坐在那边，小姐坐这边。红娘，拿酒来。"

见张生不肯靠前，老夫人端起酒杯招呼："张生，你靠近一点。既然是一家人了，就不要那么疏远客气。我把莺莺许配给了你，你到了京师一定好好考试，争取考个状元回来，以免辱没了我家的相国门第。"

张生赶忙站起来，双手捧着酒杯："夫人请放心。小生托夫人的福，凭借我腹中的才华，考取个功名，如拾草芥。"

法本长老见张生如此自信，心中高兴，也端起酒杯："老夫人的眼力没错，先生满腹才华，这次赴京赶考，定当夺魁而归。"

秋风阵阵，衰草萋萋。

莺莺斜坐在桌边，神情疲惫，面无生气，一言不发。

看到莺莺这个样子，张生一阵阵心痛，却又担心被人看见，强忍着满眶的泪水不敢落下。猛然间，低下头，装作整理衣襟的样子，悄悄擦去了眼中的泪水。

唉，虽然莺莺和我张珙已经结为夫妻，可是眼下这种离别的悲伤该如何打发呢？唉，心意沉沉，寝食皆废，从昨日到今天，就已经感觉到身体消瘦，衣带渐宽。

相聚的欢乐还没有享受几日，分别的痛苦就即将来临。回想起前一阵我们私会，私自做了夫妻，今天就要别离。这种离别的痛苦，比一般的离别更加痛苦十倍啊。

人啊，年少的时候，不在乎离别，情谊浅薄的容易抛弃。回想起我们腿挨着腿，头偎着头，手牵着手，张生你做了我崔相国家的女婿，我们夫妻恩爱，两相厮守，胜过做那个状元。

老夫人见莺莺与张生二人四目含泪，故意吩咐莺莺："给张生斟酒。"

莺莺赶紧站立，调整神色，却忍不住长叹了一口气："先生，请。"

张生谢过，无语，一饮而尽。

二人四目相对，纵有千言万语，可是如何开口呢？此时无声胜有声。

时间啊，过得太快，我们情愿这样面对面坐着，时间停滞，永不分离。

如果不是母亲大人在身边，莺莺真恨不得和张生举案齐眉，即使是一时半刻，也是我们夫妻同桌共食，哪里像是现在，还要偷偷地眉目传情。

红娘见莺莺吃不下，禁不住心疼，劝慰道："小姐早晨都没有吃饭，您多少吃一些吧，哪怕是喝些汤水呢，可别饿坏了身子。"

莺莺摇摇头，那颗心隐隐作痛：唉，我哪里吃得下？桌上的这些酒菜，到了我的嘴里，就好像是泥土一般。唉，还不如泥土有滋味呢！你看这杯中之酒，看起来明澈如玉，可是在我的眼中，都是相思的眼泪啊！我的心中被愁怨填满了，哪里还吃得下这饭菜？可叹我那母亲，为了那微不足道的名利，却活生生拆散了我和张生这对鸳鸯。一个在桌子这边，一个在桌子那边，长吁短叹，相看泪眼。

　　老夫人也看到了莺莺和张生的神情，心里明白，少年夫妻，舍不得分离，于是吩咐一声："好吧，咱们该回去了。我们先走，莺莺和红娘，你们和先生说几句话道别，时间不要长了，以免耽误了行程。"

　　张生忙起身施礼，拜谢老夫人和长老酒宴相送。法本长老把张生叫到一旁，拉着张生的手："老僧与先生在此别过，请先生一定保重。其他的话就不多说了，只盼望将来先生金榜题名！等先生衣锦归来，和莺莺小姐成亲，老僧还要讨一杯喜酒来喝啊。唉，自此一别，老僧再也不能静心拜佛诵经，只盼着听到先生高中的好消息啊！"

　　说罢，拍拍张生的肩膀，转身离开。张生深施一礼，谢过长老。一对忘年之交，挥手依依惜别。

　　此时，夕阳西下，青山笼罩在一片暮霭之中。长亭内残羹冷炙，杯盘狼藉。莺莺乘坐的车儿向东，张生的马儿向西，双方都迟迟不肯动身，莺莺不禁悲从中来：唉，谁知道今晚我的张郎在哪里安歇呢？但愿我们能够在梦中再相见吧！

　　张生走到莺莺身边，轻轻地挽起了莺莺的手。莺莺哽咽着叮嘱："先生此次赴京赶考，不管能否考中，千万要早日归来。"

　　"小姐放心，小生此次赶考，一定会夺一个状元回来。"

　　"先生赶考，莺莺别无相送，我随口作诗一首，送给先生吧。'弃掷今何在，当时且自亲。还将旧来意，怜取眼前人。'望先生一旦高中，不要忘记今天为您送行的人啊。"

　　张生听莺莺这样说，赶忙下拜："小姐千万不要这样想，我张珙一介书生，承蒙小姐错爱，已经荣幸之至，我哪里还敢别有他心？我接着小姐的绝句，再续写几句，表达我对小姐的真心。"

　　只见张生稍一沉吟，脱口而出："人生长远别，孰与最关亲？不遇知音者，谁怜长叹人？"

　　莺莺听过，泪水再也忍不住滑落下来。

　　一对有情人啊，劳燕分飞，泪水滂沱，沾湿了衣襟，还未启程，先问归期。眼前的人儿啊，即将远行千里之外，请喝下这杯离别的酒吧！正像是刘禹锡诗中所言：未饮心先醉。伤心的人啊，泣泪成血，心如死灰。相思的眼泪啊，落到黄河里，九曲黄河的水都要溢出来；心中的愁怨啊，落到西岳华山上，也会把三座山峰压低。唉，我这满腔的愁怨跟谁诉说呢？满怀的相思，只有我自己知道，老天爷，哪管人憔悴！一天到晚独倚西楼，遥望先生所去的方向，却只看到夕阳古道，衰草长堤。

赶往京城的路遥远又漫长，先生啊，一定要赶路趁天亮，天冷多添衣；离别的情啊，叙不尽；知心的话啊，怎么也说不完。相聚时光欢欢喜喜，分别之际悲悲切切。想来此刻，别过张生，孤零零一个人回到家中，床幔之内，锦被之中，应该还残存着昨夜温存时的温暖，可是今夜孤身一人，同样的锦被，却寒气森森，唯有在梦中回味昨日的温存。

看到心上人即将上马离开，莺莺禁不住眉头紧锁，泪水滂沱。

这时老夫人在前边传过话来，要莺莺赶紧回来。张生忙问："小姐还有什么要吩咐的？"

"先生你担心的是文采虽好运气不济，莺莺我担心的是您一旦高中，另寻佳偶。先生千万不要见了其他的女子，就乐不思蜀，流连忘返，一去杳无消息啊！如果考不中，千万不要做誓不回乡的傻事啊！我莺莺在家里等着先生归来！"

张生赶忙摇头："还会有谁比得上小姐您呢？我怎么会那样做呢？请小姐放宽心吧！"

说罢，张生给莺莺深施一礼，一咬牙，翻身上马挥鞭而去。

莺莺遥望这张生远去，伫立在路旁，可恨那青山阻隔了她的视线，疏疏朗朗的树木跟着添乱，遮住了张生的身影；可恨那傍晚淡淡的暮霭更是助纣为虐，逐渐模糊了张生远去的背影。

夕阳西下，古道寂静无人；秋风瑟瑟，只听到张生骑马远去的嘶鸣声。

红娘早已看不到张生的身影，可是莺莺还在盯着他远去的方向，于是催促莺莺："老夫人的车已经走了好一会儿了，姐姐，咱们也回去吧！"

四周暮色苍茫，一道残阳斜铺在天边。这一辆小小的车儿，怎能载得动莺莺小姐那满腹的忧愁呢？

张生骑上马后，策马前行，狠下心不回头。他知道，一旦回头，莺莺那依恋的目光就会像一条长长的绳索，把他牢牢拴住，再也无法前行。他强忍着满眶的泪水，满腔的愁怨就像是漫天的浮云汹涌澎湃。跑出老远，张生咬咬牙，吩咐琴童："咱们再赶一程，赶在天黑前到前面找个客栈歇息。"

7

夕阳终于落下，夜幕降临，暮霭沉沉。

张生已经催马离开蒲东三十里，前面是草桥，张生和琴童主仆二人，找一客店住下。

回头遥望蒲东，高大的普救寺早已淹没在一片茫茫暮色之中。落叶纷纷，人困马乏，秋风瑟瑟，倦鸟归林。满腹离愁的张生，即将迎来分别的第一个夜晚。

回想起那一夜，莺莺相伴，锦被柔暖，馨香四溢，莺莺头上的玉梳就像是一弯新月。二人斜卧软榻，脸对着脸，相看不厌。可想一想今夜，远离心爱的人，注定孤枕难眠。

到了客店门前，张生吩咐琴童招呼小二安排了房间，安置了马匹。

一切安排停当，张生告诉琴童，自己很累，心也累，晚饭什么也吃不下了，只想早早歇息。琴童赶了这么远的路，忙前忙后，也早就累坏了，听张生这样说，也顾不上吃晚饭，赶忙收拾床铺，安顿张生睡下。

可是张生哪里睡得着？

客店的房间清冷寂静，窗外秋虫低鸣。秋风急促，吹裂了窗棂纸，冷风吹进来，床上的被子显得更加单薄。张生把被子裹了又裹，还是抵挡不住阵阵寒意。唉，但愿莺莺小姐能来到我的梦中相伴，或许会给我带来一丝温暖。

迷迷糊糊中，张生沉沉睡去。

十里长亭，送别了张生，莺莺回到寺中，左思右想，还是放心不下。夜里在床上辗转反侧，怎么也睡不着。听听老夫人那里，没有了动静，估计早已睡下；红娘累了一天，也已进入梦乡。莺莺的脑子里，突然跳出一个大胆的念头：我出城去找我那张生吧！

恍恍惚惚间，莺莺已经出了城，来到了一片荒郊野外。莺莺见四下里无人，一颗心"扑通扑通"跳得厉害。行路匆忙，气喘吁吁，莺莺从心里对自己说，快点走啊，免得被人发现，万一打草惊蛇，可就坏了。

张生扯着莺莺的心，她哪里还顾得上路途遥远崎岖？这一次好不容易瞒过了管束严厉的老母亲，稳住了整日跟随左右的红娘，终于深夜逃了出来。

想那张生，长亭送别，临上马的时候哭得多么伤心，直哭得莺莺也心乱如麻，痴呆了一般。从傍晚分别到现在，还不到半天时间，莺莺感觉自己迅速憔悴下去，身子似乎飞快地消瘦下去，衣服的腰身又宽松了三四个褶子。唉，又有谁经历过如此深重的相思之苦呢？

环顾四周，秋水沉静，秋霜初现，寒露下树叶枯黄。道路高高低低，曲曲折折，荒郊野外，秋风四起。莺莺匆匆奔走，张生啊，你在哪里安歇？

猛然间，前面闪现一家客店。我的张生是住在这里吗？莺莺一边想，一边走到门前，轻轻地叩动门环。

"谁呀？"

屋里有人问话。哎呀，听这声音不正是我的张生吗！

"是我！"莺莺内心万分欣喜。

听声音是一女子，是人还是鬼？张生不免心里一阵紧张："是人就赶紧答应，是鬼就赶紧走开。"

"是我莺莺啊，难道你听不出来吗？我心中惦念着你，趁着老夫人睡下，前来寻你。不知道这一分别，何时才能相见。特意前来找你，想和你同去京城。"

"哎呀，是莺莺小姐！"

张生翻滚下床，顾不上穿鞋，光着脚赶忙打开房门，果然是莺莺！只见莺莺的衣衫都顾不上整理，一双绣鞋被寒露打湿，沾满了泥土，估计那双脚都磨破了。

张生禁不住怜惜地嗔怪着莺莺。

"哎，我的娘子！这么远你怎么赶来？"

"唉，我为先生啊，哪里还顾得上路途崎岖遥远？"

两人正在互诉相思之苦，忽然听到门外有纷乱的声音在喊叫：

"刚才有一个女子渡河过来，到哪里去了？"

"点起火把，找一找。"

"我眼看着就进了这家客店。"

草桥惊梦——从清康熙四十二年（1703）刊本《绣像西厢》（清钱书撰）

"咣！咣！"

"快点开门！快点开门！"

张生大惊失色："怎么回事?!"

莺莺反而显得出乎寻常的镇定："你暂且后退，我来跟他们理论。"

想当初孙飞虎那贼围困普救寺，我们都没有惧怕过，难道还会怕你们不成？

莺莺打开房门，门外是一群乱糟糟的士兵，看装扮，和孙飞虎的贼兵很是相似。

"你是谁家女子？为什么深夜渡河？"

莺莺斥责道："往后退些！你们听说过杜确将军吗？信不信白马将军一来，就会把你们这群贼兵剁成肉酱？"

贼兵们嚷嚷着一哄而上，把莺莺抢了过去。

张生又急又气，想要拼命夺回莺莺，猛然间，从睡梦中惊醒。啊，却原来是一场噩梦！

此时的张生，浑身上下已经被冷汗湿透。张生抹了抹额头的冷汗，再也无法入睡，起身下床，推开房门。只见惨白的月光下，满地银霜，天边挂着一轮残月，天空中闪烁着几颗寒星，树枝高处的鸟雀，被明亮的月光惊扰，叽叽喳喳叫了起来。梦醒时分，竹影晃动，蛐蛐哀鸣。唉，看来这一夜再也无法入睡了！我那心爱的莺莺，此时此刻你在哪里呢？可曾像我张生一样，也在思念着对方不能成眠？

迷迷糊糊中，张生又沉沉睡去。

"先生，天亮了，起床吧。"一早，见张生迟迟没有起床，琴童过来招呼。

张生睁开双眼，只感觉昏昏沉沉，头疼欲裂，挣扎着爬了起来。

主仆二人付过店钱，备好马鞍，出了店门，继续赶路。

为了求得功名，谋得一官半职，和相爱的人相隔千山万水，张生啊，奔往京城。

第五章

1

长亭一别，白驹过隙，转眼已经半年的时光。

隆冬时节北风萧瑟，雪花纷纷扬扬地飘落下来，装饰着世界，粉妆玉砌，皓然一色。院子里的蜡梅凌寒开放，幽幽的清香沁人心脾。红梅娇艳似火，洁白的雪花散落在花瓣上形成小小的冰晶，晶莹剔透，弯曲的枝杈披着银霜。渐渐地，花朵化作了莺莺的脸庞，冰晶是莺莺的眼泪。

"莺莺。"张生轻柔地说道，慢慢地伸出了一只手，他想去抚摩莺莺的脸颊。

"先生，你这是怎么了？这里并没有莺莺小姐啊。"琴童急忙唤道。

"啊！啊？没有吗？"原来是幻觉，张生揉揉眼睛，他想看清楚些。

雪，依旧在落。

梅花，孤寂绽放。

张生眼前总是浮现莺莺的面庞，含露的双眼写满了哀怨、无奈和期待。曾几何时二人花前月下，曾几何时操琴诉情，而今却天各一方。高中状元的喜悦丝毫没有冲淡张生对莺莺的思念之情，在等待皇上授官的这些日子里，他更是无时无刻不在惦记着莺莺。

"琴童，快备笔墨纸砚，我要给莺莺小姐写封信。"张生急切地说。

"是，先生。"乖巧的琴童迅速铺好纸，研好墨。

张生心中无限感慨，挥毫对莺莺倾吐肺腑："自离别，时时撩起你我恩爱的帷幕，悠悠情牵出你的笑影。听水声，仿佛是我思念你的呜咽。看斜月残灯，半明不灭，就是我的新愁郁结。别恨离愁，满肺腑话语难淘泻，只得纸笔代喉咙，将我千种情丝对你说……"

张生一气呵成饱含思念之情的家书，小心翼翼地折好，装进信封，交给琴童。

"你务必星夜兼程送到河中府，见到莺莺小姐告诉她，说我担心她惦记，特地让你送来书信一封。你接了回信也要快速返回，记住了吗?"张生焦急地叮嘱道。

"先生放心，我一定亲自送到莺莺小姐手里。哎呀，莺莺小姐见了不知该有多高兴呢! 她回了信，我很快就回来。先生自己多加保重，注意身体。"琴童懂事地说完，仔细地收好书信，拜别张生快马加鞭而去了。

空荡荡的屋子里只剩下了张生一人，四周静得出奇，只有雪落的声音，焦灼、思念与孤寂继续包裹着张生的身与心，让他无所适从，唯有等待，期盼着琴童早日归来。

一年前与莺莺相见时红雨纷纷点绿苔，别离后黄叶萧萧凝暮霭。今日红梅花开，却不见玉人来。

分别半载，如此漫长!

2

河中府，普救寺。

莺莺斜倚榻上，头顶发髻披散，本来瘦削的身子显得更加单薄。衫襦宽阔，织锦的云肩歪歪扭扭地披着。

"唉!"红娘看着莺莺慵懒的样子摇了摇头。

"小姐，您这是何苦呢? 先生去京城应试是好事呀。说不定他现在已经高中状元了，先生一定会派人给咱们送信来的。也许凤冠霞帔会一并送来的，小姐您穿上那可是美若天仙呀!"快人快语的红娘说着说着禁不住手舞足蹈起来。

莺莺的脸色惨白，没有一丝红润，嘴唇干枯好似蒙了一层白霜，长长的睫毛微微一颤，黑色瞳眸暗淡无光。

"红娘，你哪里知道我的心思。自长亭一别，先生去往京师，不知不觉已经半年。我看着这大雁一群一群飞往南方，这树叶由绿变黄，由黄变枯，纷纷扬扬的雪又盖上了这枯萎的草叶。先生那里情况怎样呀? 天寒地冻他知道添加衣服吗？寒衾冰凉谁帮他暖？生病了谁给他煎药熬汤？想到这些，你说我能放心得下吗？"莺莺边说，边慢慢起身，走到窗前，望着窗外散落一地的雪花，暗自垂泪。

"哎呀，我的小姐啊，您瞧瞧您瞧瞧，您这眼泪都快把红娘冲跑了，这张生又不是三岁的孩子，肯定知道照顾自己。您就不用挂念了，还是保重自己的身体吧。您看看，这一阵子您更瘦了，面容憔悴，骨瘦如柴，哪还有往昔的光彩照人，照这样下去，等先生高中状元回来，他肯定就认不出小姐啦。"红娘心疼地嘟起了小嘴。

看我这不施粉黛、首如飞蓬的模样，真如怨妇一般，每日苦苦期盼，每日守在这闺房，我的心早已飞到京城寻张郎。唉，到底何日才能有那张生的消息？何日才能相见？何日才能如我所愿，一对璧人朝朝暮暮啊？莺莺低头看到了笸箩里自己的绣活，轻抬指尖缓缓抚摩着那一对还未绣完的鸳鸯，感慨万千。从张生走了以后，这对鸳鸯就没再绣几针。

红娘那对清澈的双眸看看莺莺，再看看鸳鸯，嘴角一撇。

"姐姐，往常绣活，您可是个手脚麻利的人，咱这绣床什么时候空闲过呀？可现在您百无聊赖，日日躺着，怎么也不动手了呢？这对鸳鸯什么时候才能绣好啊？等先生回来一看，会觉得小姐是个笨姑娘的。"

"你没看到我最近心里烦呀？哪有心思绣这鸳鸯。每当我一拿起它，就想起了先生……"莺莺若有所思，不再言语，继续发呆。

"姐姐，您要是闷了，咱们出去走走，散散心。省得您一天到晚在屋里自己一个人瞎琢磨。"说着红娘拉起莺莺就要朝外走。

"红娘，你看这漫天大雪，寒气逼人，出去走走也消减不了我的忧愁，反倒更添凄苦愁绪。"莺莺卷起窗帘，钩上玉钩，从妆楼远眺，苍山朦胧，野渡横舟，冬风萧瑟，好一幅"飘飘送下遥天雪，飒飒吹干旅舍烟"的景象。风灌进屋子，红娘打了一个冷战，赶紧关上窗子，拉过莺莺："姐姐，您现在身子这么弱不禁风，还在这风口底下吹，您别在窗户这赏雪了，咱们主仆二人还是出去沿着石阶漫步雪中，看看外面的雪满长空吧。"

莺莺被红娘一拽，身形晃动，低头打量自己，似乎意识到了什么。

"红娘，我这衣裳怎么看起来不像是我的，怎么这么肥了？"

红娘咯咯地笑了，拿起一件绒里锦缎披风给莺莺披上，拿起热烘烘的暖炉塞到莺莺手里："姐姐，这叫为伊消得人憔悴，腰细不胜衣。再这样下去，姐姐会被寒风吹跑的。别多想了，咱们快出去看看雪景吧，溜达溜达，一会儿能多吃点，好长点肉。"

这时，郑老夫人正在屋内抱着手炉暖手，仆人给她端上一杯热腾腾的姜糖茶。

"夫人，张君瑞那里有消息了。"仆人在郑老夫人耳边轻轻地说。

"什么？"郑老夫人端的姜糖茶差点儿打翻。

"夫人，他派人送信来了。"仆人见状小心翼翼地说。

"在哪里？快点唤来！"郑老夫人抚了抚胸脯，一颗心狂跳不已。

在外面候着的琴童赶紧抖落了一身的雪，脱下了蓑衣和斗笠，进屋拜过郑老夫人，把张君瑞的情况一一禀报。当听说张君瑞高中状元，等候圣上派遣时，郑老夫人严肃的脸上隐隐露出了一丝无法隐藏的笑容。

"你下去吧，见见小姐，把这些说给她听。我这里还有事。"郑老夫人内心激动不已，却故作镇定淡淡地说。

琴童退出，快步来到莺莺房门外。

红娘正要拉莺莺出门，一眼就看到了琴童。她松开莺莺的手，走到门边，故意咳嗽了两声："谁在门外？这是小姐的闺房，不要靠近。"

"红娘姐姐好！我是琴童，你不认识我了吗？"琴童忙说。

红娘走出房门，看到了风尘仆仆的琴童，虽然是寒冬腊月，琴童的鼻子尖上却冒着汗珠。"咦，你不是随先生进京赶考去了吗？怎么回来了？先生呢？"红娘吃惊地问。

她没等琴童答复又急急问道："你什么时候回来的？我还寻思昨夜灯花报，今朝喜鹊叫，是不是有什么好事要来到呀，我家莺莺小姐正烦恼呢，可巧你就来了，先生呢？"

"先生中了状元，正等着圣上派遣，怕姐姐惦记，让我送信来了。刚才在前厅见了老夫人。"琴童说着急忙掏出了书信。

红娘要把信抢了过来，琴童赶紧又揣进了怀里。

"先生说了让我亲手交给夫人。"他生怕红娘抢去了，双手抱在胸前。

红娘小嘴一噘："你在这里等着，我跟姐姐说了，你再进来。"

红娘一进门就笑出了声，一脸喜色。

"你这个小妮子怎么了？外面是谁？"莺莺问。

红娘笑说："姐姐，大喜大喜，咱姐夫得了官了。"

莺莺的脸一下子通红，心怦怦地直跳，表面上却装得若无其事的样子道："你这小妮子见我闷得慌，想这样的办法哄我。"

"姐姐，我可没哄您，琴童在门外，都见过老夫人了，说是有姐夫的书信。"红娘得意地说。

"那还不快叫他进来！"莺莺急道，慌乱之中，不小心打翻了手里的暖炉。

红娘急忙检查莺莺的手："姐姐，看把你急的，没烫着吧？"

莺莺推开红娘急道："我没事，快别管这些了，赶紧让他进来要紧。我天天盼着有先生的消息，可算盼来了，你快呀！"

琴童刚一进门，还未来得及拜见莺莺，莺莺就迫不及待地问："琴童，你何时离开京师？先生他还好吗？"

"夫人别急，先生中了状元，怕夫人等得着急，命我快马加鞭日夜兼程赶回送信。我离开京师一个月了，我来时先生吃游街棍子去了。"琴童说。

莺莺一听张生中了状元，喜不自禁，百感交集，思绪万千，这一中状元，所有难题迎刃而解，漫长的等待和期盼，终于盼来今日。又听琴童说吃游街棍子，笑骂道："你这傻孩子，那不是吃游街棍子，是游街夸官。中了状元叫作夸官，要游街三日。"

"夫人说的是，这是先生专门写给您的书信。"琴童从怀里掏出书信，双手捧给莺莺。

莺莺打开书信，眼睛里含着泪花。

日也盼，夜也盼，终于等到了郎君的消息。

为了他我容妆损，人消瘦。如今书在手，泪凝眸。

莺莺打开信心里更加想念张生，白纸信笺上的墨色深浅不一，墨迹被泪痕晕染了，莺莺指尖轻抚纸上泪痕，如同抚摩张生的脸庞。眼泪在莺莺眸子里打了两转，滴落到信笺上。新泪痕压着旧泪痕，一重愁翻作两重愁。

莺莺声音发颤地念道："莺莺，自从暮秋一别，一晃已近半年了。上赖祖宗之荫庇，下托贤妻之美德，我考中了状元。目前正在等待圣上任命官职。唯恐老夫人与贤妻担忧、挂念，特令琴童携书信飞奔报信，千万不要担心。我虽然与你身隔千里，但是心始终与你在一起，只恨自己不能像鹣鹣与邛邛一样与你比翼双飞。我并不是看重功名而鄙薄恩爱的人，如果贪图享受而忘记情分，他日见面自当谢罪。作一绝句以表相思：'玉京仙府探花郎，寄语蒲东窈窕娘。指日拜恩衣昼锦，定须休作倚门妆。'"

想当日在西厢张生因思念而面色发黄，谁想到今天能在琼林宴上风光；为了约会他爬上东墙，如今在读书人中独占鳌头；他惜香怜玉的手，如今攀折桂枝，原来他胸中包藏着锦绣文章！

"姐姐，姐夫说的什么？"红娘看着莺莺又喜又悲地垂泪，不知怎么回事。

"啊？！没事，先生挺好的。"莺莺这才回过神来，擦了擦眼泪。

"琴童，你这一路奔波辛苦了，吃饭了吗？"莺莺问道，她感激琴童冒着大雪前来送信。

"先生再三叮嘱要快马加鞭，小的丝毫不敢懈怠，到了这普救寺就向老夫人禀告，又到夫人这送信，一直还没顾上吃饭呢。"琴童早已饿得饥肠辘辘。

"红娘，你快拿饭让琴童吃，这天寒地冻的，一定要热乎饭。"莺莺吩咐道。

"好的，姐姐放心，保证咱们这位辛苦的哥哥吃好饭。"红娘俏皮地说。

"承蒙姐姐赏赐，我就在这儿吃饭吧。夫人现在写信，先生让我拿了夫人的回信就赶紧回去。"琴童说。

"红娘，快把笔砚拿来。"莺莺吩咐。

"是，姐姐。"红娘准备好笔墨纸砚。

莺莺提笔写道："书信收到，先生勿念。无可表意，只有汗衫一件，裹肚一条，袜儿一双，瑶琴一张，玉簪一枚，斑管一支。"

"琴童，你把这些东西拿好。"说着从箱子里挑出汗衫、裹肚、袜儿、瑶琴、玉簪、斑管，小心翼翼地包好。

"红娘取十两银子，给琴童做盘缠。"莺莺又吩咐。

姐夫得了官，难道没有这些东西？寄给他是不是有什么别的原因？红娘有些不解地拧着手里的手绢。可当着琴童的面，又不好开口询问。

"琴童，把这东西收拾好，一定亲手交给先生。路上小心，务必照顾好先生身体。"莺莺千叮咛万嘱咐。

"好的，姐姐放心。"琴童说。

莺莺把东西都收拾好，如释重负。心想张生你离开这么久，每天晚上住在旅店里，不要把包袱做枕头，油脂沾染了很难洗干净；衣服被雨水浸湿也就随便拧拧，如果我在身边，就会一件件熨好、收好。书信写好封好，可是情系心上人何时会休？长安望来天际头，倚遍西楼，人不见，水空流。

"小人拜辞，回复先生去。"琴童说。

"琴童，你见先生对他说……"莺莺欲言又止。

"说什么?"琴童问。

"你告诉他，他在那里为我忧愁，我在这里因他消瘦。临行时说好的归期约定九月九，不知不觉过了小春时节，到如今悔教夫婿觅封侯。"莺莺红着脸说。

"是，夫人，我一定快马加鞭，速回京城回先生话去。"琴童说罢，拿着东西匆匆离开了。

莺莺目送琴童离去，怅然若失。

3

驿馆中，张生疲惫地卧在床上。自从琴童走后，张生就病倒了，今天早晨大夫过来诊治，开了药方。张生吃了药，迷迷糊糊地睡着了，恍惚中他看见莺莺在向他走来。

还是那件素净的罗衫罗裙，还是那支白玉簪，莺莺面带忧郁立在张生身旁，张生紧紧拉住她的手。莺莺幽怨地说："先生，莫非您中了状元就忘了我莺莺吗?"

"怎么会呢? 我让琴童给你送信去了，你没收到吗?"张生吃惊地问。

"收到了，听说您要跟尚书的女儿奉旨成婚。"莺莺的眼泪扑簌簌地掉了下来。

"没有呀! 我在等圣上派遣。你怎么会有这样的消息?"张生有口难辩。

"尚书家张灯结彩，等着你迎娶新娘呢!"莺莺用手帕拭去眼泪，"既然如此，我要离开了，你保重。"莺莺的脸上勉强露出了一丝苦笑，松开了张生的手，出门而去。

"莺莺，莺莺，你别走!"张生大喊着追了出去，不料被门槛绊倒，一个跟跄摔在地上。

张生一惊，原来是个梦。自己依旧躺在旅馆的床上，身体已不知何时挪到了床边，差点儿掉了下去。

窗外寒风萧瑟，雪还没有停。

张生披衣坐起，想起去年自己在普救寺巧遇莺莺，真是前世修来的缘分。可是郑老夫人偏偏看不起我这个没有功名的白衣书生，谁料到今天我也会蟾宫折桂。这正是"画虎未成君莫笑，安排牙爪始惊人"，人未发达时千万不要讥笑他，一旦功成名就便会使人刮目相看。现在我奉圣旨在翰林院编修国史，身边的人都羡慕我从此仕途亨通，前途无量。可是他们哪知道我的心呀，写文章的时候心猿意马，难以成篇，只因为我的心里挂念着莺莺。自与莺莺离别，无时无刻不在挂念她。虽然已经派琴童去给莺莺送信，至今也不见回来。我这一颗心啊，悬起来，放不下，心情无处安放，情感无所寄托。看看天空飘落的雪花，心里顿觉空落落的。

张生这几天睡卧不宁，茶饭无味，饮食少进，精神不振，只好请假在驿馆休病假。上午的时候大夫过来诊脉，开了药方。唉，我这病啊，就是神医扁鹊也无法医治。自从离开了莺莺小姐，对她的思念一刻也不曾减少。大夫的诊断倒是很准确，所说的各种症状也都符合，但是，治疗其他杂症有药方，可是却没有治疗相思病的药方啊。莺莺啊，你可知道我为你害了相思病，远离家乡，卧病在床。转眼之间，半年又过去了。

正在这时，房间的门"吱呀"一响，闪进一人。

"先生，我回来了!"

听到琴童的声音，张生精神一振，一下子从床上坐起，是琴童回来了!

怪不得早上我就听院中树枝上喜鹊叽叽喳喳，房中窗帘上长脚的喜蛛垂下，烛台上的灯花一个劲儿地爆，原来真的是有喜事降临。

"小姐给您回了书信。"琴童说着从怀里取出书信，张生一把抓了过来。只见信封上，正是莺莺小姐那熟悉的字迹，还是那么娟秀温婉，只是，墨迹有些晕染，哦，原来小姐如我一般含泪写下的这封书信。

"薄命的崔莺莺这厢有礼，怀着恭敬的心情给先生写下这封书信。自从先生离开，这些日子以来，一直没有忘记先生的音容笑貌，对先生的景仰之情也从未中断。虽说长安距离遥远，可是为什么没有见到先生的书信呢？莫非是见到了其他女子，忘记了贱妾对您的思念之情吗？我正在胡思乱想的时候，琴童来到，我终于见到了您的书信，才知道您金榜高中，我真是欣喜若狂。凭借先生的才华和声望，也没有辱没我崔家相国的门第。

现在琴童回来，匆忙之中我也没有什么好回赠您的，只好找到一张瑶琴，一枚玉簪，一支斑管，一条裹肚，一领汗衫，一双袜儿，表达我对先生的情意。

匆忙之中，写下这封书信，尺短情长，请原谅还有很多事情来不及一一陈述，姑且按照您书信中的音韵，作绝句一首，表达我此刻的心情：'阑干倚遍盼才郎，莫恋宸京黄四娘。病里得书如中甲，窗前览镜试新妆。'"

看罢书信，张生连声感慨："好一个秀外慧中的莺莺！我张珙三生有幸，遇到这样的好女子，此生无憾啊！"

再看那书信中娟秀的字迹，简直可以当作书法字帖使用了，既有柳体的风骨，还有颜体的筋脉，隐隐约约还有张旭的狂放，王羲之、王献之的风韵。若论世间女子的才情，我的莺莺无人可以匹敌啊！

这么好的文章，可要好好珍藏起来。

琴童见张生手持莺莺的书信，翻来覆去，爱不释手，心中不禁暗笑，忙提醒说："先生别光是看书信了，夫人还托我带了几件宝贝给您呢。"

说着，琴童从怀里托出一个精致的包裹，张生急忙打开。

包裹里正是莺莺赠给张生的几件宝贝。

张生轻轻拿起汗衫，心中暗暗赞叹：不消说文章写得好，这女红也是无与伦比。针脚密密麻麻，整整齐齐；这衣服的腰身，裁剪得都是那么合适，可以想见，当初缝制的时候，小姐是多么用心了。

张生一件件拿起包裹中的宝贝，稍一思忖，哪里是匆忙之中草草选定，原来每一件小姐都是用心良苦啊。

这张琴，希望我平日里有时间的时候静心弹琴，涤荡身心，修身养性，以免心生邪念。

这玉簪，纤长洁白，像竹笋，似葱白，温润细腻，没有一点儿瑕疵，还隐隐带着莺莺小姐那熟悉的幽香。

这斑管，流传着当年舜帝恸娥皇的故事，寄托着莺莺小姐对我的思念

尺素缄心——从清康熙四十二年（1703）刊本《绣像西厢》（清钱书撰）

之情啊。

这裹肚，也自然是莺莺小姐亲手缝制的了。小巧而精致，想来也是在灯下穿针引线，一丝一缕饱含着莺莺小姐的多少心事和情思啊。

这鞋袜，针脚那么细密，布料细腻柔软，小姐这是叮嘱我凡事要谨慎，走好每一步路啊。

张生问琴童："你临回来的时候，夫人没让你给我带什么话吗？"

"夫人叮嘱小的好好照顾先生身体，红娘姐姐叮嘱先生不要再另娶他人，辜负了小姐的一番心意。"

"唉，可惜这么冰雪聪明的莺莺小姐，怎么就偏偏不知我心呢？"张生心里暗自想到，肯定是莺莺知道我中了状元，担心我另娶新欢，这怎么可能呢？我张生多少次为了莺莺小姐疾病缠身，饱受这相思之苦啊！

在这冷冷清清的他乡客店，风吹雨丝，如此凄清，有多少伤心事又有谁能诉说呢？只能是藏在梦中啊。

我困在这里，等待天子的安排，不能回到蒲东的普救寺和小姐团聚，心里唯一想念的就是我亲爱的莺莺小姐，在这里，我哪里有什么心思去花街柳巷闲逛？

再说，世间又有哪个女子能够比得上莺莺小姐的门第、莺莺小姐的才情？一想起莺莺小姐，怎不让人昼思夜想呢？

睹物思人，张生感慨万分。吩咐琴童，专门腾出一只藤箱，仔细打扫干净，里面铺上一层白纸，把莺莺小姐送来的几件宝贝放到里边，不能被太阳晒到，不能被藤条划破，不能压出褶子，千万要好好珍藏。

唉，想当初刚刚和莺莺小姐私自结为夫妻，新婚宴尔，却不得不为了功名忍痛分别，来到京城应试。相聚的时候是春风和煦、桃李绽放的大好春光，两人忍痛分别之时，正是秋雨梧桐落叶纷纷的寒秋时节。现如今，北风潇潇，雪花飘飘，我们二人虽然相隔千里，可是彼此的心却紧紧地在一起啊。这种感情，比天高，比地厚，海枯石烂也不会改变。我张生可不是那轻浮浪子，见异思迁之人。尽管相隔千里，音信不便，可是每时每刻都会想念你，我亲爱的莺莺！

病榻上的张生，接到莺莺的这封书信，登时感觉自己的病已经好了一大半。

4

这一天近午时分，河中府的大街上，来了一名外地人。外地人年纪不大，二十岁出头的样子，人长得细皮嫩肉，周身上下的穿戴也还算讲究，只是那一双眼睛，滴溜溜乱转，让人一看就不大放心的模样。

这名外地人从京城来，来找他的姑姑郑老夫人。对了，他就是郑老夫人的侄子郑恒。

郑恒的父亲曾经做过礼部尚书，不过很早就去世了。父亲去世后没几年，母亲也跟着撒手而去。父母在世的时候，给他与姑姑家的莺莺定了亲，崔相国本来打算今年给二人办喜事，不料因病去世。莺莺为父亲服丧，母女扶柩回故乡安葬崔相国。几个月前，郑恒接到姑姑的来信，说他们到达河中府的时候，道路受阻，要他一起帮忙扶柩归乡。郑恒接到书信，不禁喜出望外。姑父亡故，喜从何来？原来此时郑恒又欠下了一身赌债，早想外出躲债。这封书信不仅成了他脱身的最好理由，而且和莺莺成亲后，姑姑家的财产自然就都归了自己，那点儿赌债还算得了什么？于是郑恒趁机借这个机会离开家乡，摆脱了债主的纠缠，赶往河中府。

郑恒在路上的时候，就听说有个叫孙飞虎的围困了普救寺，要强抢莺莺为妻，当时郑恒又气又怕，气的是孙飞虎竟然敢与自己抢未婚妻，怕的是自己手无缚鸡之力，怎么会是那贼人的对手？后来听说有一个叫张君瑞的书生帮忙击退贼兵，郑恒很是高兴，可是紧接着又听说姑姑已经把莺莺许配给那个张生了，不禁又气愤起来。

郑恒心里暗暗思忖：如今我来到河中府，如果没有这个消息，可以直接去找姑姑；可是现在听说了这个消息，我如果直接去，又担心讨个没趣。怎么办好呢？让我好好想一想。嗯，有了，这件事啊，估计莺莺的那个贴身丫头红娘都清楚。打定主意，郑恒派人去叫红娘过来见他。

来人找到红娘，说明了来意。红娘也是很纳闷儿：郑恒公子原来做事就没谱，这不，今天这事就好生奇怪，大老远从京城赶来，不去见老夫人，招呼我红娘干什么呢？管他呢，先过去看看他究竟要做什么。

红娘见了郑恒，道了万福："听说哥哥来了，怎么不到家里去呢？"

"当年姑父在世的时候，曾经许下了我和莺莺的婚事。现在我到了这里，姑父的孝期也满了，特地请你和姑姑说一下，挑一个好日子，把我和莺莺的亲事办了，然后和小姐一起扶柩回乡安葬姑父。如果你把这件事办好了，我会重重酬谢你。"郑恒嬉皮笑脸地说。

"这话就别再提了吧，莺莺小姐已经许配他人了。"红娘看他那样子气不打一处来，心想，老夫人明明是要他过来帮忙扶柩回乡，他可倒好，反而急着要和小姐成婚！本来不想跟他提起莺莺和张生的事儿，可一听他这么说，索性竹筒倒豆子，让他死了这条心。

郑恒故作惊诧："俗话说一马不跨双鞍，父亲在世的时候把女儿许配了人家，等到父亲去世，当母亲的又反悔，世上哪有这样的道理？"

"公子的话可不能这样说。当初孙飞虎带着五千贼兵围困普救寺抢亲的时候，公子您在哪里？如果不是人家张生，哪里还有我们一家人的命在？现在太平无事了，你却跑到这里来争亲。倘若当初莺莺小姐被贼兵抢走了，请问公子，你跟谁去争？你敢和贼兵去争吗？"红娘打心眼儿里讨厌这位花花公子。

一席话，郑恒哑口无言，可还是不甘心："如果把莺莺嫁给一个富贵之家，我也就不说什么了，可为什么偏偏嫁给了这么一个穷酸书生？难道我还不如他吗？我的德行、出身，和小姐还是亲上加亲，况且还是遵从父命，哪一点不比那个穷书生强？"

红娘听他这话，上下打量了一番郑恒，不禁冷笑一声："你说人家张生不如你？快拉倒吧！当初盘古开天辟地，天地人分开，清者为天，浊者为地，人立天地之间。若是比较为人啊，张君瑞就是那清白贤君子，你就是那浑浊不堪的小人。你在这里卖弄你的德行，炫耀你的出身，就是你做了官，也配不上我家小姐！再说了，你赠了聘礼吗？你找媒人登门求亲了吗？怎么，莫非就像这样三言两语，就让我们小姐过了门？真是辱没了我们小姐。"

郑恒依然不肯罢休："那么多贼兵，张君瑞一个手无缚鸡之力的书生，他一个人怎么能够退兵？真是胡说！"

"那个贼人孙飞虎，擅自叛乱，劫掠百姓，带领五千贼兵团团围住了普救寺，手持寒光闪闪的钢刀，叫嚷着要莺莺小姐做压寨夫人。"红娘绘声绘色地说。

"对呀，五千贼兵，张君瑞一个人有什么用？"郑恒不解。

"贼兵围困，万分危急的时候，夫人慌了，和寺中的长老商议，当众高声宣布：'寺内不论僧俗，如果有人能够击退贼兵，就把莺莺许配给他为妻。'这个时候，借住在寺内的张生应声而出，说：'我有退贼的计策。'夫人大喜，就问道：'你有什么计策？'张生说：'我有一位好朋友，人称白马将军，现在率领着十万士兵，镇守在蒲关。我写一封书信，派人送去，白马将军一定会发兵前来解围。'真没想到，张生的书信送到以后，救兵即刻前来，杀退贼兵解了围。看来，张生文采超群，书信动人，请来了白马将军，一场大祸烟消云散。所以，夫人和小姐都很喜欢张生。别看他表面文静，可是内心坚强。他言而有信，所以我们都不敢慢待他。他就是救了我们的英雄，我们小姐就是那闭月羞花的美人，自古美女配英雄，我们小姐和张生就是三世修来的缘分，好一对璧人。"

听到红娘这样称赞张生，郑恒妒火中烧，气急败坏地嚷道："我从来没听说过这小子的名字，谁知道是不是这么回事。你个小丫头，得了什么好处，这么卖力气地吹捧他？"

红娘也生了气："你理屈词穷，却来骂我！张生知识渊博，通晓古今，文章锦绣，通情达理，为人善良，尊敬他人，言而有信，知恩图报。如果给你俩打个分啊，张生值一百分，你呢？"

"我值多少分？"

"顶多值一分！和人家张生相比啊，人家张生就是月亮，你就是个萤火虫！小小的萤火虫，怎么能够和月亮相提并论？谁高谁低就不用说了，我给您拆个字吧！"

郑恒很是奇怪："你一个小丫头，也懂得拆字？我识文断字，莫非还怕了你不成？说来听听！"

"你和人家张生啊，人家张生就是'肖'字旁边一个'立人'；您呢？是个'木寸''马户''尸巾'！"

郑恒慢慢嘟哝着："'木寸''马户''尸巾'，'木寸''马户''尸巾'……啊！你说我是个'村驴'？好你个胆大的奴才！我家祖上曾经做过相国，怎么倒比不上一个穷酸秀才？"

"人家张生凭借自己的才能踏踏实实做事，你呢？仗着你老爹和兄长的

郑恒求配——从清康熙四十二年（1703）刊本《绣像西厢》（清钱书撰）

权势仗势欺人。你这家伙哪里来的那么多歪理？难道做官人家的子弟就可以一直做官，穷人家的孩子就一直做穷人吗？难道你没有听说过古往今来，有多少将相出身寒门吗？再说如今张生高中状元，前几日还捎来书信，要接我们小姐去京城做状元夫人呢！张生是穷书生的时候，我家小姐看重的是他的才情与大义，不会嫌弃他的出身门第，如今他高中状元，对我家小姐也是苦苦思念，绝不会喜新忘旧，另娶他人。我家小姐和张生不管是才情、相貌、人品都是天造地设的一对儿。我告诉你，张生比你这个纨绔子弟强一千倍、一万倍！就你这人品，不及他万一！"

只见红娘伶牙俐齿，郑恒哑口无言，于是愤愤地说："不跟你个小丫头说了！这件事，肯定和那法本有关系，明天我找他算账去！"

红娘扑哧一声笑了："人家长老是出家人，慈悲为本，时时积德行善，处处方便他人。你糊里糊涂诬陷好人，满口胡言乱语，你要知道，举头三尺有神明，当心遭了报应！"

郑恒实在无言以对，发狠地说："我不管，反正我和莺莺的婚事是姑父在世的时候定下的，改天我就带着聘礼去找姑姑，看她怎么说！"

"你只知道这么生气，撒野，发狠，想要强迫人家和你成亲，我看啊，呵呵。"红娘一副很是瞧不起他的模样。

"莺莺小姐到时候要是不肯嫁我，我就找二三十个人，把她抬上轿子，来个霸王硬上弓，到时候生米煮成熟饭！"看着红娘轻蔑的样子，郑恒气急败坏地说。

红娘不禁怒道："说起来你还是出身相国人家的显贵子弟，你这样做，和孙飞虎手下下三烂的贼兵有什么两样？呸！呸！将来一定没有好下场！"

"哎呀呀，你这个小丫头，看来是得了姓张的好处了！我不和你说了，明天我就要去娶莺莺！"

"你呀，做梦！我家小姐不嫁，不嫁，就是不嫁！"红娘毫不示弱。"莺莺和张生，是佳人配才俊，我呀，就要给他们喝彩呢！"

"喝彩？喝什么彩？你喝一个试试？"郑恒恼羞成怒。

"就凭你这副嘴脸啊，给人家提鞋都配不上！"红娘一番唇枪舌剑之后，一转身，走了。

留下了郑恒一人，直气得面红耳赤，呼呼地喘着粗气，呆呆地立在原地，好长时间才回过神来。这个小丫头片子，竟如此伶牙俐齿，真是气死我也，看我如何想一计谋，灭灭你们的气焰！郑恒眉头紧锁，思忖半天，突然大叫一声："有了，有了，明天我去找姑姑，使出此计，凭你三寸不烂之舌，也无回天之力，哼！"

5

郑老夫人已经听说侄子郑恒到了河中府，奇怪的是，没有来见自己，反而把红娘叫去问话，看来侄子对自己有意见啊。想起莺莺和郑恒的亲事，老夫人心里的确有些忐忑。这桩亲事本来是崔相国在世的时候就定下的，我现在答应把莺莺许配给张生，的确是我违背了当初的约定。唉，也难怪郑恒对这事有意见。今天听说郑恒要前来求见，郑老夫人吩咐下人，早早备好了酒菜。

郑老夫人在屋中琢磨着，等一会儿郑恒来了，如果问起婚事，自己怎么答复好呢？正在此时，下人进来："夫人，郑恒公子来了。"

"快请进来！"郑老夫人赶忙说。

郑恒开门进来，一见到郑老夫人，倒身便拜，使劲儿挤了挤眼皮，把眼泪挤下来两滴。

郑老夫人赶紧起身搀起郑恒，要他坐下，问道："孩子，听说你昨天就到了，怎么没有来见我呢？"

郑恒故作惭愧："唉，听说姑姑前些日子被困，我毫无办法施救，愧对姑姑和莺莺；再者姑父走得仓促，我未曾见上一面，心里感伤；三者我听说现如今莺莺早已许配他人，嫁作他人妇，我还有什么脸面来见姑姑？"

郑老夫人叹了一口气："唉，孩子，你姑父走得仓促，切莫再提，又要惹下我的眼泪。至于莺莺的婚事，你不知道啊，当初孙飞虎前来抢亲，等你不来，无人解围，百般无奈，而那张生却有破敌之法，这才把莺莺许配给了张生。姑姑我也是实在没办法了啊。众目睽睽之下，那么多人听着，我也不好反悔啊。"

郑恒故作不知："是哪个张生？就是那个新科状元吗？我在京城的时候看榜，有个洛阳人，名叫张珙，二十多岁年纪。"

"对对，就是那个张珙。你在京城见到他了？"

"是啊。新科状元在京城夸官游街三天，第二天的时候仪仗队来到卫尚书家门口，尚书家的小姐今年十八岁了，当街结了彩楼，抛绣球选婿呢！那个绣球啊，正好打到张生。当时我骑着马也在旁边观看，差一点儿就砸到我头上了。"

"啊？是这样吗？然后呢？"郑老夫人吃惊地问。

"卫尚书家里十几个下人，当时就要把那个张生拽到院子里去，我听那张生嘴里嚷嚷：'我已经有妻子了，我是崔相国家的女婿！'人家卫尚书家里有权有势，哪里肯听，硬是把他拖进去了。"

"那后来呢？"郑老夫人着急地问。

郑恒偷眼一看，见姑姑已经有几分相信，心里得意，越发添油加醋说得来劲："后来我听人说，张珙被拖进卫尚书家里以后，卫尚书对张珙说：'我女儿奉圣旨结彩楼在这里选婿，选中谁就是谁，这是圣意，你胆敢抗旨不成。再者你和崔相国女儿的亲事，是两人私通在先，定亲在后，根本有违礼法，不算数的。今日既然这绣球选中了你这新科状元，就必须做我尚书府的女婿。如果你非要娶崔相国的女儿，我也不难为你，让她做妾就可以了。'这件事情当时轰动了京城，满城皆知，所以我就知道这个张生了。听说那个张生当下就同意了尚书的提议，开开心心地等着做尚书府的上门女婿，想着成亲之后再回来接莺莺，最后娥皇女英都揽入怀中，享齐人之福呢。"

郑老夫人一听，勃然大怒："好一个张生！原本我就看不上他一个穷酸书生，要不是我当众许诺退敌者可娶莺莺，骑虎难下，怎么我们崔家的女婿也不会落到这小子身上。我就知道这个小子不识抬举，现在果然辜负了我们崔家！我们相国之家，从来没有给人做妾的先例。也好，也好，既然张珙已经奉旨娶妻，正好，你选个良辰吉日，按照你姑父的安排，做我们崔家的女婿，他不仁，休怪我们不义。"

郑恒心中暗喜，却故作不安："可是，万一那个张珙找来，可怎么办呢？"

"不要紧，万事有我在呢。他一个毛头小子，胆敢让我崔家女儿做妾，让他死了这条心吧，他若敢来，我必将他赶出去。明天你就挑个日子，准备和莺莺成亲！"

郑恒听了不禁心花怒放：哈哈，自己的计策终于成功啦！我赶紧回去准备准备，明天就过来迎亲！

6

自从灭掉孙飞虎，杜确将军一直奉命镇守蒲关，总揽军政大事。前几日接到圣旨，得知老友张珙被任命为河中府尹，自然非常高兴，心想郑老夫人这次肯定会准备给张珙和莺莺成亲了。于是特地派手下军士带着礼物来到普救寺，送到郑老夫人院中，一来祝贺张珙新中状元，二来要做主婚人，帮助张珙完成这件大喜事。

郑老夫人刚送走郑恒，就收到了杜确将军送来的礼物，心中不免更是烦恼。一来这杜确将军有救命之恩，又身居要职，万一他要是掺和这事，不好对付。又可恨那张生骗我母女，再加上郑恒的一番言语，如此一团乱麻，老夫人也不免头疼起来，命人喊来莺莺和红娘商议对策。

莺莺一看到将军送来的礼物，不禁心中暗喜，再加上收到张生来信，喜色更浓。可一看母亲怒气冲冲的神情，心中不免疑虑，想那张生已高中状元，又有将军做主婚人，母亲还有何事忧虑呢？当下问道："不知母亲唤女儿前来所为何事？"

郑老夫人怒道："所为何事？还不是因为你，想你一个大家闺秀，怎么就偏偏看上张生那个穷酸小子？从一开始，我就不同意，没想到他认识杜确将军，解救了我们被困之险，我只得将你许配给他。前几日又听说他中了状元，我这才放下一颗心，想着我堂堂相府之女不能让人瞧不起。可谁曾料到，那张生这边给你送信诉相思，那边却在京城娶了尚书府的小姐，做了上门女婿，还扬言让你做妾。你说我该如何面对你去世不久的父亲？我们崔家的颜面往哪放？"

闻听此言，莺莺顿时呆若木鸡，不由得紧紧抓住红娘的手对母亲大声说："我不信！我与张生两情相悦，他既然已和我结为夫妻，定不会再娶他人，母亲休要听此谗言，我不信，我一定等他衣锦还乡，名正言顺地和他在一起。"说罢拉着红娘要奔回闺房。

郑老夫人气得怒骂："都被人欺负至此，你居然还相信他，真是傻丫头！事已至此，一切听我做主。昨天郑恒来了，你俩已有婚约在先，既然张生做出如此不仁不义之事，明天我就把你许配给郑恒。这也是老爷在世的时候定的婚约，谁也不能反驳！"

听闻此言，莺莺顿时觉得头晕目眩，被红娘搀回房间，瘫倒在床上，五味杂陈。红娘立在床边，手足无措，不知如何劝解。

"红娘，你说那张生是否会有负于我？他果真如母亲所说已经另娶新欢了吗？"莺莺垂着泪无力地问道，手指却紧紧抓着衣襟，手上青筋可见。

"姐姐，如若那张生真如老夫人所言喜新忘旧、忘恩负义，做了尚书府的上门女婿，我红娘一定不会放过他。枉费姐姐对他一往情深，他居然说一套做一套，口是心非，阳奉阴违，气死我红娘了！姐姐放心，我一定不会放过他的。可是，姐姐，细细想来，咱们和张生接触时间不算短，看他品行不像是如此趋炎附势之人啊，会不会是有人见不得你们君子佳人浓情蜜意，刻意造谣使坏呢？我看八成就是那郑恒从中作梗，好让你嫁给他。"闻听此言，莺莺惊问："红娘何出此言？""小姐，我跟你说，那个郑恒就是个小人，之前还把我叫去想收买我。"红娘于是把郑恒的话原原本本告诉莺莺。

"你先退下吧，我头疼极了，让我自己静静。"莺莺头疼万分，想到母亲居然又将自己许配给郑恒，这一团乱麻，如何解开？几日来的喜悦瞬间消散。

此时在京城，张生奉命就任河中府尹，喜不自禁，接到圣旨后马上启程赶奔河中府。这一天，张生一行来到了河中府地界，和临行前相比，这次张生可真是衣锦还乡，身着三品官服，骑着高头大马，一行人浩浩荡荡，好不威风！

可怜我的莺莺，苦苦等我，今天终于衣锦还乡！

张生到衙门就任处理完公务后，匆匆来到普救寺拜见岳母。

张生见郑老夫人端坐屋中，面沉似水，没有丝毫喜色，不禁很是奇怪。

"新状元河中府尹张珙参见岳母大人！"

没想到郑老夫人冷冷地说："快不要拜了，老身可承受不起！如今状元你可是人家卫尚书家的女婿，我怎么敢高攀呢？"

"啊?！此话从何讲起？"听到这话，张生大为惊诧。再看看四周左右的仆人们，也都对自己怒目而视。不知道究竟发生了什么事。

衣锦还乡——从清康熙四十二年（1703）刊本《绣像西厢》（清钱书撰）

"想当初赴京赶考，老夫人亲自为我饯行。现在我考中状元回来做官，老夫人反而如此不高兴，不知是何缘故？如若我有什么做的不对的地方，还请老夫人明示。"

郑老夫人冷笑一声："你现在心里还有我们崔家吗？怪不得古人说，常人做事，多有善始，少有善终。我家莺莺一个大家闺秀，虽然貌不出众，好歹她的父亲还做过前朝的相国。如果不是当初贼兵抢亲，怎么会轮得到你来我家求亲？可如今你中了状元，做了官，却跑到卫尚书家里做了女婿，还要我崔家女儿做妾，真是岂有此理！"

张生一听，更糊涂了："老夫人此话从何谈起？您听什么人说的？如果真有这样的事情，我张生愿对天发誓，让老天惩罚我！的确，中了状元以后，向我求亲的人每天络绎不绝，可是莺莺小姐貌若天仙，品德贤淑，对我情深义重，我怎么会另娶他人呢？崔家对我恩重如山，我怎么能忘恩负义？莫非是哪个畜生嫉妒我和莺莺，到老夫人这里来造谣？这样的无赖，早晚都是吃囚饭的结果！"

郑老夫人见张生急成这个样子，不由得也有些动摇起来："是我那侄子郑恒，说你在京城被卫尚书家小姐的绣球砸中，奉旨做了卫尚书的女婿。要不然，把红娘找来问问她！"

红娘听说张生来见郑老夫人，心里正是一团怒火：好你个张生，我早就想找你，你做了官，就忘了我家小姐！

张生见红娘进来，赶忙施礼："红娘，小姐可好吗？"

"听说你做了别人家女婿，我家小姐嫁给郑恒了！"

张生大惊："怎么会有这样的事?! 粪堆上怎么会长出连枝树？污泥中怎么会生出比目鱼？莺莺啊，可惜啊，你嫁给这么个举止轻狂的无赖！还有红娘，你呀，整天待候一个这么相貌丑陋的姐夫！唉，还有我张生，怎么会碰上这么一个猥琐的情敌?!"

红娘心中怒气未消："我来问问你，你那新夫人住在哪里？比得过我家莺莺小姐吗？"

张生百口莫辩："唉，怎么和你说不明白呢！我为小姐吃的苦，别人不知道，你还不知道吗？我发誓，如果我张生另娶他人，情愿天打五雷轰！我怎么能忘记，当初在月下等待约会，弹琴赋诗，吃了那么多的相思之苦，受了那么多的罪？好不容易盼来张生我金榜题名，奉旨为官，也给我的莺莺带来了县君的封号。本来是欢天喜地的大喜事，可谁能想到却遭人如此诬陷！"

红娘听到张生这样说，觉得入情入理，不由得信了几分，心中的怒火慢慢平息，低声劝慰郑老夫人说："我感觉张生不会是那样忘恩负义、见异思迁的人。要不然，把小姐请出来，让小姐自己问问他？"

郑老夫人现在也拿不定主意，于是派人叫来了莺莺。

红娘见莺莺前来，悄悄地说："姐姐快来问问张生，我感觉他不是那样薄情的人。看他怒气冲冲的样子，是不是真的冤枉了他呢？"

莺莺满面冰霜，来到张生面前。

张生见状赶忙施礼："小姐还好吗？半年多未见，你怎么消瘦至此，面容如此憔悴？是身体不舒服吗？"

莺莺冷冷地说："先生万福！"

红娘见状，赶忙悄悄提醒莺莺："小姐有什么话，就赶紧问问他！"

莺莺不禁长叹一声，心想：唉，没有见面的时候，心里有千言万语；可是等到他急匆匆地来，我羞答答地和他见了面，却只剩了长吁短叹，无言以对，只道一声万福。

红娘见莺莺眼中含泪，只是叹气，急得又捅了捅小姐，催她快点问问张生。

"先生，我们崔家哪里亏待了您？先生抛弃了我莺莺，跑去卫尚书家里做了女婿，这是什么道理？我们既已结为夫妻，你却又让我做姜，这又是何道理？"

"这是谁说的？"

"郑恒和老夫人说的。"

"哎呀，小姐怎么可以听信郑恒的话呢？我张珙对小姐的情意，苍天可鉴！自从我离开了蒲东路，来到了京城，见到多少佳丽都不曾回头。哪里编造出来个我到卫尚书家做女婿的事？！造这个谣的家伙也不怕做了绝户？"

张生正在怒气冲冲，突然眼前一亮：这件事啊，红娘肯定知道，我来问问她。

"红娘姐姐，我才回到河中府，就有人告诉我，说你替小姐传书信给那郑恒，叫他来约会，是不是？"

红娘一听，凤目圆睁，气填胸膛，骂道："你真是个只会读书的大白痴！呆木瓜！早知如此，当初我就不该帮你与小姐成就好事。那郑恒是个大蠢货，败家子，我们崔家世代显赫，祖宗贤良，清名令善，岂容玷污！况且家规严整，我怎么会为那蠢货寄简传书？"

说到这里，红娘已经气得说不出话来，停了一停，才又骂道："不知是哪个该杀的口里嚼蛆，颠倒黑白，恶紫夺朱。我家小姐即便再窝囊废物，又怎肯嫁郑恒那不值钱的臭鱼烂虾！就是老天爷瞎了眼，也不会做出这种糊涂事！郑恒那家伙嘴硬心虚，想要坑害先生，你不分青红皂白，糊里糊涂，不分好歹，却来玷辱我红娘，真真气死我了！"

喘了几口气，红娘又说："张生，跟我说实话，你到底有没有真的做了卫尚书家的女婿？如果没有，我就去找老夫人给你说说清楚，等着那个郑恒来，你们两个当面对证。"

张生赶忙拱手："红娘你还信不过我张生吗？我可以对天发誓啊，如若欺骗小姐，我愿遭天打五雷轰！"

红娘见状，心中已然有了主意，来到郑老夫人面前，说："夫人，我看那张生并未做卫尚书的女婿，看来是郑恒在扯谎，故意使诈欺骗，您把他们二人叫到一起对质吧。"

郑老夫人点头同意，派人招呼郑恒前来答话。

正在这时，家人进来说，法本长老听说张生来了，特地前来看望。

自从张生前去应试，法本长老一直惦记着张生。前一段听说已经放榜，赶紧找了登科榜单来看，一看榜单上果然有张珙的名字，而且还是新科状元，禁不住心中大喜。可是还没有高兴两天，就听说郑恒来了，说什么张生已经在京城娶了尚书家的小姐，郑老夫人没有准主意，听信了郑恒的话，又把莺莺小姐许配给了郑恒。对郑恒的话，法本长老不太相信，可是又没有什么证据，也就不好劝说郑老夫人。

这一天，法本长老听说河中府已经派了新的府尹，不日即将到达。细细一问，新任府尹竟然就是张珙！法本长老赶紧去告诉郑老夫人，可是郑老夫人恨透了张珙见异思迁，哪里肯去迎接呢？法本长老叹了一口气，无奈地摇了摇头。

　　今天，法本长老听说张生来拜见郑老夫人，却遭到抢白，于是匆匆赶了过来。法本长老开门见山："夫人，以老僧我对张生的了解，他绝不是那没有品行的读书人。他怎么会背叛您和莺莺小姐呢？况且还有杜确将军为证，依我看啊，这门婚事万万不能悔掉啊！"

　　莺莺说："这件事，必须等杜确将军来才说得清楚。这杜确将军足智多谋，将才出众，现在是征西元帅，还身兼陕右河中路节度使，先前出兵救了咱们一家，今天凭借他的谋略，一定能够帮助先生，惩处了那个恶人。可恨那郑恒，顾不得亲戚之情，哄骗我们良家女子，实在可恨。"

　　郑老夫人听过，心中也慢慢有了主意。这时下人进来禀报，说是杜确将军来了。郑老夫人吩咐红娘扶莺莺小姐回绣房休息。

　　杜确将军见到张生，非常高兴："愚兄这次特地离开蒲关，来到普救寺，一来祝贺贤弟一举高中，回来做河中府尹；二来看看贤弟，何时把喜事办了。"

　　张生忙拱手道谢："小弟这次能够金榜题名，全是托兄长的虎威。"杜确发现张生脸色不好，忙问有什么事情。张生叹了口气："这次回来，本来是想和莺莺小姐成亲，不想半路杀出个程咬金，郑老夫人有个侄子名叫郑恒，造谣说小弟我在京城做了卫尚书家的女婿。郑老夫人听了大怒，正准备悔亲，想要把莺莺嫁给郑恒。俗话说，烈女不事二夫，真是岂有此理！"

　　杜确将军听后，连连摇头，转身对郑老夫人说："这件事就是老夫人您的不是了。夫人以前说过崔家世代不招白衣秀才为婿，君瑞也是礼部尚书之子，况且现在又中了状元。现在夫人想要悔婚，于情于理都说不过去啊。"

　　郑老夫人说："当初崔相国在世的时候，的确曾经答应把莺莺许配给郑恒。可是不想遭到了孙飞虎抢亲这一劫，幸亏张生请来将军您前来解围，老身也恪守诺言，答应将莺莺嫁给张生。可是郑恒说张生已经做了卫尚书家的女婿，所以我很生气，这才就又答应郑恒把莺莺嫁给他。"

　　杜确摇摇头："郑恒这个匹夫心怀不轨，故意说谎，夫人怎么能够相信他呢？"

　　这个时候，正好郑恒派人挑着酒肉，穿得整整齐齐来到老夫人房前，准备接亲做乘龙快婿。

没想到，一进门，发现了张君瑞和杜确将军，郑恒不由得心中暗暗叫苦。张生一见，一把抓住郑恒，质问他："郑恒，你来做什么？"

郑恒一惊：坏了，要露馅！

他眼珠滴溜一转："听说状元回来了，我特地来贺喜！"

"你说说，张生什么时候做了卫尚书家的女婿？你从哪里听到的？"杜确大声质问。

郑恒满面通红，一句话都说不出来。

杜确将军见他这样，更是怒火中烧："你这家伙难道想诓骗相国夫人，抢夺状元之妻，诽谤朝廷命官？你做下这样不仁不义之事，知道你犯了什么大罪吗？在将军我面前，还有什么话说？我这就表奏朝廷，杀了你这贼子！左右，给我拿下！"

听到杜确将军这样说，郑恒顿时体如筛糠，面无人色。抬眼偷偷看看郑老夫人，老夫人正满脸怒色，旁边的莺莺连正眼也不看他，就连红娘那个小丫头都是一脸的鄙夷。唉，事已至此，已经无路可走，腿一软，跪倒在杜确将军面前央求说："大人饶命！小民我知罪了，情愿退掉和莺莺小姐的亲事，求大人开恩！"

杜将军将他一脚踹开，郑恒又赶紧跪倒在老夫人面前，大哭道："姑姑救我，姑姑救我，是侄儿我鬼迷心窍，是我错了，欺骗姑姑和莺莺，求姑姑看在爹娘的面子上救我一命。"

郑老夫人见状，心有不忍，也劝阻杜确将军："请将军息怒，看在老身的面上，饶他一命，把他赶出去算了。"

杜确将军听郑老夫人这样说，忍住怒气说："赶紧滚吧！以后如果再让我见你无事生非，定然不饶！"

郑恒慌忙谢过杜确将军，爬起身来，跌跌撞撞地冲出房门，一不小心，却被门槛绊倒，只听到身后众人大笑，狼狈不堪地爬起来，不由得心灰意冷：郑恒啊郑恒，你真是没用！费尽心机，快到手的莺莺没有争到，姑姑家的财产一点儿也捞不到，自己的亲姑姑也不帮着自己，更可气的是连红娘这样的下人都敢耻笑自己，真是丢人！又想到，回到京城，还有一帮催命债主。真是上天无路，入地无门，还怎么活下去？这一辈子，一步一个坎儿，这么失败的人生，还不如死了痛快！万念俱灰，一抬头，眼前正好一棵大树，郑恒牙一咬，心一横，一头撞了过去，瞬间气绝身亡。

　　家人看到，慌忙禀告郑老夫人，听说郑恒死了，老夫人放声大哭："郑恒虽有万般不是，毕竟是我的亲侄儿，老身也没想逼死他，可怜他又没有父母，孤身一人，好生葬了他吧。"

　　月儿弯弯照九州，几家欢乐几家愁。

　　不提郑老夫人安葬了侄儿郑恒，接下来，普救寺的西厢，一对新人历尽万千磨难，终于迎来了他们的洞房花烛。

　　初恋的追求是春，蕴含着无穷的萌芽之力，不怕春寒料峭，何惧物候失常？两个灵魂完全被一根红线牢牢拴在了一起，历经了这么多的波折，张生与莺莺这对有情人终成眷属。

　　洞房中，红烛下，一对新人，相视一笑，眼睛里却都含着晶莹的喜悦泪花。

四丞相高会丽春堂

1

话说金章宗皇帝承安年间，芭蕉绿了樱桃红，恰逢五月端午，蕤宾节令（旧时民间称端午节为蕤宾节）。古人律历相配，十二律与十二月相适应，谓之律应。蕤宾位于午，在五月，故代指农历五月，也指农历五月端午节。

皇宫昭明殿御书房，金色的阳光映过镂空的格子窗，扫在大殿青色石板上，光线中泛起的细小尘埃若有若无地飞舞，宝鼎里的焚香渐渐散去，余下丝丝极淡的香气在殿内萦绕。

今日朝事在各大臣的一片赞扬声中结束，一副天下太平的模样。圣上完颜璟和左丞相徒单克宁来到御书房，有一搭没一搭地聊天儿。圣上换下朝服，穿了一件左衽窄袖袍的浅青色便服，腰间扎着一条盘龙金丝带，拿热毛巾净手擦脸后，随身伺候的宦官梁道早已铺好笔墨纸砚待侍一旁。

据《金史》记载，完颜璟母亲孝懿皇后，徒单氏，因祖上勋业而封为太子妃，是大家闺秀，有良好的教养，"好《诗》《书》，尤喜《老》《庄》，学纯淡清懿，造次必于《礼》"。

完颜璟的父亲完颜允恭是一位大画家，"性好丹青，善画人马，学李公麟，獐鹿最工，墨竹自成一家，虽未臻神妙，亦不涉流俗"。元人王逢曰："金家武元靖燕徽，尝诮徽宗癖花鸟。允恭不作大训方，画马却慕江都王。"

完颜璟好作诗，且青出于蓝，史称："章宗聪慧，有父风，属文为学，崇尚儒雅，故一时名士辈出。"

此刻，偏殿之中，左丞相见圣上有作诗之兴，便静默一旁。完颜璟沉思片刻，提笔写道："五云金碧拱朝霞，楼阁峥嵘帝子家。三十六宫帘尽卷，东风无处不扬花。"

左丞相徒单克宁武将出身，善骑射，有勇略，同时喜好作诗赋词，文武兼备。他小声吟读着圣上刚出炉的新诗，读后不禁大赞："圣上文采了得，此诗尽显博大富丽帝王之气，老臣佩服之至。"

圣上笑叹："博大富丽帝王之气，这个说法不错，朕喜欢，和老丞相品诗，自有一股风流，不像和那个乐善，整个一对牛弹琴。"

"臣谢圣上夸赞，能和圣上品诗是臣的荣幸，四丞相乃武将出身，英勇威武，臣不敢企及啊!"徒单克宁恭敬地说。

"你呀，就是周到，说话办事朕都放心。眼下，到端午节了，宫里面好久没热闹热闹，爱卿可有什么好主意?"

"回圣上，蕤宾时节，民间流行射柳和马球，柳枝细小而柔软，微风一吹便是一个活动的靶子，能立定步射已非易事，驰骋马射更属难上加难。不如在琼林苑办一次射柳会，让文武百官都来参加，射着的有赏，射不着的无赏，不知圣上意下如何?"

"射柳，不错。传朕旨意，三日后在琼林苑举办射柳会，文武百官都要参加，胜者赐锦袍玉带。押宴官嘛，就由你左丞相徒单克宁担任。"

徒单克宁抱拳弯腰恭敬道："老臣遵旨。"

"回去好生准备，对了，好久没看乐善拉弓射箭，让他给朕来场像样的表演，退下吧。来人，摆驾霏芸殿，朕去元妃那坐坐。"

"恭送圣上。"

完颜璟离开后，徒单克宁慢慢地踱出昭明殿，心里琢磨着射柳会的事，得提醒四丞相完颜乐善要好好准备，交代各内侍部门准备物件，一堆琐事在他心里盘旋。

忽然，他想起圣上最后一句话"去元妃那坐坐"，心里不由咯噔了一下，元妃娘娘李师儿，貌美性黠，狐眼善媚，大受宠幸，其弟李圭仗着皇帝小舅子的身份，势位显赫，官至右副统军使。看似风光，可世人皆知，那元妃娘娘李师儿父母为宫奴，她以监户(监户，是指因犯罪而没入宫中为奴的民户。范文澜和蔡美彪等著的《中国通史》第四编第五章第二节解释监户说："金朝官奴婢中，原为平民籍没入官的，隶属宫籍，称监户。")女子身份伴诸宫女读书。师儿入宫后，和一群宫女一起向宫中教习张健学习，但是因为宫中有规定，宫教教书时需与宫女之间隔上纱帐，因此师生之间的沟通是见不到面的。

一日，完颜璟问张健："哪个女生最聪慧?"张健举荐道："有个声音特别清亮可人。"而宦官梁道赞美师儿才貌双全,劝完颜璟纳她为妃。师儿不但聪明有才气,又知道察言观色,于是得到完颜璟宠幸。

这就是李师儿,圣上只看其一眼,便改变了这个监户女子的一生,自此荣华富贵,后宫恩宠不断,封了昭容,封了淑妃,又被封为元妃。一人得道鸡犬升天,她小偷出身的弟弟李圭也一跃成为显赫之人。自此,监户女子的身份、小偷出身的难堪,都被荣华富贵遮盖,无人敢提,哪怕是当朝左丞相,也只是心里暗自叹息一番。

徒单克宁岁数大了,一心想着告老还乡,颐养天年,可圣上就是不同意,说是需要他这个三朝元老坐镇朝堂。可是老丞相精力大不如前,耗着心血维持着,着实有些勉强。但他心里明白,圣上执意留他辅佐,也是为和某些人抗衡,以求朝堂势力的均衡。

踱至宫门,天色渐沉,朱红色的城墙越发显得庄严肃穆,徒单克宁望了一眼夕阳笼罩下的宫殿轮廓,喃喃自语道:"希望射柳会别出岔子,能让圣上高兴。"宫门外,早有丞相府的马车等候在此,丞相府的仆人将老丞相扶上马车,马车在檀州大街向前行进着,碾压着石板路,发出咯吱咯吱有韵律的声音。

所谓天不遂人愿,有人的地方就有是非,更何况都是显贵之人,出点岔子也就是分分钟的事。至于射柳会上有何意外之事,要从一位重要的人物四丞相完颜乐善说起。

2

完颜乐善,女真族,幼年跟随狼主,南征北讨,东荡西除,苦争恶战,立下汗马功劳,官居右丞相,领大兴府事,正受管军元帅之职,被属下尊称为"四大王""四元帅"。因这位"四大王"目前担任了朝廷右丞相的职位,所以人们又转而尊称其为"四丞相"。

四丞相府并不是中都城最大的一处府邸,但却是最富贵的一处宅子,不论是三朝元老左丞相,还是累世富贵的皇家王爷,都及不上这四丞相府。四丞相府正门卫兵把守,戒备森严,自有一股威严之气。完颜乐善兼有丞相和元帅之职,战功赫赫,朝堂之上,无人与之匹敌,他的府邸修缮得奢华至极,也无人敢置喙。

此刻，宫里来的太监侯公公正在四丞相府的丽春堂，等着四丞相，府里的李管事陪着闲聊。这位侯公公与府里相熟，聊得也随意。

"侯公公，辛苦您大晚上来传旨，大人正更衣，麻烦您喝杯茶，稍等片刻。"李管事笑容满面地客气着。

"李管事，瞧你见外的，这不是咱家的分内之事嘛。"侯公公端起茶，喝了一口，赞叹道，"好茶，丞相府连茶叶都是极品啊！"

李管事笑道："侯公公说笑了，这天底下的极品都在宫里头，公公要是喜欢这茶，我吩咐下去，给公公带上润润嗓。"

"那咱家就先谢过李管事啦，谁不知道四丞相深受圣上恩宠，这府里头随便哪个物件不是珍品？就说这丽春堂，这大到布局，小到瓷器摆设、彩绘雕花，咱家传旨去过多少府邸，有哪一个的大厅能和丽春堂媲美？"

李管事捋了下胡须，笑呵呵地继续让着茶。

完颜乐善换好朝服来到大厅，他身穿紫罗袍，腰间系着象简玉带，挂着金鱼袋配饰。侯公公起身拜见，清嗓说道："大人，奴才传圣上口谕。"完颜乐善刚要跪地听口谕，侯公公立马扶住，笑道："圣上说了，大人不用跪听。"

完颜乐善拱手对侧面一拜道："谢圣上怜惜，不知道圣上有何旨意？"侯公公继续说道："三日后在琼林苑里办射柳会，文武百官都参加，左丞相担任押宴官，圣上说了，好久没看到大人拉弓射箭，期待大人上演一场精彩的表演。"

完颜乐善又拱手一拜道："谨遵圣上旨意，不知圣上还有别的吩咐吗？"

"没有了，圣上已经着左丞相操办此事，又命咱家单独知会大人一声，大人荣宠。"侯公公谄媚说道。

"谢圣上。"

"咱家回宫了，大人好生歇息吧。"

李管事将侯公公送了出去，带上早已命下人准备好的茶叶，外加一锭银子悄无声息地塞进侯公公手里。

完颜乐善回到寝室，夫人早已听说口谕内容，迎上来搀扶道："老爷得圣上恩宠，这比赛之事圣上还命侯公公特意来告诉老爷。"说着和丫鬟一起伺候完颜乐善脱下朝服，换上便服。完颜乐善搓了搓手，坐在太师椅上，用手指蘸了点茶水，指肚轻揉着太阳穴道："这圣上登基没多久，仰仗着我们这些老家伙，尊敬点儿是自然的。想当年，我跟随先皇南征北战，立下的汗马功劳，朝堂上下有目共睹，现在的荣华富贵和恩宠殊荣都是老夫应得的。"

夫人稍愣了一下，眼神轻扫门外，示意丫鬟退下，而后慢步挪到太师椅后，抬手帮四丞相揉太阳穴，问道："老爷，力道如何？怎么，又头疼了吗？莫不是朝廷上出了什么事？"

"事倒是没有，就是李圭那小子最近气焰太盛，嚣张了些，仗着他姐姐得宠，不太把老夫放在眼里。老夫戎马一生，这小子行事太过孟浪，朝里大多官员和他拉帮结派，我看他不顺眼啊！"完颜乐善咂了咂嘴，略有些轻蔑地说。

"老爷，母亲今天找我聊了聊，让我转给你几句话。"

"母亲大人说什么了？"

"母亲说，老爷当今受宠，这是众所周知之事，原因大家心知肚明，但这新皇登基不久，偏爱舞文弄墨，宠着的那个元妃娘娘富有文采又城府颇深，这李圭兄凭妹贵，气焰嚣张，也在所难免。母亲提醒您注意着点，不要口无遮拦，当心隔墙有耳，像刚才说的圣上的恩宠是您该得的、李圭拉帮结派这种话，该忌讳还是忌讳着点儿，毕竟人心难测。"

"母亲大人说的是，老夫自有分寸，让母亲放心吧。至于这李圭，只要他不招惹到我头上，老夫自然不会与这毛头小子计较。还有夫人也留意着府里的下人，看看有没有别人安下的钉子。不过，就我这亲兵把守的院子，给他们十个胆子，谅他们也不敢在太岁头上动土。这圣上一直没有收回我的兵权，我当着这大元帅，心里就有底。"

"是的，老爷，我会留意的，天不早了，早些歇息吧。"

"好，明天早起，拉弓射箭！"

3

霏芸殿，为元妃娘娘的住所，是距离皇上的昭明宫第二近的妃嫔寝宫。最近的寝宫是隆徽宫，那是皇后娘娘的寝宫，完颜璟的皇后已过世，后位空置，隆徽宫自然空置。

霏芸殿里许多白色的纱幔在轻轻飞舞着，就像是一个童话世界般纯净，这不太像是一个位高权重的娘娘的宫殿，倒像是一个待嫁闺中的小女生的闺房。

重重纱幔之后，二层楼上靠近窗边的位置，摆放着一张矮矮的床榻，夕阳扫进窗子，铺在床榻上。有一个穿着浅粉色长裙的女子正侧卧在那里，单臂支颔，翻阅着一本诗集。

她慵懒地翻了一下身，腰段间自然流露出一股风流，眉眼如画，如一青涩少女般，神色怯生生的，引人怜爱。那眉眼，那自然散落在榻扶手上的顺直黑发，让完颜璟每次见到她，都有如初见般心动。

完颜璟没让侍从通报，径直进到霏芸殿，就看到这样一幅场景：自己钟爱的女子，沐浴在金色的夕阳中，如慵懒的猫儿般等待主人的归来。他悄悄绕到师儿背后，轻轻唤了一句："小懒猫，干吗呢？"

李师儿吓了一跳，把完颜璟拉到矮榻上坐下，自己在他腿上找了个舒服的位置躺好，娇声道："陛下又偷袭臣妾，臣妾今天读了一首好诗，正应此情此景，正想和圣上共品。"

"哦，什么诗？又是何情何景，让师儿如此欢喜？"完颜璟饶有兴致地问道。

师儿站起身来拉着完颜璟走到窗边，指着窗外的景色道："陛下，您看，这宫中景色甚美。"

完颜璟赞道："时近端午，正值一年之中风光甚美之时，美则美矣，师儿说的诗呢？"

师儿举起手中的诗集道："陛下您看，这首《入朝曲》中这几句：'逶迤带绿水，迢递起朱楼。飞甍夹驰道，垂杨荫御沟。'是不是正应此情此景？"

霏芸殿地势较高，站在窗边抬头远眺，但见宫墙环绕着蜿蜒曲折的小河，风光旖旎，碧波荡漾；顺势望去，又见层层宫殿，鳞次栉比，在日光照耀之下，显得流光溢彩。杨柳婆娑，婀娜多姿，秀丽地长满了河岸两旁。碧水朱楼，红绿相映；琉璃飞甍，葱葱杨柳，青黄相间，五色交融，仪态万千。

"爱妃所言极是，这几句诗确实应了此情此景，这本诗集你真是喜欢，都翻得有些旧了。”

师儿淡唇微启道：“陛下，臣妾最近听说这样两句诗，很喜欢：‘旧书不厌百回读，熟读深思子自知。’书就得翻得旧了，才能有所感触。‘逶迤带绿水，迢递起朱楼。飞甍夹驰道，垂杨荫御沟。’这是萧齐诗人谢朓所做的一首五言诗，描写了金陵的富丽繁华，人人都道江南美，如今你我共赏这中都皇城美景，毫不逊色当年的金陵。”

“是，只是北方还是缺少点儿水的灵性。师儿，你是不是特别喜欢水？”

“那是自然，臣妾自幼在渥水河畔生活，常喜与女伴河边赏荷，渥水那有不见边际的千亩荷园，我们那儿才真是‘接天莲叶无穷碧，映日荷花别样红’。碧水蓝天相映，绿苇红荷相间，鸟在天上飞、鱼在水中游，景色明净、空气清新，乘小舟穿行在荷花丛中，剥食一支亲手采摘的莲蓬，感觉一下口齿芬芳，那真是‘乱入池中看不见，闻歌始觉有人来’。”

“听着就很美，眼下快到端午节了，朕和左丞相商议，后日在琼林苑办个射柳会，让文武百官都参加，朕与百官同乐，爱妃也要一起去看看热闹。”

“臣妾遵旨，臣妾就爱看热闹。”

“过了端午节，忙过这阵子，到盛夏荷花开了，朕亲自带你回渥城避暑省亲，渥城的行宫已经修建好了。到时候，师儿带着朕去看你幼时的千亩荷园。”

“真的吗？陛下，您要带师儿回渥城避暑省亲？真的吗？”师儿喜不自禁，连连问道。

“当然是真的，瞧你，真像个孩子。”完颜璟眼神满是宠溺，把师儿搂在怀里，细长的手指从她乌黑的长发穿过。

“师儿，怎么散着头发，不梳妆？”

“陛下，臣妾懒。”师儿调皮地应道。

“哦？看朕怎么治你这个懒病，在渥城，朕给你准备了惊喜。”

师儿喜滋滋地靠在完颜璟怀里，一对璧人矗立窗前，看着中都皇城的美景，畅想着夏日的出行，沉浸在爱情的世界里，完颜璟和师儿从一见钟情到长相厮守的爱恋，持久绵长。

4

端午节当天，射柳会在左丞相的操持下，如期举行。

檀州大街上，四丞相府的马车咯吱前行，完颜乐善倚在马车的靠枕上，闭目养神。想着今天的盛会，定是热闹非凡，老夫骁勇善战，助圣上破虏平戎，灭辽取宋，统一中原，威风依旧，今日在这射柳会必定夺冠，不禁扬扬得意。

行至宫门，完颜乐善下车步行入宫至射柳会场地琼林苑。

琼林苑中，文武百官群聚。春夏之交，杨柳依依，微风拂面，鱼藻池中，碧波荡漾，园中美景，目不暇接。光禄寺、尚食局、教坊司、仙音院的侍从、下人、歌女，都一齐在御花园侍奉，"恰便是众星拱北，万水朝东"，真是"一派箫韶动"，胜过"天上蕊珠宫"。

为了此次射柳会，宫苑司的人早早围出来一块平地，以便骑马驰走。为了射断纤细的柳枝，军器监早已备好射柳专用的特制"无羽横镞箭"。它镞身扁平，像一个倒置的等腰三角形，前端的刃线略呈弧形，又称为"扇面铁镞"，用这种横刃的铁镞最容易射断圆的柳枝。

一应事物准备完毕，左丞相正在座位上休息，太监来报"四丞相到"，两位丞相互相行礼后相向而坐。

"完颜大人意气风发，看来对今日射柳夺冠志在必得啊，圣上可是很期待大人的精彩演出啊。"

"老丞相抬举了，要是老丞相再年轻几岁，哪有老夫表演的份儿？世人皆知，左丞相能文能武，英勇善战啊！"

"老了，我这把老骨头只能做做押宴官，看着各位纵马奔驰了。到我这年纪，什么射柳、马球都不行了。"

两人正寒暄着，太监来报"右副统军使李圭到"。

听到李圭的名字，完颜乐善脸色稍霁，转而继续笑呵呵道："听闻此次射柳会都是老丞相操持，丞相辛苦。"而后话锋一转，"就是这李圭李监军姗姗来迟。"

"李监军年轻些，有些事难免想不周全。射柳会都是奴才们准备的，我就是提点着，毕竟是圣上与臣同乐的大日子。这会儿都准备齐全了，文武百官都已到齐，就等着圣上过来。听说今天圣上会带着元妃娘娘一起来热闹热闹，这会儿时辰差不多了，咱们再等等。"

两位当朝丞相聊着天儿，等着圣上和娘娘。花开两朵，各表一枝。

霏芸殿中，师儿早起身体不适，命下人唤了御医来看。

昭明殿中，完颜璟收拾妥当，准备去接师儿一同赴琼林苑参加射柳会，宦官梁道上前甫一开门，一个太监便冲了进来，跪在完颜璟跟前，大声说道："恭喜圣上，贺喜圣上！"

完颜璟被这人吓了一跳，定睛一看，原来是侯公公。梁道低声斥责道："什么事情这么一惊一乍的？当差这么久了，还这么鲁莽，惊扰了圣上！"

侯公公脸上惭愧之色大作，却又马上想到了那件重要事情，复又欣喜地说道："奴才该死，扰了圣驾。启禀圣上，元妃娘娘身体不适，召御医查看，御医说娘娘有喜了。"

完颜璟初闻元妃身体不适，还没来得及心疼，就听到元妃有喜，然后就蒙了。

按道理来讲，对于妃嫔众多的皇帝，面对这天大的喜事时，应该表现出一种可以控制住的真心喜悦，毕竟皇帝后宫佳丽三千，绵延子嗣也不是什么难事。然而，完颜璟的表现明显有些问题，因为他很激动，激动得不受控制，同时在喜悦之外很害怕。他有过三个皇子，都先后夭折了，这些经历让他有些体会不到为人父的幸福，更多的是一份担忧。想着这些，完颜璟就急匆匆前往霏芸殿。

坐在师儿的床边，完颜璟看着这个自己心爱的女人，师儿的面色有些白，看来知道肚子里忽然多出了一个小生命后，开始感到了紧张。完颜璟看着她，说道："师儿，你怀了朕的孩子。"说着伸手进被子里小心地抚摩着师儿依旧平坦的小腹。师儿享受着那只手掌在自己腹部的移动，面颊微红，将被子拉到自己的颈下。

完颜璟闭目感受着掌下的肌肤，心中生出一些极其复杂的情绪，有喜悦，有恐惧……

元妃有喜的消息，就像生了双翅膀一样，马上飞了出去，传至皇宫中的每个角落，琼林苑的文武百官自然都听到了这个消息。监军李圭周围立刻围过来一群大臣，纷纷向他道喜。

李圭喜不自禁，扬扬得意地想，自己从幼年习兵器，武艺不怎么样，但我会写演戏的脚本，会唱杂剧。要饱一只羊，好酒十瓶醉，听的去厮杀，躲在帐房睡。我现在是右副统军使，我当上这官不因为那武艺上得的，是因为我唱得好，弹得好，舞得好，更是因为我有这么一个好妹妹。现在师儿又怀了龙种，真乃天助我也，以后飞黄腾达，更是指日可待。

完颜乐善和徒单克宁对视一眼，没有言语。这个喜讯，对他们而言，各有各的担心。

完颜乐善想的是自己在朝堂上恐要处于下风。徒单克宁担忧着这如日中天的兄妹带给金王朝的影响，圣上重情，太过重情啊，尤其是这儿女私情！

此后很长一段时间，中都王公贵族们讨论的热点新闻，百姓茶余饭后的最大乐事，均集中于元妃娘娘的肚子上。

圣旨很快传来，圣上要陪元妃娘娘，不再参加射柳会，但射柳会正常举办，由左丞相徒单克宁全权负责。

各朝代的射柳习俗不大相同。金代的射柳，是当射者以尊卑为序，折数十根柳枝插作两行，每根柳枝三四尺长，都有数寸削去了树皮，露出一段白白的杆子，再系上以作辨认的各色帕子。照着射柳的规矩，射断白色柳杆后，飞马接得断柳在手者为胜，射断柳枝却不能接到手中者为次，而射中柳枝削白处却未断柳者与未射中者一样均为负。《金史·礼志》有记载："行射柳、击球之戏，亦辽俗也，金因尚之。凡重五日，拜天礼毕，插柳球场为两行。当射者以尊卑序，各以帕识其枝，去地约数寸，削其皮而白之。先以一人驰马前导，后驰马以无羽横镞箭射之，既断柳，又以手接而驰去者，为上。断而不能接去者，次之。或断其青处，及中而不能断，与不能中者，为负。每射必伐鼓以助其气。"

左丞相领旨后召集文武百官，宣布射柳规则："各位请看，这是圣上赏赐的锦袍玉带。若射中柳枝露出树白处，并射断柳枝者，将这锦袍玉带赏予他，并饮酒。射不着的，只饮酒，无赏。在射柳过程中，有两个要求：一是要射断柳枝，而且箭要射在柳枝刮掉皮的白色部分，这是射技上的要求；二是要能在马上捡拾起射断的柳枝，这是骑术上的要求。好，比赛正式开始。"

　　徒单克宁对完颜乐善说："四丞相，就请您先射柳吧。"乐善谦让道："还是让其他官员先来吧。"李圭抢上前来，说："四丞相既然推托，我就先来。"说着，拿起弓箭。

　　刚才说到，这李圭监军虽是武官，做着右副统军使，这武艺着实不行，只因他会弹会唱会舞，是师儿的亲哥哥，能讨圣上喜欢，才捞了这样的高官。只见他装模作样翻身上马，哒哒哒朝柳树奔去，搭弓上箭瞄准松弦，看似行云流水、一气呵成，然而箭直奔河水而去，消失无踪。众人捧腹大笑道："李监军，你的箭是去抓鱼了吧！"李圭面色稍霁，却强词夺理："我本射着了，只是我骑的这匹马眼看假了，才跑了箭。"

　　看这李圭的无赖相，大家都掩面嘲笑，却又无可奈何。

　　徒单克宁说："李监军，你不中，靠后，请四丞相射柳。"

　　四丞相翻身上了马，弓开如满月，箭去如闪电，一缕垂杨应声而落。在绿茸茸的草坪上，围着一群穿红着翠的观客，还有兵丁，只见乐善老将军不剌剌引着战马将箭道先来走一遍，伸出猿臂一样长长的手臂，揽过马儿银白色的鬃，忽的弓开，扑的箭飞，脱的马过，便只见一缕柳枝随风而落。

　　四丞相连射三箭，箭箭射中。园中掌声雷动，鼓乐齐鸣。

　　而后其他官员相继射柳，均不如完颜乐善表现出众，结果很明显，完颜乐善轻松夺魁。徒单克宁亲手将锦袍玉带穿在乐善身上，众人纷纷向四丞相道贺，徒单克宁命人取来美酒，请四丞相饮酒一杯。

　　完颜乐善哈哈大笑，一饮而尽，众人都来敬酒恭贺，劝他多喝几杯。完颜乐善喝了几杯，有些醉了，便不再饮酒。李圭一看，抢上一步，举起酒杯说："既然四丞相不喝，那就便宜我喝一杯润润嗓吧，哈哈！"

　　射柳会在李圭张扬的笑声中结束了，徒单克宁宣布："今日宴会射柳获胜者是四丞相。明日圣上在香山排筵，专门宴请武官，请几个管军元帅务必前去赏玩。"

　　完颜乐善略有些醉了，脚步蹒跚，侍卫赶紧搀扶。他看着身上的锦袍玉带，心想今天的射柳会尽管被元妃有喜的事夺了风头，但他还是带着得胜的喜悦满意而归。

　　徒单克宁命大家都散了，然后去圣上那里复命。

大家都走后，李圭想着自己刚才出的丑，一箭都没有射中，内心愤愤不平，真是丢死人了！我身为副将军，一连三箭无一箭中的，锦袍玉带都让四丞相赢去了，怎么咽下这口气？妹妹怀上皇子，我现如今身份更不一般，怎么能吃下这亏？

思来想去，想到徒单克宁让这几个管军的元帅明天都到香山赏玩，安排筵宴款待武官。李圭暗下决定，明天去香山的时候，穿上圣上赐予的一身八宝珠衣，与四丞相不比射箭，和他打双陆，将这八宝珠衣，赌他那锦袍玉带，他必然会输。若赢了他，便了了这一番心愿。

5

第二天一早，四丞相、李圭等军官来到香山。

端午佳节，正值春夏交替，暑热甚重。香山之上，小草吐翠，柳絮轻扬，春信匆匆。这里气温略低于京城，当京城初暑渐起，叶换枝头，香山却是盛春景象：柳絮扬花，蜂蝶竞飞，桃杏怒绽，新蕊鹅黄。

站在红色台阶上，仰望苍穹，层峦叠嶂，山势崔巍，古木荫森，泉溪流畅，芳草鲜美，踏入香山宫门，凉风扑面，暑气皆消。

完颜璟将众元帅召集至此，委实有关爱之心，元妃有喜，不便行动，完颜璟留在皇宫陪伴爱妃。

今日的聚会，左丞相仍是主事之人。四丞相到得早，两人互相见礼。

徒单克宁笑道："昨天四丞相武艺高超，一举夺魁，多喝两杯再回去可好？"

四丞相抬手道："昨日老夫喝多了，多有失礼，让老丞相见笑了。"说着，完颜乐善心里寻思，昨天真是一时高兴喝多了，记不清几时出的琼林苑，也记不清谁搀扶我下的台阶，交际应酬喝了几杯，喝得我晕头转向，也不知道有没有冒犯别人。

徒单克宁摆手道："四丞相说笑了，昨天也没见你喝多少，今日，一定喝个痛快。"

说着，李圭到了，穿着八宝珠衣，很是惹眼。

"李监军，今日打扮得华丽得很啊！"徒单克宁调侃道。

"老丞相笑话我，随意穿的，随意穿的。昨日恕罪，可不是我射不着，我那马眼生，它躲了一躲，把我那箭擦过去了。"李圭辩解着。

众人一愣，没人理他，如此厚颜无耻，实属不易。

人已到齐，徒单克宁笑对诸位元帅说道："如今八方宁静，四海晏然，五谷丰登，万民乐业，我们文武百官，同享太平之福。今日京城暑热来袭，而老夫能同各位元帅相聚在此避暑，并不是我一人之力，此乃皇恩浩荡。昨日在琼林苑，群臣赏鱼藻池美景射柳，今天香山饮宴，圣上有旨，大家可以随意游赏取乐饮酒，老夫仍是押宴官。"

四丞相倡议："光饮酒没趣，咱们就来博戏一番如何？"

李圭连声应道："好好好！我跟你打回双陆怎样？"

打双陆，又作"打马"，一种游戏。相传由天竺传入，在木制的盘子上设局，左右各有六路。用木头做成锥形的子，叫作"马"，黑白各十五枚。黑马从左到右，白马反之，以先走到对方为胜。

这李圭昨日射柳未中，大感丢脸，又嫉妒四丞相，他早打好主意，今天约四丞相打双陆，定把面子争回来。

四丞相同意："好，我跟你打。"

李圭说："我俩要赌些利物才更有意思。"

徒单克宁连忙提醒："你俩作欢取乐可以，绝不许吵闹竞争，否则，奏知圣上，绝不轻恕！"

李圭应道："谁敢吵闹？"又对四丞相说："我身上这件八宝珠衣也是圣上赏赐，你看这宝衣金彩凤玲珑翡翠，绣蟠龙璎珞珠玑，我现在拿它做赌物。老丞相，你拿什么配我这赌物呢？"

四丞相拿过八宝珠衣看了，赞道："这确实是件宝物，要配得过它，除非我身上这剑。"

李圭说："这剑又不值几个钱，还是拿你昨日得的锦袍玉带吧！"

四丞相道："你是武将，怎不要剑？我这剑是先王所赠，我家祖孙三代，凭这剑立下多少大功！我这宝剑堪比太阿、莫邪、巨阙等名剑，你怎说这剑不值钱呢？"

李圭不好再说什么，只得就这样开赌。

一轮下来，李圭输了，臊不答答地说："我今天怎么这么晦气，这色儿不顺。"

四丞相嘲讽道："你昨天还说马眼生了呢！只会犟嘴，赢不了一回！"

徒单克宁道："李监军，你输了这翡翠珠衣，四丞相，你饶他这一回吧。"

完颜乐善笑道："就算我放水让着他，只怕也赢得他跟着我屁股后面走啊！"

李圭听了，本来想赢回脸面，结果恼羞成怒："我就不信一直输，你也别吹牛，咱们再赌别的，看谁输谁赢，你还敢再打一回吗？"

"我就再和你下一局，让你一回。"

"我用不着你让，放马过来吧！"

"看你这该死的臭嘴犟的，让你尝尝老夫的厉害，你说这回赌什么？"

徒单克宁见两人火药味渐浓，摇头道："你俩先下一盘，我去那边看看其他人。"说完就走了。

李圭道："刚才我翡翠珠衣输给你了，如今再打一回。谁输了，就抹谁一个黑脸，如何？"

四丞相心想，即便我输了，他也不敢抹我，就跟他再赌一次，否则他也忍不下这口气。"好，那就再玩一局。"

李圭想，也罢，我若赢了，搽他小黑脸，也出了这口气。"那就开始下了。"

完颜乐善掷着骰子喊："我则要一个幺六。"

李圭当众讥诮他："你喝幺六就是幺六，这骰子是你的骨头做的？"

这一轮下来，李圭步步为营，四丞相输了。

李圭呼喊着："快拿笔墨来，我给四丞相画黑脸！"

四丞相大怒，把棋盘、骰子用袖子一拂，散落一地，起身怒道："李圭，你是什么人，敢如此无礼！"

李圭说："咱们原先可是一言为定的，谁输了给画黑脸！"

四丞相骂道："你不睁开你那驴眼看看我是谁！我是将相苗裔，你小子竟敢戏弄老夫！你哪来的熊心豹子胆？！"

李圭还嘴说："我反正不用借你的胆！"

四丞相又骂："你这浑蛋根本就不称职！"

李圭恼道："你浑蛋、浑蛋地骂谁呢？"

四丞相怒道："你这个泼皮无赖，我不但骂你，还敢打你！"

说罢，一拳打下李圭两个门牙来。完颜乐善看着李圭的窘相，心里微觉快意，他只是想让别人知道，不要轻易尝试来撩拨自己，堂堂四元帅，何时受过这等抹黑脸屈辱。

事情闹大了，徒单克宁急忙厉声制止："别打了，圣上的旨意你们忘了吗？身为臣子，大庭广众之下大打出手，太不像话了！"

李圭捂着嘴号叫道："老丞相，您可亲眼所见，昨日射柳是他赢了锦袍玉带，今日打双陆，又赢了我翡翠珠衣，我刚才赢了他。他就不许我抹黑脸，他怎么就这么不说理呢？"

四丞相火气十足："我和老丞相能称得上兄弟，和你是叔侄一辈，你这么放肆要戏弄我，不揍你难解我心头之恨！今日，老夫要教教你为人处世的道理。"紧接着刚想来一通暴风骤雨般的痛揍，却被其余将领紧紧抱住，动弹不得。

徒单克宁急道："怎么这么一会儿，就出了岔子，还动起手来？圣上一番好意让大家消暑取乐，你们倒好，居然闹出这么大动静，今天到这吧，都回去，今日之事，交由圣上定夺。"

香山会不欢而散。

6

折腾一天，徒单克宁累了，坐在回城的马车上，想着这元妃娘娘刚有喜，就算李圭再张狂，完颜乐善也不该往枪口上撞，太过莽撞了些，不知道圣上如何裁决此事。

香山会上发生的事情，当夜就传遍京城，当朝右丞相拳打李监军，说书的也找不到这么有趣的素材。

霏芸殿中，师儿靠在榻上暗自垂泪。兄长被打一事，她已听说，摸着腹中的胎儿，师儿有些茫然。师儿的父亲是监户。师儿想着自己从一个监户女子走到今天这一步，看似全仗着圣上的宠爱，但个中滋味，如人饮水，冷暖自知。没有谁的人生是轻松的，更何况这个充满钩心斗角的深宫之中，稍有不慎，万劫不复。看着满殿的纱帐，摸着自己乌黑的直发，好像是自己喜欢这副装扮、这种风格，可只有自己清楚，喜欢这一切的，是那个高高在上的君王，自己不过是一味迎合而已。

今天这件事，必是兄长挑衅在先，可被当朝丞相打掉门牙，又委实丢了颜面。不知朝堂各路势力如何看待此事，是打了我元妃的脸，等着看我笑话，还是看不惯兄长的张扬跋扈，为四丞相叫好呢？

可这打狗还得看主人呢，师儿对圣上是爱慕的，如蒲草依附磐石般依赖着圣上，可圣上能为师儿做到哪一步呢？想得略有些头疼，师儿又抚摩了一下腹中的胎儿，这个小家伙，来得正是时候，在最幸福的时候，兄长惹出这麻烦事，说不定是一个机会，是一块试金石。

想到此处，她唤来侍女，准备纸墨，提笔写了一封给圣上的信。

李圭从香山下来径直奔到皇宫求见元妃，师儿没有同意，只是让侍女传了几句话安抚了一下兄长。她要等圣上自己裁断，圣上表态之前，她不会见。

李圭本来指望妹妹给自己出气，堂堂监军被打掉门牙，出尽了丑，没想到自己身居高位的妹妹居然不见。李圭没有听侍女传话，抱怨一通，愤愤不平地回去了，想着该如何出这口恶气。

完颜璟当然知晓此事，赶来霏芸殿，想安慰师儿。可师儿同样闭门不见，写了一封信，交由侍女转交圣上。

完颜璟不解，坐在霏芸殿的台阶上，打开信笺，师儿秀美的字体映入眼帘。

圣上亲启：

　　一个是为朝廷立下汗马功劳的老臣，一个是圣上宠妃的兄长，师儿不见圣上，不想圣上为难，师儿不见哥哥，亦是不想圣上为难。

　　圣上，师儿难受，心疼我那被打的哥哥，师儿自责，知道自己哥哥不争气。此事无论圣上如何定夺，臣妾定无怨言，只求圣上念着腹中皇子，不要过于苛责。

　　圣上好好休息。

师儿亲笔

看完信，完颜璟叹了口气，梁道赶紧搀了一下："圣上，地上凉，赶紧起来吧！"

昭明殿中，完颜璟略带疲惫地对梁道说："让徒单克宁明天早朝后直接去御书房，朕要问问清楚，这李圭的门牙到底是怎么掉的。"

四丞相府，完颜乐善、老夫人、夫人在书房商议。

老夫人抚摩着手里的扇骨，略带谴责道："打谁不好？打元妃娘娘的哥哥，不管原因是什么，我已经派了大夫过去给瞧瞧，这会儿还没回信，打了人，咱们姿态得放低点。"

完颜乐善心生悔意，打的时候是爽了，出了气，可怎么承担这后果心里却没什么底："母亲大人说的是，可他无理在先，我就不信，圣上会如此偏袒于他，想我立下汗马功劳……"

"不要再提你的汗马功劳，"老夫人打断了他，"现在有功劳的是怀着龙种的元妃娘娘。你呀，勇猛有余，智谋不足，想想如何善后才是关键。"

"我就不信李圭那小子能耍出什么幺蛾子来，大不了罚我俸禄，想让我道歉，门都没有，给他派个大夫就不错了。"

正说着，下人来报："老爷，派去李监军府上的大夫被赶回来了。"

听闻此话，老夫人蹙着眉头："看来，这事不好善后了。儿啊，如果道歉能解决的话，你千万听我的，不要意气用事。我是怕元妃娘娘在圣上那煽风点火，此事不得不防。今天晚了，还是不要轻举妄动，明天主动去圣上那认错。"

完颜乐善略一沉思，心里憋屈，但又觉得母亲说得有理，便应下了。一宿无话，静待天明。

7

清晨时分，四丞相坐着马车来到皇宫之外等候早朝。等他到的时候，宫门之处已经热闹起来，三两成群的大臣们聚在一起窃窃私语，还不时比画几下。

完颜乐善掀起车帘望了一下，忍不住摇了摇头，看来昨日之事已经成了今日的八卦，街头巷尾估计都在讨论老夫的拳头和李圭的门牙，自己自然就是这个八卦的中心了。

完颜乐善一路踏着广场上的青砖而行，依旧引来无数侧目与议论，大家都看着这位位高权重的四丞相，也都好奇着，他一拳打了皇上的大舅子，这场纠纷会怎么解。大家都抱着一份八卦之心，等待着今日这出闹剧会演什么续集。

完颜乐善很不爽，直到他看到前边白发苍苍的左丞相，凑上去打了个招呼。徒单克宁点了点头，没说话，两人一味地沉默。

完颜乐善忍不住了，问了一句："左丞相今日可要帮我说句好话啊！"

徒单克宁皱着眉头，望着他欲言又止，忍了半天，还是没能忍住愤怒，开口训斥道："你可知道身为右丞相，位高权重，故而行事一定稳妥小心，谁承想你居然大庭广众之下打了大臣，更何况打了宫里那位的亲哥哥，这百官的颜面、朝廷的颜面，你还要不要？你说，你想怎么办吧？真是糊涂啊……"徒单克宁说得痛心疾首，愤怒不可自已。也难怪老丞相动这么大肝火，圣上命他办的差事，被完颜乐善一拳头搞砸了，不生气才怪。"今日朝会之上，就等着老夫参你吧！"

"啊？老丞相也要参我吗？有那李圭还不够？求老丞相看在过去的情面上，帮我一次吧！"

看着完颜乐善的窘态，徒单克宁又气又怒又想笑。恰在此时，宫门开了，礼乐声起，众大臣鱼贯而入。

仁政殿，太监持拂尘而出，清声喊道："圣上驾到！"窸窸窣窣的，太监宫女们从殿旁涌了出来，随着皇帝陛下，往宝座走去。

下方群臣们整肃衣衫，拜伏于地，山呼万岁。皇帝看了这些臣子一眼，缓缓地走到龙椅前坐下，说道："都起来吧。"

臣子们听到圣上发话，爬起身来，只是这些高官贵爵在京城里活得滋润，不免有些体胖身虚，所以动作迟缓不一，看上去略显滑稽。

百官都已听说昨日香山会之事，众人各怀心思，无人言语。李圭本来想着今日参完颜乐善一本，可门牙丢了，实在没脸见人，就请假没来早朝。没来就是一种态度，这态度表达得很直接。

徒单克宁犹豫着要不要上奏参完颜乐善，但想着圣上肯定会问，就给四丞相留了颜面，没有上奏。

完颜璟见无人上奏，就宣了左、右丞相去御书房，早朝草草散了。各位看热闹的大臣不禁有些失望，看来圣上的家务事还是想关起门自己解决。

走出大殿，完颜璟步行回御书房，沿着清幽色石砖径直向前，他走得很慢，轻锁眉头，脸色很不好看。开路的太监宫女小心翼翼地走着，后面捧着拂尘的太监更是踮着脚、低着头，一点儿声音都不敢发出来。

御书房内，完颜璟已经换下龙袍，穿上了便服，在书桌前正襟危坐，淡淡皱眉。半晌之后，他叹了口气，睁开了双眼，看着窗外这熟悉到厌倦的皇宫景色，轻轻摇了摇头。

御书房外，左、右丞相求见。"进来。"完颜璟淡淡地说。他还没有想好该如何处理这位立下汗马功劳的老臣打了自己"大舅子"的事，师儿的信笺也似乎成了烫手山芋，他决定先听听完颜乐善怎么自辩。

"赐座。"

"谢圣上。"

徒单克宁坐下了，完颜乐善也坐下了，毫不犹豫地坐下了。完颜璟看了他一眼，没有说话，这是一个不好的开始。

"徒单克宁，昨天香山会如何？"完颜璟依旧淡淡地问。

"启禀圣上，昨日……"徒单克宁停顿了一下，望了一眼四丞相。

四丞相眼观鼻，鼻观心，心里也在嘀咕，不知道圣上如何定夺，听圣上的语气，好像没有生气。

"爱卿为何看四丞相？四丞相，那你说说，昨天的香山会如何？"

完颜乐善愣了一下，想着昨夜母亲的交代，急忙起身，"启禀圣上，臣有罪，昨日一时冲动失手伤了李监军，请圣上责罚。"

"哦？详细说说怎么回事。"

"臣打双陆输给了李监军，李监军非要给臣画黑脸，臣一时气恼，想我堂堂四丞相，怎能受此屈辱？一时鲁莽，伤了李监军，臣昨晚已请大夫给李监军查看。请圣上明察，恕臣冲动之罪。"完颜乐善说得诚恳，但心里仍是愤愤不平。

"这么说，是爱卿的错，那爱卿去李监军那道个歉，这事就算了了。"完颜璟看四丞相态度尚可，就想了结此事。

"道歉？圣上，昨日之事，臣确实鲁莽，但他李圭欺人太甚，三番两次言语羞辱臣，臣实在气不过就打了他。老臣一把年纪，要去向他毛头小子道歉，请陛下恕罪，老臣实在办不到。"

在完颜乐善的心里，完颜璟何尝不也是毛头小子，他坐的江山也是本将军南征北战得来，语气中对当朝天子的不屑不小心流露出来，而这就触到了完颜璟的逆鳞。同样是当朝丞相，徒单克宁就低调得多，也更深得完颜璟信赖。

一句办不到，完颜璟刚刚压制住的怒气全部涌出，一把砸掉茶杯，水花四溅。"圣上息怒。"御书房内外跪了一地。完颜乐善有些慌神，后悔刚才的话失了分寸。徒单克宁一直劝圣上消气，奴才们大气不敢出，一直跪着。

梁道步履匆匆进来，跪地禀告："圣上，元妃娘娘身体不适，晕倒了。"

"什么？赶紧摆驾霏芸殿。"说着就疾步出了御书房，刚出门，忽地站住，怒斥道："梁道传旨，当朝右丞相打伤大臣，御前失仪，品行有失，不足担当右丞相之职，特下旨削职去兵权贬至济南，以儆效尤。"

听闻此言，完颜乐善从凳子上跌坐地上，恍惚着，没反应过来求饶，圣上已走远。

8

盛夏，济南湖畔，右侧临湖一边，有一座济南新修不久的酒楼。刚过正午不久，天上的太阳散着刺眼的光芒，烘烘热气在城中浮沉着，酒楼后方是一方湖水，湖风借势灌入，就宛如大片风扇，只是不需要人力，也能给楼中众人带来清凉之意。

湖面上青萍极盛，厚厚地铺在水面，遮住了阳光，用阴影庇护着水中的鱼儿。

楼后有湖，湖畔有院。

此时，四丞相被贬至济南一月有余。自从完颜乐善来此之后，以他的身份自然极少出来与济南的百姓们见面，但每日在这酒楼后的湖畔，钓鱼饮酒听曲，成了他的日常。每日钓鱼饮酒，观山看景，倒也快活。

一个多月的时间，这位当初首屈一指的大人物便已经变成了一位乡间的善翁般，头发只是和软地梳着，身上穿着件很舒服的单衣，脚上蹬着双没有后跟的半履。只是完颜乐善那深陷的眼窝里却带着一丝疲惫与无趣，尽管湖边这般淡然的修养，但内心的失落与不甘，还是使他的精神气魄不如往日。

看似闲云野鹤的生活，貌似快活的羡煞旁人，可个中滋味，说与谁听？一次鲁莽、一句顶撞，堂堂四丞相被发配至此，他还是想不明白，他的功劳如此不值一提？想当年，他征战沙场、所向披靡，谁承想，落得个发配的下场，不能守着妻儿，不能照顾老母，这样一人流落在外，晚景凄凉至此，实在心伤。每日独来独往，少了昔日的风光，英雄迟暮，可叹啊！

正所谓："水声山色两模糊，闲看云来去。怨结愁肠对谁诉，自踟蹰。感今怀古，旧荣新辱，都装入酒葫芦。"

一日傍晚时分，济南府尹完颜良带着酒肴和歌妓琼英来到湖边，探望四丞相。原来，这完颜良曾是四丞相的部下，跟随四丞相征战沙场，也算建功立业，后被封为济南府尹。得知四丞相被贬来此后，一有空就来探望，又因四丞相喜欢喝酒听曲，每次都带着美酒和歌姬。这琼英是济南府有名的歌妓，谈谐歌舞，无不通晓，济南等闲的权贵想见她一面也是不容易。

此时，四丞相正在湖边钓鱼，看着鱼漂浮浮沉沉，完颜乐善想到自己的起伏人生，不免唏嘘。古时有刘伶借酒消愁，屈子投江以明志，老夫在这湖边垂钓赏玩，就权当学那范蠡归湖，绕一滩红蓼，过两岸青蒲，自得其乐罢了。

完颜良和琼英走到四丞相背后，给四丞相轻声请安，四丞相没有回头，闭目养神低语："你们来啦，坐吧。"

相处久了，两人也没和四丞相拘礼，应声坐了。

"琼英，唱个小曲儿吧，看这湖光山色，唱个应景的。"

"是，奴家遵命"。

其时清风自湖面来，琼英微微一福，双唇轻启，唱了起来。这琼英眉毛细弯，皮肤白嫩，吹弹可破，说不出的柔弱。歌声曼妙轻柔，唱到气若游丝之时，"姹紫嫣红开遍，似这般付与断井残垣"，像无力的云朵一样在空中软软绵绵、滑滑腻腻地飘着。

人在失意的时候，更能体会到曲中柔情。完颜乐善也是如此，琼英曲子里带出的情感，或喜或悲，在完颜乐善听来，都是对他失意人生的真实写照，悲情十足，不免哀伤，举起酒杯，一口饮下。

琼英唱完曲儿，又为四丞相斟酒。四丞相脸上笑着，心里冷意十足。

想着当初在京时，那般奢华的丽春堂，锦茵绣褥，香车宝马，歌儿舞女，过得那叫一个滋润潇洒，今日在此闲居，真乃郁闷。便命琼英再唱一首，琼英心道：四丞相满心抑郁，不如唱个凄苦一些的，帮他疏散一下心中郁结。于是选了一首《千秋岁引》，清唱起来。

"别馆寒砧，孤城画角，一派秋声入寥廓。东归燕从海上去，南来雁向沙头落。楚台风，庾楼月，宛如昨。无奈被些名利缚，无奈被他情担阁，可惜风流总闲却。当初谩留华表语，而今误我秦楼约。梦阑时，酒醒后，思量着。"

曲毕，四丞相听得老泪纵横，更是哀怨起来。完颜良劝道："老丞相，您必不会在此闲居太久，圣上只是一时恼怒，等圣上气消了，一定念着您的功劳，定然还会重用。"

四丞相说："完颜良，你不知，人在江湖，身不由己。人在朝堂，更是身不由己，伴君如伴虎，老夫在京为官，还不如在此每日钓鱼饮酒，美人歌喉在侧，闲居快活，何等轻松自在，不用被京中礼法束缚。我可是懒得回去了，就让我在这做个闲云野鹤，远离朝中喧嚣，老天爷这么安排，想必自有他的用意，这也是我命运里的该遇之事吧。"说完一饮而尽。

完颜良陪饮一杯道："老丞相说得有理，不管怎样，老丞相在济南住一日，下官就陪老丞相消遣一日。"

9

盛夏，渥水湖畔，渥城行宫东城墙的一座小楼。

楼上远眺，影影绰绰的荷园围绕着小楼。

楼下渠中的流水流向远处，沿着行宫清幽的石径，流到行宫宫殿群侧，在门口处汇成一汪清潭。天色向晚，夕照映潭，化作水面上的一道金印。行宫里的灯火快速亮了起来，就像是被人施了魔法般，在极短的时间内悬起无数彩灯，将整个行宫照得流光溢彩，灯影倒映在水面上，犹如繁星入水，美不胜收。

小楼之上，当今圣上完颜璟和元妃娘娘李师儿静坐赏月。

"圣上，这就是你给臣妾的惊喜，对吗？带着臣妾回家乡省亲，陪臣妾看幼时的渥水荷园。"

"不是，这不是惊喜。"

"那还有什么？"

"师儿，咱们坐在何处？"

"行宫的一处小楼啊，怎么了？"

"你可知此楼的名字？"

"臣妾不知。"

完颜璟伸手把师儿揽进怀中，说道："师儿，这是朕为你特意造的小楼，朕命名妆台，专为你梳妆而建，站在这妆楼之上就可以欣赏外面的千亩荷园。"

"真的吗？为臣妾梳妆赏荷而建？"师儿激动地刚想如往常一下蹦跳着参观自己的小楼，被完颜璟一把拉住："还是这么调皮，不顾及肚子里的孩子。"

师儿立马顿住，摸着已经隆起的小腹，慵懒地靠在完颜璟身上。

皇帝看着心爱的人，忽然想出个合字对联，就笑眯眯地说："二人土上坐。"

师儿听了，抬头看了看天上的月亮，心里有了词儿，马上对了句："一月日边明。"

师儿的意思很明显，我就是这个月亮，皇上您就是太阳，我靠您才能发出亮光来——才有当皇妃的光彩。完颜璟一听，笑得合不拢嘴，越发喜欢这个聪明剔透的佳人。

良辰美景伴佳人，实乃快活之事。两人正对着诗，宦官梁道疾步前来，跪道："启禀圣上，宫中有急奏传来。"

完颜璟诧然道："拿来。"

展开书信，完颜璟有些慌神，师儿上前轻扶，问道："圣上，怎么了？出什么事了？"

"左丞相徒单克宁来奏，西南草寇作乱。"完颜璟略带慌张地说。

"啊？那如何是好？"师儿焦急问道。

"容朕想想。"

完颜璟坐在台阶上，面露愁容。这是他登基以来第一次遇到这样的事情，每天朝臣们上奏都是国泰民安、风调雨顺、四海太平，他每日吟诗作画抚琴陪师儿，好不惬意。如今草寇作乱，这位年轻的帝王慌了。他没有经历过祖辈打江山的艰辛，身上流淌的女真族勇猛血液被他刻意地忘记了，他努力地汉化着，忘却了战争之残酷，或者说从来没有意识到，所以在完颜乐善打了李圭之后，他只顾及师儿，完全没有深入地想到完颜乐善在开疆辟土之时立下的赫赫战功，再加上完颜乐善骄横自大，挑战了这位年轻君主的尊严，他才会一怒之下把完颜乐善贬到济南。

看着手里的信，完颜璟脑海里迅速搜索着可用之才。徒单克宁年纪大了，肯定不能出战，朝堂还需他稳定大局。其他几位将领倒是打过几次仗，但没有当过主帅，没有十足把握。还有就是李圭之流，他何尝不知道李圭上位全靠师儿所得恩宠，但爱屋及乌，这是他作为帝王默许的。那该派谁出战镇压草寇作乱呢？

难道只有完颜乐善了吗？完颜乐善确实英勇善战，射柳会完颜璟虽没亲眼所见，但也听宫人们谈到了四丞相的英姿勃发、三箭全中、一举夺魁，真可谓老当益壮。但完颜璟月余前才把他贬到济南，这下该如何是好呢？完颜璟沉思片刻，看了一眼师儿，有了主意，命梁道宣李圭觐见。

圣上此次带师儿省亲，李圭作为监军随行，也是一同省亲的恩惠。不一会儿，李圭来到妆台，完颜璟径直道："李爱卿，左丞相传来宫中急奏，京城西南有草寇作乱，十万火急，朕封你为大将军，派你速速前去镇压。"

"什么？"李圭一听，本来是跪着的，一下子瘫坐在地上。

"陛下，"师儿也是一下子愣住，跪地疾呼，"李监军虽身为监军，却从无作战经验，无力担此重任，请陛下三思！"

完颜璟扶起师儿："师儿，朝中没有合适将领，其余将领均在边疆镇守，如贸然调回，恐有外敌来犯。"

"那左丞相大人呢，大人武将出身，也曾立功无数。"

"徒单克宁年纪大了，不宜领兵出战，需在朝中坐镇。"

"那当真无可用之人了？"

"朕也为难。"

师儿低头思忖，圣上明知哥哥没有领兵杀敌冲锋陷阵的本事，却把他传来，所为何意？何人能镇压这草寇之乱呢？稍一思索，师儿立刻明白了圣意，完颜乐善，这个名字闪入师儿脑海之中，想必圣上也是如此打算，唤哥哥前来无外乎是想吓吓哥哥，然后派完颜乐善去镇压草寇。这关键时刻，也顾不得许多，尽管哥哥挨打掉了门牙丢了颜面，可堂堂四丞相已被贬至济南，这面子里子都回来了，如今圣上此举，也是合情合理，圣上真心待我，陪我省亲，为我建妆台，我又有了圣上的骨肉，想必那四丞相就算回来也不敢造次了。

思及此，师儿又缓缓跪下，完颜璟见状道："师儿怎么又跪下了，你身子不方便，赶快起来。"

"臣妾有事启奏，请圣上听臣妾把话说完。如今草寇作乱，国难当头，命大将镇压草寇是十万火急之事，但是李监军确实没有能力担此重任，臣妾推荐原四丞相完颜乐善领军杀敌。臣妾知道后妃不得参与朝政，可众人皆知，四丞相原是因为和李监军的冲突才被圣上贬至济南，李监军是臣妾的兄长，臣妾和此事也脱不了干系，所以臣妾冒着忌讳斗胆请圣上召回四丞相为国出力。四丞相被贬有一段时间了，应该知错了，请圣上召回四丞相吧！"

师儿说得真切，给李圭使了眼色。李圭万分不想镇压草寇，他本是每天唱戏哼曲的主儿，听师儿如此说，便毫不顾忌自己曾被打掉的门牙，立刻磕头对圣上道："陛下圣明，四丞相战功赫赫，当日和臣之冲突也有臣的过错，请陛下收回成命，若四丞相回京镇压草寇，臣愿登门负荆请罪。"

完颜璟一看兄妹二人一唱一和，和自己所想并无二致，赶紧扶起师儿道："爱妃明理，不负朕心。梁道，命人快马加鞭，传旨给完颜乐善，免除罪责，让他立刻回京镇压草寇，如若成功官复原职。"又对师儿道："爱妃也辛苦些，明日启程，回京。"

"臣妾遵旨。"

10

济南湖畔，完颜乐善如往日一般湖边钓鱼，府尹完颜良陪在一旁闲聊，歌妓琼英给完颜乐善满上酒，又唱了一支曲子。这一幕已经一月有余，完颜乐善一副看起来很快活的样子，可他眼底的失意与不甘还是无处可藏。

琼英一曲唱毕，还未添酒，远处一匹骏马哒哒哒疾驰而至，完颜乐善定睛一看，是宫中侍卫装扮，还未细想，侍卫下马朗声道："完颜乐善接旨。"

完颜乐善见状，立刻跪倒在地，完颜良也同时跪地，琼英没见过这阵仗，小腿一软，也瘫坐在地上。

完颜乐善静止不动，心中立刻狂风骤雨般思索，莫非是圣上召我回京？

"完颜乐善听旨。完颜乐善前罪皆免，当下京城西南草寇作乱，命你速速带兵前去镇压，从你原先手下操练过的头目挑选几个将领，收捕草寇。如若成功即刻官复原职，钦此。"传旨侍卫上前一步递出圣旨道："恭喜老大人。"

"臣领旨谢恩，吾皇万岁万岁万万岁。"完颜乐善接过圣旨，抬起头，看着远处的湖光山色，美不胜收，心境较之刚才大所不同，愁容尽扫，精神振奋。

"辛苦使者疾驰传旨。"

"下官赶回京中复命。老大人不必延迟，早早建功，以慰圣意。"

完颜良和琼英纷纷道贺，完颜良喜道："老大人，看我说什么来着，今日圣上果然来宣老丞相，官复原职了。"

完颜乐善哈哈大笑道："草寇贼子，老夫来也。等我得胜归朝，定不放过李圭那匹夫。"

"老丞相说的是，谅那李圭也不敢拿老丞相怎么样。老丞相要回京了，有什么要嘱咐下官的？"

"我这就要回京了，既然你要嘱咐，也罢，你一定要抚军爱民，和手下兄弟和睦，让他们真心臣服于你。还有，我完颜乐善被济南山光湖色陶醉，这里的一滩红蓼，两岸青蒲，芦花密，垂柳摇，荷花舞令人难忘。这样迷人的景色使我忘却了仕途的烦恼，泛舟游湖，心情怡然，好是快活。我这一去，这好山好水的美景是带不走的，等我回去后，就看不到这样的好景致了。你找画师给我画幅丹青，给我送去，我就能白日里饮酒赏图，晚上挑灯来看了。"

"是是，老丞相所言极是，下官遵命。"

老丞相回去收拾行装，完颜良命琼英准备酒肴，再到十里长亭，给丞相送行。

完颜良心下想到，老丞相在香山宴会上逞一时之快打了李监军，贬至济南闲居月余，终日苦闷。不知道老丞相此去成功剿灭草寇后，会不会轻易放过那个李圭？

11

京城，四丞相府，传旨侍卫快马加鞭先行回府报信。丞相府的李管事见有侍卫前来，不知何事，忙遣人去请夫人和老夫人，侍卫随李管事来到丽春堂，拜见老夫人喜道："恭喜老夫人、贺喜老夫人。"

"何喜之有？我儿如今在那济南流放，不知道我这老骨头死之前能否再见上一面。"说着悲从中来，拿起手帕拭泪。

"老夫人莫要悲伤，圣上已经下旨免去四丞相一切罪责，召他回京镇压草寇，如若一举收捕草寇，即刻官复原职。"

"此话当真？我儿要回京了？"老夫人猛地从椅子上站起，一把拉住侍卫的胳膊，不敢置信地问。

"千真万确，此刻四丞相已经从济南动身，正在返回京城的路上，圣上有旨，众官员要一并来府上迎接四丞相归来。老夫人赶紧收拾一下，等着四丞相回府吧！"

"对对，太好了，真的太好了。谢陛下，皇恩浩荡，谢主隆恩！大人一路传旨辛苦，来人呐，打赏。"

"谢老夫人赏赐。"

侍卫退下后，老夫人赶紧操持起来。自从完颜乐善被下放，她一直伤心焦虑，身体每况愈下，现如今完颜乐善要回京了，老夫人的身体似乎立刻好了起来，神采奕奕地带着众人做迎接准备去了。

四丞相风尘仆仆赶回京城，进了城门，没有耽搁太长时间就行至自家府门前。正值午前，刺眼的阳光耀映在此刻热闹无比的四丞相府内外。丞相府的下人们都在忙碌着、兴奋着，大家的脸都跟门口挂的大红灯笼一样，红光满面，四丞相回京，连下人们都觉得扬眉吐气了。四丞相刚被流放那会儿，全府上下胆战心惊，生怕被一同治罪，下人们上街买菜，都偷偷摸摸如做贼一般，如今老爷回来了，好日子跟着一起回来了。

众官员已经奉旨来此迎接，完颜乐善骑马停在正门前，看着一众官员对他行礼恭贺他回京，他感觉恍如隔世般，尽管被贬时间不长，他却已感觉人生无常、饱尝心酸。在京为官时的荣华富贵，流放济南时的离群索居，都变得不真实起来。

李管事赶紧迎上来扶完颜乐善下马，跪地高声道："恭喜老爷回府。"

众官员立刻参拜，丫环、管事、仆人们都开始喊了起来，"老爷回府了！"

"什么？"

"老爷回府了，快去通知老夫人！"

"老爷！"

消息很快传播开来，一直充满喜庆氛围的丞相府顿时如炸开了锅，一阵脚步声往大门这边传来，数不清到底有多少人迎四丞相回府，下人们满脸欢喜与激动。

一时间，完颜乐善身边密密麻麻地跪了几十人，众人众星捧月般将完颜乐善迎进丽春堂。

老夫人和夫人等候已久，见到完颜乐善，一把搂过来，泪眼婆娑道："儿啊，你回来了，为娘总算把你盼回来了。"然后细细打量，目光从完颜乐善的脸开始往下移，见他气色尚可，没有不适，稍稍放下心来。

"母亲大人，儿子回来了，儿子不孝，让您担心了。"完颜乐善跪地磕头道。

"赶紧起来，喝了这杯接风酒。"老夫人赶紧拉起四丞相，夫人递过酒杯。

四丞相接过酒杯，一饮而尽，悲伤之情溢于言表，颤声道："真没想到老夫还能活着回到这丽春堂。"

众官员连忙安慰："四丞相此言差矣，圣上不会忘了您立下的汗马功劳，回京是迟早之事，现在已经回来，四丞相为何还如此悲伤？"

"老夫离京之日情景还历历在目，当初被贬，撇下一家老小，不能照应，老母亲八十有余，孩子尚幼，只能辛苦夫人一人独自支撑，一应家庭琐事。老夫在济南日日担心，牵挂家人，却毫无办法，又饱受寂寞相思之苦。今日终得回京，夫人，苦了你了！"说完，对着夫人拱手一拜。

"老爷这是哪里话，这都是妾身的本分之事，倒是老爷在那济南孤身一人，让咱们全家都牵挂不已，盼着老爷能早日回来，今日见到老爷身体无恙，妾身总算放心了。"夫人哽咽说道。

"夫人啊，我当时真怕我被判斩刑，我一人死，全家大大小小三百余口都要跟着遭殃。"

"老爷，说到当初之事，确实是你的不是，谁承想你一拳打下去，自己被流放了，全家担惊受怕，惶惶不可终日。还好都过去了，感谢皇恩浩荡，让老爷今日终于返京了，实在是万千之喜。"

"夫人说的是，平白一场祸事从天而降，谁也不想的。没想到龙颜大怒，也没想到老夫居然能这么快回来。"

众人寒暄着："四丞相既已归京，夫人、老夫人放宽心，全家团聚可以尽享天伦了。"

传旨侍卫道："四丞相还有军命在身，请夫人赶紧拿出四丞相官服换上，速速去镇压草寇作乱吧。"

"大人说的是。来人哪，赶紧去把老爷官服拿来。"

早有下人备好官服拿过来，完颜乐善一边穿一边觉得肩宽袖长，对着镜子照了照，感叹道："这才多久，老夫竟已经两鬓斑白，这官服竟也不合身了。"

夫人看到老爷的样子，不免心疼，想起近日种种，眼泪又流了下来，但又不想徒增悲伤，便强颜欢笑劝道："没关系，老爷，妾身马上命人改，一顿饭的工夫就好。"

老夫人见状，命李管家传饭，上前几步说道："老身谢过各位大人今日专程来迎我儿回府，请各位大人留下一起用个便饭吧。"

"谢老夫人。"众人应承后便簇拥着完颜乐善往偏厅走去。夫人赶紧命人给完颜乐善修改官服。

花厅之中已备下饭菜，早有各式精致的点心放在盘中搁在桌上，用的菜碟均是上等物件，映衬着四丞相昔日的奢华。盘中食物也做得极为诱人，一道山茶草菇散发着淡淡清香，几朵微黄透亮的油花安静地漂浮在一小钵虫草鸡汤上，一道家常的酱牛肉片上铺着几层青白葱丝……

众人落座后，完颜乐善举起酒杯先向众大臣表示了谢意，然后恭恭敬敬为母亲奉上一杯茶，对老夫人说："母亲，孩儿不孝，让母亲操心，如今孩儿归京，探望母亲，还有一要事。想必母亲已听闻，京城西南草寇作乱，圣上命孩儿前去镇压，吃完这顿饭，孩儿又要踏上征程，不能侍奉在侧。"

"去吧，这是圣上对你的信任。你千万顾及身体，不要让为娘担心，早日回来。"老夫人接过茶，满脸的皱纹尽是怜惜与不舍。

"母亲放心，孩儿必当早去早回，再也不让全家挂牵。"

老夫人拿起样式质朴却打磨精致的木勺在鸡汤里微微搅动，一直躲藏在汤下面的香气倏地一下钻了出来，老夫人亲自给四丞相盛了一碗鸡汤，慈爱地注视着他一口喝光，才稍稍放下心来，终于确认了，儿子确实回来了。

饭桌之上，众大臣早已知晓完颜乐善被召回的缘故，都预祝四丞相能一举破敌，早日收捕草寇。

酒足饭饱，完颜乐善穿上改好的官服，正准备出发镇压草寇，忽然又有圣上的使臣到，宣旨道："因完颜乐善有功在前，将其罪过尽皆饶免。如今取其回朝，本要差他破除草寇，谁知草寇闻讯，都来投降了。故令完颜乐善官复原职，赐黄金千两，香酒百瓶，在丽春堂盛宴庆贺。"

众官一齐贺喜："四丞相威名赫赫，草寇闻风丧胆啊！"

完颜乐善也哈哈大笑，但嘴上辞让说："我这老无知、老无知，怎敢当，怎敢当！"

"四丞相太过谦虚了，还没出战，草寇就投降了，这是何等威猛！"

"都是圣上威名远扬，老夫再也不敢托大，臣谢主隆恩，吾皇万岁万岁万万岁。今日之事，永生难忘！"

这时，下人来报，李监军李圭求见。

众人一听，不再言语，各自一副等着看好戏的表情。李圭羞辱老丞相被打掉门牙，四丞相因此被流放，两人恩怨非三言两语能说清，大家端起一杯茶，都在等四丞相的反应。

四丞相没有言语，老夫人见状，命下人将李圭迎进来，然后把完颜乐善带至外间，问道："儿啊，你打算如何对待和李圭之事？"

完颜乐善一拳打在木柱上怒道："上次之事双方已经撕破脸，圣上召我回来，也是用得到我，和这小子也没丝毫关系，想他也不会在圣上面前替我求情，此番前来，定是因为知道我重得圣上信任，前来与我缓和关系，不过这厮害我流放，如此羞辱于我，我怎能放过他？现在圣上用得到我，就算我好好整治他一番，圣上也不会拿我如何，我必须出出这口恶气。"

老夫人听闻此言叹了口气道："儿啊，你何苦与他斗下去，就算这一次赢了他又能怎么样？千赢万赢，都不如圣上高兴。之前的事，就是因为你太过冒失冲动，才被流放，难道刚回来就要重蹈覆辙吗？那元妃娘娘恩宠较之从前更胜，圣上还亲自陪她回渥城省亲，听说还专门在行宫为她建了一座小楼，供娘娘梳妆之用，这等恩宠，你还不明白吗？上次之事，换作旁人，你打就打了，圣上最多谴责你，罚几个月俸禄了事，可偏偏你打的是他最宠爱的女人的兄长，不管李圭当时表现多么恶劣，圣上都不会偏袒于你，所以才一怒之下将你贬至济南。今日刚刚回来，切不可意气用事，先听听那李圭怎么说，毕竟你还要带兵杀敌，谅他也不敢在此做出越礼之事。官场之上，总该讲究个体面，他既登门拜访，你就大度一下，拿出待客之道才是正事。"

完颜乐善听完母亲分析，心头微动，冷静下来，此事个中因果，他最清楚不过，只是一时听到李圭名字，想到自己被他所累，流放外地，不免怒从中来。

想到此，完颜乐善满脸惭愧地对老夫人说道："母亲分析得有理，是孩儿一时鲁莽了，那咱们就去看看李圭那匹夫今日为何前来。"

话虽如此，完颜乐善还是带着满腔对李圭的怨和愤回到丽春堂。

李圭被下人带入丽春堂，众人一看全傻了眼，只见这李圭上身赤裸，后背绑着荆条。噢！他原来是来负荆请罪的呀。

李圭见到完颜乐善后，跪在地上疾呼："老丞相，当日之事，都是我的错，我觊觎你射柳会的奖品，三番五次惹恼老丞相，才惹出后来之事，今日，我李圭前来负荆请罪！求老丞相大人有大量，千万不要与晚辈计较，原谅晚辈。"

完颜乐善见到李圭赤膊来负荆请罪，一时也惊呆了。他表面强作平静，内心却波涛滚滚，一时间，战国时大将军廉颇负荆请罪的事拍打着他的心……

历史上称为"战国七雄"的七国当中，秦国最强大，秦国常常欺侮赵国。有一次，赵王派蔺相如到秦国去交涉，蔺相如凭着机智和勇敢，给赵国争得了不少面子，秦王见赵国有这样的人才，就不敢再小看赵国了。赵王看蔺相如这么能干，封他为"上卿"。赵国的大将军廉颇想：我为赵国拼命打仗，功劳难道不如蔺相如吗？蔺相如地位倒比我还高！他怒气冲冲地说："我要是碰着蔺相如，要当面给他点儿难堪，看他能把我怎么样！"廉颇的话传到了蔺相如耳里，蔺相如坐车出门，只要听说廉颇的车从前面来了，就叫马车夫把自己的车子赶到小巷子里，等廉颇过去了再走。蔺相如手下的人几次看蔺相如礼让廉颇，对蔺相如说："大人，您的地位比廉将军高，您反而躲着他，让着他，他越发不把您放在眼里啦！"蔺相如心平气和地问他们："廉将军跟秦王相比，哪一个厉害呢？"手下人说："那当然是秦王厉害。"蔺相如说："我见了秦王都不怕，难道还怕廉将军吗？要知道，秦国现在不敢来打赵国，就是因为咱赵国文官武将一条心。我们两人好比是两只老虎，两只老虎要是打起架来，不免有一只要受伤，甚至死掉，这就给秦国造成了进攻赵国的好机会。你们想想，国家的事要紧，还是私人的面子要紧？"蔺相如手下的人听了这一番话，非常感动。蔺相如这番话，传到了廉颇的耳朵里，廉颇深感惭愧，他赤裸上身背一根荆条，直奔蔺相如家，对着蔺相如跪下，双手捧着荆条，请蔺相如鞭打自己。蔺相如把荆条扔在地上，双手扶起廉颇，给他穿好衣服，请他坐下。蔺相如和廉颇这一文一武将相和，同心协力为国家办事，秦国因此更不敢欺侮赵国了。

完颜乐善想起廉颇负荆请罪的事，自己原先对李圭的怨和愤没了落脚点，大力用空，心中一片空虚，好不难受；怒火和愤恨也跟着消失了。

完颜乐善看着李圭赤裸的上身和后背绑的荆条，听闻李圭向自己求饶，赶紧上前说："呀！快请起，快请起！"

众大臣见此情此景，也无不意外，原先想看好戏的心绪被扫荡无余。先是惊愕，继而笑出声，有人甚至将刚含在嘴中的茶笑喷了出来。

李圭继续说："老丞相，以前都是我的过错，您就用荆条狠狠打我几下，我也就放了心了。"

四丞相忙笑着说："李监军，我可不敢打了，上次打了，就被流放了，这次再打你几下，只怕又要惹起事端。既然圣上已经免去我的罪责，我也不和你记仇了。从今以后，我也再不夸强，不敢吹什么百步穿杨了！"

众人一听，皆哈哈大笑。

一时间，鼓乐齐鸣，欢声响彻丽春堂。

吕蒙正风雪破窑记

1

西沉的落日终于收起了最后一抹光亮，刚刚还熙熙攘攘的街市似乎瞬间清静了下来。已近深秋，入夜的风更是凉得彻骨，呼呼刮起满地的枯叶，萧索至极。

这里是北宋太平兴国年间的洛阳城，城东二十里外有座名古刹——白马寺，自东汉建立以来，已有近千年的历史，至今香火鼎盛。此时，晚钟声正响起，悠悠回荡于山间，正是佛语所云：洪钟长声觉群生，声遍十方无量土。

距白马寺不远的地方，有一处低矮的破瓦窑，黄土砌的墙垣已然塌了半边，屋里的光景多多少少可以窥见；门的边缘也朽掉了一大截，虽然紧闭着，却还是在寒风中吱吱作响。此时，屋里的油灯还亮着，昏暗的灯光下，两个年轻人坐在炕上的小桌旁，依旧交谈着。

"贤弟啊，想你我二人在破窑之中住了也有些时日了，眼看这天儿一天比一天冷，我们连件过冬的寒衣都没有。哎，空有满腹的文章，又有何用啊！"说话之人姓寇名准，字平仲，陕西人士。这寇准说起来也是出自书香世家，自幼便饱读诗书，只可惜后来家道中落，辗转到了洛阳城，平时以替人写书信糊口，晚上便与自己的同窗好友寄宿在这破窑之中。因经常食不果腹，故而面黄肌瘦，但他棱角分明的脸上，前额宽阔，星目剑眉，显得睿智聪颖。

坐在他对面的年轻人吕蒙正，字圣功，是个地地道道的洛阳人。吕蒙正要比寇准黑瘦些，破旧的夹袍在他身上显得宽大了许多，微黑的额头透着轩昂坦然的气质，鼻梁高直，嘴角微微上挑，显得沉着刚毅。吕蒙正和寇准二人曾在同一学堂学习，志趣相投，便结为了异姓兄弟，寇准长几岁为兄，吕蒙正为弟。虽世道艰难，两人相敬相亲，苦中作乐，日子也不觉得艰难。今日寇准突然触景生情，吕蒙正也不免跟着感伤起来。

"古人云：'富贵不能淫，贫贱不能移，威武不能屈。'大丈夫能屈能伸，为的是有朝一日金榜题名，入仕为官，施展抱负，安邦定国。只可惜千里马常有，而伯乐不常有啊！"说到动情处，吕蒙正不禁扼腕叹息。

寇准接着说道："是啊，天不得时，日月无光；地不得时，草木不生。你我二人自幼熟读圣贤书，笔下文章与那一干富贵子弟的相比，也毫不逊色。奈何时运不济，至今衣不能蔽体，食不能充饥，难道真是时也命也吗？"

"寇兄此言差矣。想当年，孔子文章盖世也曾困于陈蔡；姜太公武略超群，却也直到七十二岁才遇上求贤若渴的周文王；晏子身高五尺，能做齐国的使臣；孔明曾居于草庐之中，最后也做了蜀汉的宰相。我们二人虽怀才不遇，但又岂能断言一辈子要住在这草庐之中？"

寇准闻言，思忖片刻，说道："依贤弟所言，你我只需在此等待时机？也罢。对了，贤弟，我今日进城听闻这城中的刘员外结起了彩楼，说是明日要抛绣球招亲。明日我们何不去城里走一遭，趁他家招婿之际，写上一两篇贺喜的文章，锦上添花。刘员外家财大势大，也必亏待不了咱，咱们得些小钱，支撑些时日，再作打算。"

吕蒙正也觉有理，两人当下决定明日一早进城，便匆匆睡下。第二日拂晓，两人又匆匆爬起来，赶往城中刘员外家。

这城中的刘员外，姓刘，名仲实，是城中有名的富商。洛阳城地处平原，紧邻黄河，自古便是农业重地。刘家早年以粮铺起家，经几代人的经营，积攒下了万贯家财。这刘仲实也是个有头脑之人，除了守着祖上留下的产业外，另投资些古董瓷器，在洛阳城里也算是有头有脸的人物。美中不足的是，刘仲实如今已年近五十，膝下仅有一女，唤名月娥。这月娥生得花容月貌，窈窕多姿，早已是谈婚论嫁的年纪，上门提亲的人也是纷至沓来，只是偏偏没有一位能打动月娥芳心。刘员外也一直视月娥为掌上明珠，事事都依着她，这婚事也是一拖再拖，因此到了十八岁，依然待字闺中。刘仲实也怕耽误了女儿的终身大事，思来想去，决定将女儿的姻缘交由天定：抛绣球招亲！随即命人结下彩楼，贴出告示。一时间，刘家千金抛绣球招亲成为城内口口相传的一件大事，不论老少都等着去凑热闹，看看究竟是谁能娶到这千金小姐，想必又是洛阳城的一段佳话。

　　是日一早，刘仲实就命丫鬟梅香领着月娥登上彩楼，等待吉时。此时，梳妆一新的刘月娥正端坐于二楼里间，也许是忐忑，她的手指不停摆弄着垂于胸前的一缕头发。且看这位刘府千金，果然是娇俏动人：眉黛春山秀，目似秋水波，娇颜似玉，兰姿麝骨。藕粉的直领窄袖衣，八幅的金色褶裙，气若幽兰；乌云般的秀发高高地绾成流苏髻，发尾自然垂于两肩，精巧的珠钗正好垂于右耳边，随意地摆动着。远山黛下，眉目流盼，一颦一笑都透着女儿家的娇羞。

　　"梅香，彩楼之下已经有人吗？"刘月娥询问着身边的丫鬟，那声音软糯甘甜，好听至极。

　　"小姐，咱们这彩楼下面早就给围得水泄不通了！"梅香说着拿起了桌上的梳子，轻轻为自家小姐整理着秀发。"咱们刘府要招女婿，在这洛阳城里早就传开了，谁要是能娶了您，那可是祖上烧了高香啦！"

　　"你这丫头，嘴里净胡呲！"刘月娥娇嗔道，"哎，这城中和我一般大的女子，差不多都已为人妇。只因爹爹疼爱有加，不愿让我违心嫁人，时至今日竟走到'高门不答，低门不就'的田地。如今爹爹让我在这彩楼抛绣球招亲，姻缘由天定，也是没有办法之事。可你看这楼下往来之人，不论他是做官的、经商的还是务农的，我怎能知道哪个是真心待我之人呢？"说到此处，月娥竟有些自怜自艾。

　　梅香听出小姐的情绪有些低落，赶紧劝解起来："小姐，老爷的命令自然是不可违抗的，再说咱家的告示也老早就贴出去了。既然是姻缘天定，您就老老实实抛您的绣球，不要多想了。哎？您要是不着急，不然您给我招个夫君，也让我风光出嫁？"

　　月娥听着梅香打趣的话，竟也忍俊不禁，只是她自己心里已有了主意。

　　这边月娥和梅香说笑着，那边彩楼下早已人山人海，人们三三两两凑在一起，议论着刘府的势力、家财及刘月娥的容貌德行。

　　"听说这刘府可是有良田千亩啊，谁要成了他家的女婿那可不得了啊！"

　　"是啊，刘员外可是就这么一个千金，光这陪嫁不得够咱普通人吃上几辈子？"

　　"听说这刘小姐长得标致得很，我一会儿可得往前靠一靠，不能错过这个机会啊！"

寇准、吕蒙正也挤在人群之中，二人本就是凑个热闹，便找了个角落立定。吕蒙正从未见过如此大的场面，显得有些木讷，寇准毕竟比他长两岁，不时地提醒、交代着："贤弟，一会儿我们且先等着这小姐抛了绣球，再前去贺喜！"

两人说话间，一位管家模样的中年男子从彩楼的二楼走了出来，对着楼下的人作了个揖，随即大声说道："各位父老乡亲，大家请安静，听在下一言。在下刘成安，是刘府的管家。今日我们刘府在此抛绣球招亲，多谢各位捧场。想必各位也知道，我家老爷在这洛阳城内做米粮生意，膝下无儿，仅有一女月娥，今年一十八岁，尚未婚配。而今，愿顺天意在这彩楼上抛绣球招亲，希望能寻得一乘龙快婿，与我家小姐结'秦晋之好'，了却我家老爷平生之愿！"

刘府管家说话之际，卷珠帘后的刘月娥早已羞红了脸。"梅香，你将绣球递与我！"

接过绣球，刘月娥起身缓步来到栏前驻足凝望，而楼下众人眼见刘小姐终于现身，也开始惊叹，欢呼。

"果然是个妙人啊！"

"刘小姐，快将绣球抛与我吧！"

而一直置身事外的吕蒙正和寇准二人，见到这千娇百媚的刘小姐，也不禁感叹起来。

"大哥，百闻不如一见啊，书中所言'倾国倾城'也不过如是了吧！"

"是啊，回眸一笑百媚生啊，不知道哪家的公子哥会有这等福气。"

众人你言我语，好不热闹，楼上的刘月娥却犯了嘀咕：父亲大人只教我抛绣球择夫君，可到底谁是我的如意郎君呢？眼见众人中有骑着高头骏马、衣冠楚楚的，可他能否对我忠诚不渝，信若尾生呢？再看那些衣衫褴褛、伶牙俐齿之徒，我又怎知他是不是攀龙附凤之辈？哎，真是愁煞我也！

眼见众人都在叫嚷着让刘小姐快抛绣球，梅香也不禁催促起自家小姐："小姐，你快将绣球抛下去吧，不要再犹豫了。你看那边不是有两个华冠丽服的俏公子，您不如抛给他们吧，总比抛给个穷酸迂腐的人强吧！"

刘月娥瞥了梅香一眼，摇头道："你懂什么！你可不要小看落魄之人，尤其是读书人。他们十年寒窗，为的就是修身齐家治国平天下，有朝一日能够高中，那必是平步青云，扶摇直上，前途无可限量。当年韩信落魄时还曾偷过瓜，最后不也成了一朝的大将军？还有那重臣姜子牙，可是直到快八十岁才遇到了周文王啊！所以说，你可知道，寒门才生将相啊！"

"小姐，到了八十岁您可就老了啊，哈哈！"说完，梅香径自笑了起来。"小姐，这时候也不早了，咱们可要抓紧时间了，不然您嘱咐嘱咐这绣球，让它帮着咱寻个如意的郎君吧！"

月娥望着手中的绣球，轻轻地叹了口气，默默地闭上眼：绣球啊绣球，我这一生的命运可都交付给你了！愿你寻个温润谦卑、心性善良之人，饱读诗书、出口成章，不论贫穷与富贵，都愿以诚相待，同甘共苦。绣球啊绣球，你可休要打到那无情无义的负心汉，定要寻个知情重义的好儿郎！想到这，刘月娥猛地将手中的绣球抛了下去。

众人眼见小姐抛了绣球，便欢呼着都挤向那绣球落下的方向。这刘月娥本就是个娇小姐，哪有多大的力气，绣球不过是直直地飞向人群的正中央，只是也不知是谁飞身想去接那绣球时，却在蹦起的一瞬间被底下的人拽了一下，并没有接到绣球，轻轻一碰反而使绣球又弹起来改变了方向，向角落里飞去。

那角落里正是看热闹的寇准与吕蒙正。说时迟那时快，还没等人们反应过来，绣球就一下子落进了吕蒙正的怀里。

这吕蒙正也是下意识地接了这绣球，却也愣了神："哥哥，这绣球怎么到我怀里了？"

还不等寇准说话，人们早已挤到了吕蒙正面前。

"哎呀，绣球让一个穷小子给接到啦！"

"这小子可走了大运了！我这白白地等了一天！"

"既然这刘小姐名花有主了，那我们还是回去吧！"

大家你一言我一语地议论着，吕蒙正更没了主意，他一介穷书生万万没想过娶个富家的千金。这时刘家的家丁寻声簇拥了过来，眼见是一个落魄秀才接到了绣球，也瞬时没了主意，不知是请他上彩楼去见小姐，还是禀报小姐再重新抛一回绣球。

寇准拍着吕蒙正的肩膀说道："贤弟啊，虽然咱本意并不是来抢这绣球，只是它误入你怀中，许是命中注定的一段姻缘呢？咱们且拿着这绣球去见见这位刘家千金，听听她怎么说。"说罢，环视了一遍家丁，抱拳拱手道："各位兄台，有劳头前带路了。"

兄弟二人走上结彩楼，拜见刘月娥。此时，吕蒙正才得以近距离观察刘月娥：肤如凝脂，面白如玉，媚眼含羞，宛若出水芙蓉。刘月娥发现吕蒙正正盯着她看，赶紧低下了头。

吕蒙正也发现刘月娥脸红了，赶紧说道："刘小姐，在下吕蒙正，刚才是我失态了。小姐美貌，闭月羞花，果然名不虚传！今日确是无意间抢得小姐绣球，实在三生有幸，只是蒙正一介书生，也有自知之明，绣球在此，任凭小姐发落。"

刘月娥见他虽破衣烂衫，但英气勃勃，气宇轩昂，刚刚的几句话更是铿锵有力，既夸赞了自己的美貌，又字字透着谦逊得体，自然是芳心初动，满意至极。她唤过管家刘成安，耳语了几句。刘成安随即走到寇准、吕蒙正跟前拱手道："二位公子，绣球虽然是我家小姐抛的，但这谈婚论嫁毕竟要有父母之命，媒妁之言，咱们还是先去我们府上见过老爷吧。"寇准道："便依刘总管之意，先去拜见刘员外。"刘成安点点头，便引着吕蒙正、寇准，随着家丁向刘府走去。

此时，刘仲实正坐在家中焦急地等候消息。他一身茶褐色的绸缎长袍，身材略有些发福。眼见已过晌午，刘仲实早已是心急如焚，坐立不安，一杯茶拿起放下，放下又拿起。最后实在忍不住便走出前厅，呼喊着下人："刘二！刘二！你赶紧着去看看，这梅香领着小姐走了一日了，怎么还没回话？绣球究竟是抛给了什么人家啊？今儿早上这喜鹊就在咱这院子里叫唤了半天，这是要喜从天降遇上贵人啊！你赶紧着去看看！"

刘二满嘴答应着往外跑，谁知没跑几步，就撞上了梅香。"哎呀，刘二，你这是慌什么？"梅香抱怨道。

这刘二也顾不上解释，掉头就往回跑，边跑边喊："老爷，老爷，小姐回来啦！小姐回来啦！"

刘仲实听着刘二喊，忽地从椅子上站了起来。梅香赶紧上前回禀："老爷，咱家小姐招了女婿回来了！"

刘月娥跟着梅香迈进了前厅，羞怯地低了头。这时，刘夫人听闻消息也从内堂赶了出来。这刘夫人四十多岁，一身紫褐色烫金边的长衣，雍容而华贵；满脸的笑意，皱纹不多，看得出保养得很好。"我的月娥回来啦？"

看见母亲走了出来，刘月娥快步奔向母亲，害羞地把头扎进了母亲怀里。

刘仲实见状，赶紧问梅香："梅香，接绣球之人在哪儿啊？你快叫他进来啊！"

"老爷，他在门口候着呢，我这就把他叫进来！"说着便小跑着去找吕蒙正。"哎，那个秀才，你过来，快随我去拜见你的老丈人！"说着自己咯咯笑了出来。

这吕蒙正听见梅香叫自己，也突然害羞起来，窘笑着回应了一声。倒是身边的寇准拍拍他的肩膀说道："贤弟，莫害羞，去吧，为兄就在这门口等着你。"

吕蒙正跟着梅香进了刘府。刘家在洛阳城毕竟是大户人家，府苑也是美轮美奂。院内亭台楼阁一应俱全，草木石景处处仿照南方园林，精巧灵动，一步一景；两边的抄手走廊更是画工精美，栩栩如生。虽说已是深秋，万物凋零，但园中参天的古柏也是壮美至极。吕蒙正眼见处处雕梁画栋，再想想自己住的破窑，不由得自惭形秽，内心既卑怯又忐忑。

又穿过一层走廊，两人才走进了正厅的大堂。这大堂内满眼的红木家具，东面格子架上摆满了古董瓷器，正中墙上一幅猛虎下山图，威风凛凛。图画下方左右各一把太师椅，刘员外与刘夫人端坐于上。此时，刘仲实正在低头喝茶，吕蒙正赶紧作揖鞠躬："晚生吕蒙正拜见刘员外。"

刘仲实闻声抬起头，上下打量着吕蒙正：一身宽大的青色素衣已经发黄，脚上破旧的布鞋也已经有了洞；皮肤黝黑，面带菜色，一双乌黑的眼睛倒是炯炯有神。刘仲实问道："你是何人？"

"老爷，他就是咱家新招的女婿，吕蒙正！"还是梅香嘴快，脱口而出。

刘仲实一怔，不免有些吃惊。显然，吕蒙正的这身装扮并不符合他的期望，他不禁向吕蒙正问道："请问吕公子家住何处？府上都有些什么人？"

吕蒙正又作揖道："晚生吕蒙正，祖籍山东，生于洛阳，长于洛阳。家中父母健在，目前晚生与义兄住在城外白马寺旁的一处旧瓦窑中。"其实，吕蒙正的父亲吕龟图也在当朝为官，只是这吕龟图内眷众多，女人多是非多，吕蒙正小时候，父亲因听信家中小妾谗言，就把结发妻子刘氏和儿子赶出了府。刘氏带着年少的吕蒙正便流落在外，栖身于寒窑中，吕蒙正的母亲平时打些零工，艰难度日。前些日子吕蒙正见破窑里实在阴冷潮湿，不愿母亲受苦，便将母亲托付于城中远亲。今日意外抢到绣球，刘员外又提及此事，但家丑不可外扬，吕蒙正也不愿多说，便轻描淡写带过。

刘仲实一听吕蒙正住在破窑里本已面有愠色，但眼见一旁的女儿满脸笑意，便压下自己的怒火继续问道："那吕公子现在以何为生？"

吕蒙正面色羞愧道："说来惭愧，百无一用是书生，晚生平日替人写写书信，卖卖字画，勉强糊口。晚生自幼与佛有缘，经常与白马寺的法师参佛论道，蒙他施粥赠饭，感激不尽！"

刘仲实听到此言，面沉似水，他将茶杯重重摔在了地上："好个没骨气的书生！"接着冲刘月娥吼道："月娥，你跟我进来！"说罢转身进了后堂。

刘月娥见到父亲已动怒，和母亲对视了一眼，双双进入了后堂，只留吕蒙正尴尬地站在原地。

内堂中，刘仲实对刘月娥说道："女儿啊，你这绣球是怎么抛的？洛阳城里这么多名门望族的子弟你不选，怎么偏偏选中了这穷酸的书生呢？你没听他说吗，他还住在那破窑里！把你嫁给此人，那为父的老脸往哪搁？咱们给他些钱打发他走，再重新抛绣球！"

刘月娥听闻，忙阻拦道："爹爹万万不可啊！咱们抛绣球的时候说过，只要是接到这绣球者，不论他是富贵还是贫困，女儿都要与他完婚。您要是出尔反尔，这旁人该如何看待我们刘家？再说……"说到此处，刘月娥低了头，"再说，这吕公子虽一时落魄，但饱读诗书，日后必成大器，女儿愿意跟他回去！"

刘仲实刚才见女儿望着吕蒙正的眼神，已料到她的心意，但要认个穷书生做女婿，他自是十万个不愿意。于是他对月娥说道："孩儿啊，你若真跟了这吕蒙正免不了吃苦啊，你怎么受得了？我就你这一个女儿，从小就处处依你，你若嫁这么个穷书生，为父真是舍不得啊！"说完，眼里竟有泪光闪出。

刘月娥也知道父亲是不忍心看自己吃苦，便走到父亲身边，拉着父亲的衣袖说道："爹爹，我知道您心疼女儿，但是这绣球既然抛给了他，就是上天做了主，女儿嫁给他，自然是同甘共苦，没有怨言！"

一旁的刘夫人听着他们父女二人的对话，也忍不住劝道："老爷，既然女儿执意要嫁给吕公子，那你就依了她吧！这书生看得出也是老实人，料得也不会欺负咱们女儿。只是女儿啊，谁家的儿女不是心头肉？谁家父母不愿儿女衣食无忧？从小我们就娇惯着你，嫁了人反而吃苦受难，那不是捅我的心窝子吗？"说罢，刘夫人竟忍不住掩面痛哭起来。

刘月娥见状，又赶紧去扶母亲："母亲，何为享福？何为吃苦？世事变幻无常，谁又能保证一辈子享福呢？再说，那富贵人家的财富不也是慢慢积累起来的？吕公子是有大志之人，一时贫富又有何妨？所以，即便那破窑只有土炕芦席没有绣罗帐，屋里肮脏潮湿结满了蜘蛛网，甚至没有光亮还需要凿壁借光，只要女儿心安，破窑也是天堂！"

刘仲实听了女儿的话，火气更大了："你这孩儿鬼迷心窍了吗？我锦衣玉食把你养这么大，难道就是让你去嫁给这么个穷书生吗？此事休得再谈！"

但是刘月娥却也坚定得很："父亲，儿女心意已决，任谁也改变不了！"

"你当真如此？"

"当真如此！"

"绝不后悔？"

"绝不后悔！"

"好，你当真要作践自己，老夫也不再拦你！"刘员外看到女儿铁了心，也着实无奈，他转过身叹了口气说道："罢了，你既心意已决，我也多说无益。梅香！"

梅香听见老爷叫自己，赶紧小跑着进来，听着老爷吩咐。"梅香，你把小姐的首饰、衣服都给我收起来，不允许她带走一个铜板！"转回身，她又对月娥说道："你既然视金钱如粪土，硬要嫁这个穷书生，就不要妄想我给你准备一件嫁妆！哪日你受不了苦，想通了，自然会回来。但只要你跟这书生一日，就休要找我接济一分！你走吧！"

听见老爷如此决绝，刘夫人更是泣不成声："老爷啊，我们可就这么一个女儿，你怎么能不顾骨肉亲情啊！"

"她自己甘心堕落，与我何干？！梅香，把小姐拉出去，让她走吧！"

刘月娥本是个温顺的孩子，这也是她第一次忤逆父母。她一心觉得自己遵从本心追寻真爱没有什么不妥，只是眼见年事已高的父母还要为自己伤心欲绝，也不免满心的愧疚，便立即跪下，向父母磕了三个响头。"父亲大人，母亲大人，女儿不孝，忤逆二老。只是女儿心愿如此，今生非吕蒙正不嫁，望爹娘成全！今日在此拜别二老，望二老保重！"说完自行卸了身上的珠宝首饰，头也不回地冲了出去。

在大堂内等候的吕蒙正早已看出刘仲实的不悦，又隐隐听得内堂有争吵之声传出，内心也起了波澜：自己一介穷书生，实在是高攀不起，若这刘员外看不上自己，那也就算了。他心里正打鼓之际，刘月娥竟哭着冲了出来，对吕蒙正说道："吕公子，你可愿娶我？"

吕蒙正一怔，看着刘月娥梨花带雨，也猜了个八九不离十，说道："小姐折煞我了，晚生当然愿意！"

"那好，我们走吧，不管别人怎么说，月娥此生，非你不嫁！"刘月娥斩钉截铁道。

吕蒙正百感交集，道："愿得一人心，白首不相离，我吕蒙正此生定不负你！"说完，吕蒙正跪地，也冲着内堂磕了三个响头，便拉着刘月娥转身而去。

梅香跟在他们身后，泪眼汪汪，一直送出大门，还不停地叮嘱道："吕公子，你可一定要好好待我家小姐啊！"

一直在门外等候的寇准听到里面传来声响，赶紧迎上去问道："贤弟，你们可算出来了，这刘员外怎么说？"

吕蒙正摇摇头，叹了口气说道："他嫌我是一介穷书生，无钱无势。刘小姐真心待我，愿跟我双宿双栖，只是刘员外气愤之极，不仅不陪送嫁妆，甚至将小姐的衣服首饰都收了去……唉！"

寇准看着这位结拜的弟弟满脸的无奈，刘月娥也是默默垂泪，赶紧安慰道："原来是这样，莫要伤心。刘小姐，我这贤弟饱读诗书，终有一日会金榜题名飞黄腾达。你们夫妇先回去休息，莫要多想，我去办点事，一会儿便回去。"

听了义兄的话，吕蒙正和刘月娥便向家走去。吕蒙正似乎还没有从刚才刘府的暴风骤雨中回过神来，直到刘月娥唤他，才反应过来。看着身边的娇妻，本是一府的大小姐，现在却要跟着自己吃苦受罪，内心也是万分的不忍，不禁向刘月娥问道："小姐，你若跟了我，今后免不了要吃苦，你当真受得了吗？"

"受得了！受得了！"刘月娥也看出了夫君的担心，赶紧解释道，"世间只有享不了的福，哪有吃不了的苦。我本出自富贵之家，自幼便见父亲与官宦、富豪打交道，那其中的丑恶龌龊嘴脸也见到不少，虚情假意、背信弃义之事也有些耳闻，因而断断不愿为了钱财迷失。万贯家财只是浮云，只愿你恭俭温良，正直本分，我们二人相敬相爱，患难与共，此生足矣。"

听得月娥一番话，吕蒙正竟情不自禁地拉起了她的手："有小姐这话足矣，我吕蒙正此生若要对不起小姐，便叫我……"

刘月娥赶紧拦住了他："切勿多言，我知道你的心意便好了。"两人相视一笑，向家走去。

花开两朵，各表一枝。且说这寇准，听得吕蒙正一言，自然觉得这刘员外嫌贫爱富，不由得心生怒火，一心想为自己的兄弟打抱不平，遂找了个借口让他们二人回去，自己好去刘府讨个说法。只是刘府的家奴见寇准破衣敝屣，也是狗眼看人低，硬是不让他进门，寇准只得在门口大喊大叫，嚷嚷着要见刘员外。

刘仲实刚把女儿赶了出去，本来就心情抑郁，又听得门外吵吵嚷嚷，正好一肚子的火无处发泄，便来到了门口，冲着下人喊道："干什么呢？大呼小叫的！你们这些人，不知道老爷我现在需要清静吗？"说着话，刘仲实看到了一身破衣的寇准，便问下人："这叫花子是谁？怎么要饭要到这来了？"

这看门的仆人见刘员外动怒，赶忙回禀道："启禀老爷，这叫花子非要见您，我们不让他进门，他便在这儿寻衅滋事。"

寇准看见此人的衣着谈吐，猜想他就是刘员外，听到家丁的话，赶紧上前解释："员外少安毋躁。晚生寇平仲，是您新招的女婿吕蒙正的义兄，说起来还是您的亲家大伯呢！"

听了寇准的话，刘仲实更为不悦，喝道："你这个叫花子，什么亲家大伯，一派胡言！我没有吕蒙正这样的女婿，也不会有你这样穷酸的亲家大伯。你若再胡搅蛮缠，休怪我对你不客气！"

寇准虽看出了刘仲实的不悦，但依旧满脸堆笑，不慌不忙道："刘员外，话可不能这么说。您家今日抛绣球招亲，觅得良婿，本是大喜之日，您又为何发火呢？晚生还想向您讨一杯喜酒呢。"

刘仲实显然已经不想跟他费口舌，叱道："你这油嘴滑舌的泼皮，来人啊，把他轰出去！"说完一甩袖子转身要走。寇准一把抓住他的袖子，正色道："你这是什么话！浅薄！市侩！我刚才听说，因为我那兄弟贫困，您连女儿都不要了，还把他们轰出了家门。您可知道自古男婚女嫁，看德而不看财，再说我这兄弟今日是个穷酸秀才，您又怎么知道他会穷酸一辈子？古语有云：'见贫休笑富休夸，谁是常贫久富家？秋到自然山有色，春来那个树无花！'"说到这，又笑吟吟地说："所以，莫急啊，亲家。"

"你这穷书生，休得再胡言乱语。"听得寇准的一番言论，刘仲实无从辩驳，只得强甩开寇准的手，背过身去，默不作声。寇准见状，心里暗想，这刘员外，看上去衣冠楚楚，却如此冷酷无情，只识衣裳不识人，我一定要再去理论。

"刘员外啊，您不要生气，听我道来。我和我那贤弟确实都是一介书生，只是时运不济。我们二人都是有志之人，相信有朝一日定能金榜题名，所以才安贫乐道，又何言贫贱呢？君子爱财，取之有道，如果一个人巧取豪夺，那他再有钱也是个小人、恶人。"

寇准见刘仲实还不言语，接着说道："刘员外，打个比方，这美玉都是从石头里发现打磨而来，那晶莹剔透的珍珠也是从蚌的嘴里来的，虽然它们曾经看上去都是平淡无奇的。所以说，人只要有才华终有被发掘的那一天，不需要长吁短叹怨天尤人。诗云：'得受贫时且受贫，休将颜色告他人。梧桐叶落根须在，留着枝梢再等春。'大丈夫当'不戚戚于贫贱，不汲汲于富贵'，时机到了，自然水到渠成。"

刘仲实听这寇准子云诗曰，早已不耐烦，大声嚷道："你这厮，怎么这般聒噪，还没完没了起来！来人，赶紧把他轰走！"

下人们这时也赶紧拉扯寇准，让他离开。寇准见状也火冒三丈，心想自己如此劝说，竟是对牛弹琴。他用力地甩开刘府家丁，冲着刘仲实的背影喊道："走就走！你们富人有享之不尽的钱财，我们穷人也不可随便欺辱！我现在是一介寒儒，他日若能高中也必能平步青云，名满天下。锦衣玉食、荣华富贵不过是过眼烟云，青史留名才是我等毕生所求。三十年河东，三十年河西，待我等考取功名入朝为官时，看刘员外认不认得寇准和吕蒙正！告辞！”说完，寇准头也不回地走了。

刘仲实回到屋里，想着这一天发生的种种，心里也是五味杂陈。刘夫人气他把女儿赶出家门，不肯跟他说一句话，他只好唤下人拿来了酒，借酒消愁，并自言自语道："哎，造孽！怨我啊！本想着抛绣球选婿，成就一段美满的姻缘，可偏偏招了个穷酸书生，这可如何是好啊？我那可怜的女儿啊！"

几杯烈酒入喉，刘仲实竟也老泪纵横，虽说白天对女儿那般无情，但毕竟是自己的亲骨肉，想来也是心疼。只是狠话已经说出去了，又怎么收场呢？刘仲实内心一边是对女儿的疼爱，一边又是对这桩婚事的气愤与懊悔，酒入愁肠，不觉间便喝得酩酊大醉，趴在桌上，沉沉睡去了。

再说刘月娥跟着吕蒙正回了家，已近天黑。虽然知道吕蒙正住在城外破窑里，但进到屋里，还是有些吃惊：房屋里外两间，并无一件像样家具；土炕之上的薄被打满了补丁；窗户已然年久失修，寒风中呼呼作响。

吕蒙正见她对着屋子出神，也知她定是没见过，不禁也有些不好意思："小姐见笑了。"

刘月娥这才意识到自己失态了，赶紧道："公子多虑了，既然嫁给你，你家便是我家了。"刘月娥走了几步，坐在炕上道："既然我们都要成亲了，那公子就不要唤我'小姐'了……"刘月娥说着，竟又红了脸。

吕蒙正见她害羞模样，更觉可爱至极。"娘子……既然如此，那娘子也不要唤我'公子'了。"说着走到月娥身边，拉起了她的手。

"相公……"

两人相对而坐，吕蒙正说道："娘子，上天垂爱，让我吕蒙正能娶你为妻，今日便是我们的洞房花烛夜，只是不能给你一个风光的婚礼，我……"

"相公休要多说！"刘月娥再次打断了吕蒙正，"我嫁给你自然是不图婚礼会万人朝贺，风光大办，鸳鸯枕、绣罗帐更是不在乎！"两人依偎在一起，刘月娥突然看见月光从破窗中照了进来，温馨而明亮，不禁说道："相公，你看今晚的月光如此皎洁，我们让它来做个见证吧。"

吕蒙正宠溺地看了看自己娘子，点头答应。当下，两人叩拜天地，算是正式结为夫妻。

此时，寇准也赶了回来，手里竟拎着一壶酒。"贤弟大喜之日，做哥哥的怎么也得筹壶好酒，为你们庆贺。"吕蒙正自然是高兴至极，赶紧收拾碗筷，和兄弟对酌起来。刘月娥陪坐在一旁，满脸笑意，心里憧憬着未来生活。

屋外的风依旧呼呼地刮着，屋里却已升起阵阵暖意。

2

天气逐渐转冷，雪便跟着来了，河水已经有些结冰，树木也只剩下干枯的枝丫，一切都显得死气沉沉，没有生气。

刘月娥自嫁给吕蒙正之后，夫妇二人恩爱有加，如胶似漆。吕蒙正依旧在街上写字卖画为生，月娥则在家中洗洗涮涮，替人缝补些衣服。日子虽然清苦，但新婚宴尔，也自得其中。只是日子一长，吕蒙正竟有些乐不思蜀，既不像从前那般刻苦读书了，也鲜与寇准写诗论道了，甚至有些浑浑噩噩。有时出门一整天谋不到什么营生，就去白马寺讨碗粥喝，也不觉有什么不妥。

这白马寺始建于东汉永平十一年，是佛教传入之后兴建的第一座官办寺院，据说是为纪念当年蔡愔、秦景出使西域，用白马驮回佛经、佛像而修建命名。因历史悠久、闻名天下，故经常有远道之人慕名而来。白马寺的住持是位得道的高僧，法号慧明。慧明法师自幼出家为僧，积德行善，长年修行，不仅在寺里颇有威望，也深受洛阳城一方百姓的爱戴。

这日，慧明法师正在寺中主持早课，看门的小沙弥跑进来禀报，说城里的刘员外一定要见他，小沙弥一再解释慧明法帅正在做早课，请他稍等，但这刘员外火急火燎就是不肯，小沙弥只好上殿禀告。刘员外常年来白马寺进香，与慧明法师相识多年，经常在一起谈经论道。慧明法师一听，也觉得这刘员外定是有重要的事情，不敢耽搁，赶紧让其他法师代课，自己去见刘员外。

这刘员外正是刘月娥的爹——刘仲实。自女儿嫁给吕蒙正以后，刘仲实整日郁郁寡欢。近日，又听人说吕蒙正娶了自己女儿后，沉迷儿女之情，毫无上进之心，早已将考取功名的事抛诸脑后，平日上街卖文为生，饿了便跑到这白马寺讨碗粥喝。刘仲实怒火难平，心里将吕蒙正骂了几百遍，所谓"恨铁不成钢"，他赶紧来到白马寺了解情况。

　　走出正殿，慧明法师远远地就看见刘仲实在寺门口着急地踱来踱去，赶紧迎上前去："刘施主，贫僧有礼了，阿弥陀佛。"

　　"法师，老夫打扰了。"刘仲实赶紧回礼。

　　"不知刘施主如此紧急所为何事？"

　　"这……"刘仲实话到嘴边，却又不好意思开口。"唉，说来惭愧，家丑啊！家丑！"

　　慧明法师道："刘施主此话怎讲？"

　　"唉，一言难尽啊！"

　　慧明看出刘仲实的无奈，赶紧劝道："施主莫急，我们且到偏殿坐下慢慢说，来人，看茶。"

　　两人移步到偏殿，相对而坐，看门的小沙弥奉上茶水。刘仲实长叹一声，捋了捋胡须道："不知法师可有听闻，老夫前些日子为小女抛绣球招亲？"

　　"略有耳闻。"

　　刘仲实接着问道："那您可知道我这女婿是谁吗？"

　　"这个，贫僧就不知了。"

　　"我这招来的女婿正是经常到寺里来讨粥喝的吕蒙正！"

　　慧明回想了一下，说道："原来是吕施主，贫僧有印象。"

　　刘仲实接着说道，"法师有所不知，这吕蒙正一介穷酸书生，住在城外的破窑里，小女嫁给他，老夫心中万分不舍啊。"

　　接着，刘仲实便把抛绣球当日之事，原原本本讲了一遍。"哎，原想着这秀才满腹的诗书，若是能考上个一官半职，也不枉小女对他的一片痴情。可是……"

　　刘仲实越说越激动，慧明也插不上嘴："可是怎样？"

　　"可是，这吕蒙正自打娶了小女，便不思进取，不想着如何发奋努力，倒是日日来您这白马寺讨要斋饭，只要寺中钟声响起，他就赶过来。不瞒您说，老夫正是为此事而来的。"

　　慧明总算是听出了些端倪，接着问道："那施主的意思是？"

　　"大师，老夫觉得，吕蒙正如今这般浑浑噩噩，多半是因为能来您这讨斋饭，所以就得过且过，没了斗志。我听说寺里放斋饭之前会敲一遍钟，那吕蒙正也是闻钟声赶来。老夫斗胆恳请法师每日等寺里用过斋饭再敲钟，让他断了这个念头，才能长进。所谓'置之死地而后生'，拜托大师了！"刘仲实说完，立起身向法师作了个揖。

慧明赶紧拦住："刘施主您客气了！我佛慈悲，舍饭施粥，救济百姓，但吕施主年少力壮却不懂得自立自强，实在是不应该。刘施主，您放心，贫僧愿助一臂之力，成全您的心愿。只希望吕施主能磨砺自强，他日考取功名，能懂得刘施主的一番苦心啊！"

"唉，吕蒙正懂不懂我不在意，只是不想我那苦命的女儿和这迂腐秀才潦倒一生。我这女儿虽外表柔弱，但内心刚毅，她定然不会向我开口求助，因而只希望吕蒙正能力学笃行，不负小女一生所托。老夫在此先谢过大师了！"

"阿弥陀佛，施主无须挂心，且先回去，老衲这就吩咐下去。"

刘仲实再次作了个揖说道："为了小女这事，不免会让贵寺背负恶名，有劳大师了！"

慧明双手合十道："出家人四大皆空，恶名、善名皆不挂念心中。刘施主宅心仁厚，用心良苦，善哉善哉！"

慧明将刘仲实送走后，就径直去了厨房问了吕蒙正的情况，并吩咐人，从今日起，等放过了斋饭再敲钟。思忖着刘仲实刚刚说的话，慧明法师计上心来。

再说这吕蒙正，平时就在大街上支个摊儿，替人写写字，卖卖诗文，也挣不了几个钱。每每听得白马寺的钟声响起，就知道寺里僧众该用斋饭了，就会匆匆收了摊儿，去讨点斋饭，和月娥一起吃。正值隆冬，大雪纷纷，街上人本就不多，更不要说来写字的了，好不容易等到钟声响起，吕蒙正赶紧向白马寺走去。

狂风伴着大雪，天冷得出奇。吕蒙正一路搓着手哈着气，终于赶到了白马寺。一进寺门，吕蒙正便径直走向厨房，进去就喊："大师，快施舍些斋饭与我吧！"

慧明法师早已等候多时，此时他才仔细观察起吕蒙正来：瘦高的身材，皮肤略黑，脸和耳朵被冻得通红，但双目炯炯有神。身上一件破旧棉袍，脚上还穿着单鞋，右肩上背一大书箱，似乎要将他压垮。慧明起身双手合十道："阿弥陀佛，施主，本寺今日已经没有斋饭了，施主请回吧。"

吕蒙正知道说话之人是慧明法师，他素闻慧明法师慈悲为怀，便谄笑道："大师，这怎么可能呢？刚刚才敲过钟。您施舍一点儿吧，不然我与我家娘子今日可都要饿肚子了！"

慧明走到吕蒙正面前，微笑道："吕施主，您来白马寺讨斋饭不止一两日了吧？我这寺中上千僧众，确实不多你一个。但是一天、一月、一年，积少成多，你白白吃了我寺里多少斋饭呢？如果人人都像你一样，我这白马寺怎么维持下去？往日你听我寺中敲钟便知放饭，自今日起，寺中改为先放斋饭，再敲钟，此为'斋后钟'。所以今日本寺确实没有斋饭了。"

吕蒙正听慧明法师的话，句句都针对自己，顿时羞红了脸，想辩驳又不知道从何说起。哪知慧明还并没有说完，他继续说道："吕施主，听说你自幼饱读诗书，才智过人，那为何不去考取个功名，谋个一官半职，不比天天来这寺中讨饭强？男子汉大丈夫，不是该自食其力、养家糊口才是吗？这么没有骨气，不是太给孔夫子丢人了吗？"

吕蒙正听了这番羞辱之词，顿觉无地自容，狠狠作了个揖道："既然如此，晚生告辞！"说罢，转身走出白马寺。

雪似乎下得更猛了，风像刀子一样割在吕蒙正的脸上。"唉，想我吕蒙正也是一顶天立地大好男儿，竟要受这般侮辱。什么'斋后钟'，分明是因为我一人改的规矩！可怜我那娘子，还在家等我带饭回去，我还有何面目见她？"

吕蒙正边走边回想慧明法师刚刚的话，怒气也越来越抑制不住，忽抬眼看见寺院崭新的墙壁，似乎是刚刚漆过，遂拿出自己的笔墨，想着写几句诗题在墙壁上，骂骂慧明和尚，以解心头之恨。他思索片刻题道："男儿未遇气冲冲，懊恼阇黎斋后钟。"

写完这两句，吕蒙正仔细端详，总觉得并不押韵，更不知道后两句该如何措辞，一怒之下，他将笔扔到了地上，自言自语道："哎，虎落平阳啊！我还是先回我那破窑里再做打算吧。"说罢，便向家中走去。

慧明法师一直跟在吕蒙正的身后，远远地看着他，眼神里尽是关切。见吕蒙正走远，慧明对身边的小沙弥说道："这吕施主心里定是怨恨老衲了，阿弥陀佛！只愿有朝一日，吕施主能体会到刘员外的良苦用心啊。你且去看看他在墙上写了些什么。"

小沙弥匆匆跑过去看了一眼墙上，又跑回来说道："师父，吕施主在墙上留了两句诗，'男儿未遇气冲冲，懊恼阇黎斋后钟'。"

"'男儿未遇气冲冲，懊恼阇黎斋后钟'，哈哈，这书生果然是让贫僧气得不轻啊！"慧明又嘱咐小沙弥道，"你记住，这两句诗定要好好保护起来，不得有半点的损坏。这吕蒙正是有大志之人，日后定是'人中龙凤'，前途不可限量！阿弥陀佛，走吧，回去。"

慧明法师转身走回寺里，边走边道："两廊无事僧归院，再续残灯念旧经。"

寺门被轻轻关上，门外，雪又渐渐积了起来。

破窑里，月娥正在焦急地等着吕蒙正回来。外面阴天下着雪，破窑里显得更加昏暗，月娥一边搓着手，一边不停地向外张望。"我这夫君去白马寺赶斋饭，按往日来说早就该回来了，今日怎么还不见踪影？"

吕蒙正、月娥夫妇成婚已有两月，虽然自从嫁给吕蒙正，月娥的生活一落千丈，但她却甘之如饴，盼着夫君早日高中。再说吕蒙正对妻子确实也是一心一意，替人写字得了钱，第一时间就交给月娥，即使是去寺里讨斋饭，也是先让月娥吃。月娥每想到此处，心里也总是有股暖意。今日，眼见夫君这么晚还没有回来，也觉得是出了什么状况，赶紧收拾起家伙，为夫君准备点吃食。但"巧妇难为无米之炊"，家里已多日不见进项，她只得热热昨天剩下的几个冻饺，为夫君做碗热汤。

月娥正准备之际，忽听得门外有人喊："孩儿在家吗？"月娥赶紧答应着去开门，没想竟然是父亲、母亲来看望自己。

原来刘仲实见过慧明法师之后回到家，心里越想越不是滋味，毕竟是自己亲生的女儿，富里生富里长，穷日子怎么过得下去？自月娥走后，刘夫人天天和他怄气，埋怨他将女儿赶出了家门，再说这天寒地冻，女儿走时连件衣服都没拿，又怎么过冬？老两口一商量还是决定来看看女儿才放心，随即命下人准备了些衣服与茶饭，来到了破窑前。

月娥开门一见是自己的父亲、母亲，便激动得眼泪直流，"父亲……母亲……"心中千言万语，竟也说不出口，只得上前抱住母亲。

"我苦命的孩儿啊……"刘夫人也拉住自己的女儿,两人抱头痛哭。

刘仲实站在一边,观察着自己的女儿,短短两月,女儿清瘦了不少:原本红润的脸蛋早已深深凹陷了下去,青葱玉指早已冻得通红,一件脏袄裹在身上,棉花已然从破洞中露出来。两个月前还是个亭亭玉立的少女,现在竟像老了十岁。刘仲实心里也是不好受,只能一个劲儿叹气。

月娥看见父亲叹气,赶紧擦擦眼泪说道:"父亲、母亲,赶紧到屋里坐!今天早上我就听见外面喜鹊一个劲儿叫,原来是你们要来了!父亲母亲吃过饭了吗?"

这是刘仲实第一次来到破窑中,他不禁四处打量着。破窑里外两间,想必女儿女婿住里间,那寇准住外间;屋里昏暗至极,并没有一件像样的家具,处处透着一股发霉的味道。

刘仲实看锅边摆着几个破碗,锅里还做着汤,问道:"那穷秀才干什么去了?"

月娥自然不敢说吕蒙正去寺里讨饭了,但也不愿和父亲说自己的夫君在街上卖字为生,灵机一动,想个文雅的说法:"旋酒处舀了一碗热水,抄纸处讨了把石灰,教学处寻了管旧笔。"

刘仲实听了女儿的话,冷笑道:"我道是做什么大买卖的,不就是替人写字卖画吗,你遮掩什么?哼,你怎么就非要嫁给这么一个叫花子呢?还说是将来必成大器,这就是你说的'大器'?女儿,你识人不明啊!"

月娥听着父亲的话,实在不想和他辩驳,赶紧打岔道:"父亲、母亲,我给你们烧些热水喝吧!"

但刘仲实并不接女儿的话茬儿,继续说道:"女儿啊,你跟我回家吧,我和你母亲怎么忍心看你在这吃苦啊?!看你这吃的住的,不要再和我们说你过得很好。我让你母亲给你拿来些衣服,你这身破衣服怎么过冬?赶紧脱下来给那穷秀才穿吧。这还有些吃的,你赶紧吃点,吃剩下的再给那穷秀才。"

月娥听得出父亲话里依旧对夫君有诸多不满,忙道:"父亲此言差矣。常言道'夫妻是福齐',哪有我穿新他穿旧,我吃好他吃歹的道理?女儿既然已经和他结成了夫妻,自然是同甘苦共患难,这才是夫妻相处之道啊!"

刘仲实见她处处向着吕蒙正说话,气得一拍桌子站了起来,道:"你这个不孝女，怎么如此冥顽不灵？我跟你说了这么多，你还是要跟着这个穷秀才，他到底有什么好？他要如此下去，别说三年，三千年都发达不了！走，你跟我回家去！"说着就过去拉月娥的手。

月娥知道父亲是真的动气了，但她心意已决，甩开父亲的手，说道："父亲，我既然嫁了人，就要问过我的夫君，如若他不同意，我是万万不能跟父亲回去的！"

刘仲实看女儿如此决绝，早已心灰意冷："我上辈子造了什么孽，竟生出你这么个孽障来！好，好，我好话已说尽，你既然处处要向着这个秀才，我也无话可说。我就当没生过你这个女儿，你有了难处，也休要登我的门！"

刘夫人听到这话，赶紧劝道："老爷啊，咱们就这么一个闺女，我知道你也是心疼她，但为什么要逼她，让她为难呢？"

刘仲实被夫人戳穿更觉没面子，便说道："夫人，她既然不要咱们的衣服食物，你去把他的锅碗都砸了！我倒要看看她怎么有骨气！"

"老爷啊，你这是何苦啊？月娥，你赶紧过来给你爹赔个不是！"刘夫人一边拉住刘仲实，一边招呼月娥，可是月娥也是个有主意的女子，竟站在一边不说一个字。

刘仲实见月娥似乎不为所动，也失去了理智。"好，好，我自己来！"说罢，他拿起桌上的碗摔了个粉碎，筷子也折断了扔在地上，见锅里还做着汤，他走过去又把汤全倒在地上。原本就破旧的家，顿时一片狼藉。

刘仲实也顾不上这么多了，气冲冲地拉起夫人就走。屋里只剩月娥一人，听着母亲的哭喊声越来越远，最终消失在风雪里，月娥满腹的委屈无处诉说，只得蜷缩在角落里，抽泣道："父亲，你好狠的心啊……"

天色逐渐暗了下来，各家的灯慢慢亮了起来，吕蒙正没有讨到斋饭，心灰意冷地回到家。推开家门，屋里漆黑一片，隐隐听到有哭声，他赶紧点起了油灯。只见锅碗被扔在地上摔得粉碎，而自家娘子却在一旁不住地哭泣，他赶紧走上前去询问："娘子，这是怎么了？我一日不在家，家里出了什么事，你为何而哭呢？"

月娥眼见夫君回来，似乎哭得更凶了。吕蒙正赶紧为她擦泪，并不停地安抚。"娘子不要伤心，你慢慢说，发生了什么事，咱家的锅碗怎么都给摔了个粉碎呢?"

　　月娥拭去脸上的泪水,缓了缓神说道:"哎,今日父亲和母亲来了,本是拿着衣物和吃食送来给咱们,让咱们不至于受苦,谁知几句话不合,父亲竟然把咱家的家当都摔了……"

　　月娥说着竟又哭了起来。吕蒙正一听这话,也猜到定是岳父又来劝说,娘子不依才又招致岳父暴怒。"哎,还是我没用啊,没办法讨得二老的欢心,他们也是心疼你啊。"吕蒙正虽然对岳父也有不满,但是毕竟娘子已经伤心欲绝,自己又怎么能火上浇油呢,也只好往宽处劝解她。

　　"父亲他也太狠心了!"月娥还是止不住地哭泣。吕蒙正只好抱住自己的娘子,并试图岔开话题:"好了,娘子也休要多想了,事情都过去了。对了,我那哥哥这么晚了还没回来吗?"

　　月娥摇摇头,这才发觉原来外面天已然全黑。自吕蒙正夫妇成婚后,寇准总觉自己与他们共住一个屋檐下有诸多不便,就经常借住到别处去。今日说好回来小坐,只是直到现在还不见踪影。两人赶紧去收拾地下的锅碗残片,毕竟被别人看了去也不是什么光彩之事。

　　两人正收拾着,就听见寇准叫门的声音:"贤弟在家吗?"

　　吕蒙正赶紧去开门,把寇准让进家里:"哥哥来了,快进屋,快进屋!"

　　寇准往屋里走就看见刘月娥两眼通红,再看见满地的碎片,以为是夫妇俩有争执吵架了,赶紧询问:"这是怎么了,小两口拌嘴了吗?有什么事好好说啊!"

　　吕蒙正知道兄长误会了,解释道:"怎么会起争执,没有没有!"但寇准一直疑惑地看着地上的碎片,吕蒙正只好实话实说:"唉,其实是我那岳父岳母刚刚来过了,他们让月娥跟他们回去,月娥不肯,岳父一气之下就把这锅碗摔了……"吕蒙正说完无奈地笑了笑。

　　"这个老员外,真是无理!心里就是瞧不起我们这帮读书人,上回跟他理论我就看出来了。不过要说这吃饭的锅碗也有我的一份,这老员外怎么能将我的这份也都打碎了呢?哈哈!"

　　寇准也看出夫妇两人心里都不痛快,就开了个玩笑让二人都宽宽心。月娥收拾起碎片,只得去邻居家借些碗筷,而寇、吕两人则坐下来说话。

　　"贤弟啊,你也休要烦恼。今日我到街上去,碰到一位故人,这位故人最近发达了，我和他说了我的近况，他为人豪爽，愿资助我些银两，上京赶考。贤弟，你的才华我是知道的，你何不与我一同前去，倘若能高中，谋个一官半职，也不枉我们苦读这么多年！"

吕蒙正一听说有人愿意资助他们，自然也是喜出望外："哥哥，这可是个好消息啊。我们十年苦读，为的就是这个机会啊！你我一同前去，互相照应，我当然是万分愿意。只是……"吕蒙正望着一旁准备食物的月娥，顿时有些犹豫。

寇准也顺着吕蒙正的眼神看了看刘月娥，知道他心中的顾虑，不禁劝慰道："贤弟，你我苦读多年，等的不就是这个机会吗？弟妹也是个知书达理之人，想必也不会拦你。不过，这上京赶考毕竟是个大事，你们好好商议一番。等过了年开了春，我们二人就上京。"

二人又聊了些杂事，喝了些汤水，寇准就又走了。屋里只剩夫妻二人，吕蒙正才把刚刚寇准所说的话转述给月娥："娘子，我和哥哥苦读多年，自以为满腹诗书，可无奈家贫，连上京的盘缠都没有。今幸得好心人资助，终于有机会出人头地。只是我这一去不知何年何月才能回来，可是苦了你一人啊！"吕蒙正说着，拉起了月娥的手。

刘月娥听得此言，知道相公是挂念自己，忙说道："相公，有好心人资助，这是喜事，莫要愁眉苦脸。你不要担心我，只要你心里有月娥，月娥等多久都值得！"

"娘子，你对蒙正的一片心，蒙正自然是清楚的，你放心，等我高中，定与你回来团圆！"

"'曾经沧海难为水，除却巫山不是云'，既然嫁你，月娥定是一心一意。你且去吧，一定要加倍刻苦，争取早日金榜题名。如若你沉迷京城花红酒绿，不思进取，那月娥可是不依！"毕竟新婚不久，月娥一边说着，竟还羞红了脸。

"怎么会，娘子还不知道我的志向吗？你放心，等我高中，一定早日衣锦还乡，让你有享不尽的荣华富贵。"

"那我可不敢奢求，我只求你平平安安，不要将我忘了便好。"

月娥又嘱咐了夫君不少，直到二更，两人才睡去。这一天，发生了太多，他们也不知道该喜该悲，但时间会给他们一个答案。

　　自那日起，月娥就开始为夫君准备上京的行装，日子虽然紧紧巴巴，月娥还是为夫君做了新衣服新鞋子。转眼春天就到了，草长莺飞，大地回暖，寇准、吕蒙正兄弟二人约定好时间，准备出发了。

　　离别这日，刘月娥一直将二人送出城外，一路上不停地嘱咐着。寇准知他二人难舍难分，自己走在前头，让他们夫妇多相处一会儿。只是送君千里，终有一别，吕蒙正催促着月娥回去，而月娥一直等到看不见二人的身影了，才一步三回头地向家走去。想起以后破窑里只剩自己一人，不免悲从中来。

　　回到家中，刘月娥突然发现，桌上多了张纸，拿起一看竟是吕蒙正留的一首诗：

> 倚仗胸中七步才，
> 攀蟾稳步上天阶。
> 布衣走上黄金殿，
> 凤池夺得状元来。

　　看着这首诗，月娥的泪水再也忍不住流出来……

3

　　时光飞逝，十载光阴匆匆而过。十年，洛阳城内依旧熙熙攘攘，只是春去秋来吹落了一茬一茬的牡丹；十年，白马寺的钟声依旧回荡，只是岁月如梭带走了翩翩少年的青春年华。

　　此时正是洛阳街头最热闹的时分，一个三四十岁的男子穿梭在人流里。此人一身圆领黑色长袍，双手背在身后，走得极慢，却颇有威严。他的下颚略有些胡茬，面色黝黑，却精神焕发；眼睛不停地观察着周围的一切，眼神温柔，像是回想起什么。

　　不错，此人正是吕蒙正。十年前，他就是在这街头接到了刘月娥的绣球；十年前，也是这街头，刘月娥送他出城，上京赶考。如今，吕蒙正再次走上这街头，恍如隔世。

　　十年前，吕蒙正上京赶考，不负众望，一举中状元，入朝为官，委以重任。只是十年来天灾人祸不断，吕蒙正被派往四处为官，竟来不及和家人联系。直到今日，他被派到洛阳任知县，才又回到此处。他自己也经常感叹，能体会大禹三过家门而不入的心情。

离家多年，吕蒙正最惦念的当然是自己的娘子刘月娥，只是政务缠身，竟都来不及报声平安，每每念此都无限愧疚。如今回家，他自然最想回家看看娘子，只是一晃十年，月娥是否还在寒窑里等他，还是早已改嫁他人？当年，岳父大人一直就瞧不上自己，盼着月娥离开自己，如今十年已过，月娥又抵不抵得住岳父的软硬兼施呢？所谓"近乡情更怯"，思来想去，吕蒙正更不敢进家门了，决定先找人打听一下家里的状况。

第二日，吕蒙正带上自己的随从张千，去往城里的王媒婆家。这王媒婆是洛阳城里赫赫有名的媒婆，城里适婚年龄的公子小姐，其相貌、品行、家世，她都了解得一清二楚。

到了门口，吕蒙正打发张千去敲门，只听门里一个明显苍老却又装作娇滴滴的声音传来："谁啊？"张千赶紧答道："王媒婆，找您来说媒的。"

片刻，王媒婆便出来开门。这王媒婆看上去五六十岁的年纪，穿得依旧花枝招展，脸上涂了厚厚的粉，离着老远就能闻见香粉味儿。王媒婆一看来人穿戴不俗，不敢怠慢，连忙请进屋里，沏好茶水。她仔细观察了一番吕蒙正，并不眼熟，于是问道："不知这位官人怎么称呼？看上哪家的姑娘？您不是本地人吧，您在洛阳打听去，有谁不知道我王媒婆的名字？只要银子够，就没有我说不成的媒。"说罢满脸堆笑，眼睛也眯成了一条线。

吕蒙正见她一张嘴就停不下来，笑问道："王媒婆，你不认得我了？"

王媒婆一听此话，又仔细端详了片刻道："这位官人看着眼生，难道您是本地人？"

吕蒙正见她果然记不得自己，便旁敲侧击道："哦，多年前住过一段时间。王媒婆，你们这洛阳城里有个叫吕蒙正的书生吧？"

"吕蒙正？"王媒婆乍一听这个名字，觉得耳熟，却又一时想不起来，回忆半晌猛地想起，说道："官人可说的是住在城外破窑里的那个吕蒙正？嗨，您要不说我还真想不起来这厮了！十年前他抢了刘家的绣球，娶了刘员外的独生闺女，也算是这城里的一件大事，有谁不知道?！可后来说是上京赶考去，就把他那媳妇抛在了破窑里。十年了，音信全无，谁知是死是活，我看啊，还不如死了的好！"

吕蒙正见她如此骂自己，也是颇有些无奈，赶紧打岔道："那您认得吕蒙正吗？"

"不认得！"王媒婆似乎有些赌气。

"哈哈，王媒婆，你再好好看看我，在下就是那该死的吕蒙正！"吕蒙正笑道。

"这是咱们洛阳新任知县，吕蒙正吕大人，还不过来叩拜！"张千也在一旁说道。

王媒婆一听，盯着吕蒙正看了半天："您是……吕蒙正！不不，吕大人，吕大人饶命，哎呀，瞧我这嘴，胡呲的！"

吕蒙正接道："你骂我骂够了，又说自己胡呲了？好了，旁的不谈，我刚听你说，我那娘子月娥还住在那破窑里等着我呢？"

"是啊！自从您走后，刘员外来过好多次，要把您娘子接回去，可这月娥也是个倔脾气，说是要等您高中回来呢！这刘员外拗不过她，也就随她去了，倒是刘夫人不忍女儿受苦，总是偷偷接济，但毕竟那破窑……哎，苦啊！"

"哎，是我愧对于她啊！这么多年政务缠身，连报个平安的机会都没有。王媒婆，我离家多年，毫无音信，难道没有人去上门提亲吗？"吕蒙正问道。

"这个……我就不太清楚了。"那刘月娥品相端庄，当然有人向她打听，只是得知来人是吕蒙正，她自是不敢直言。

"那好，王媒婆，我这有一支金钗、一套衣服，你且拿着去破窑找我那娘子。你不要说见过我，就说我已经死了，如今有个来往的商人，愿娶她为妻，请她到家喝杯酒水，看她怎么说。"说着，吕蒙正就让张千把衣服拿了过来。

"大人，您这是何意？"王媒婆不解。

"这个你不用管，就按我说的做，我自有我的用意，事成之后自然少不了你的赏钱。"说完，就催促王媒婆赶紧去，自己则起身离开。

王媒婆自然不敢怠慢，收拾好金钗和衣服，匆匆向刘月娥的破窑赶去。

再说刘月娥，自从吕蒙正走的那日起，日日盼，夜夜盼，可十年间，竟无半点消息。可怜当年花容月貌的千金大小姐，在破窑中熬了十年，不单单是容颜老去难再回，这长年的贫苦与孤独谁又能体会呢？她一介女流，守着一间破窑，除了替人洗些衣服维持生计，其他时候里里外外都是自己一个人，多少个夜里，只能自己默默垂泪。

王媒婆来找月娥时，月娥正在家中吃午饭。说是午饭，不过是一碗见不到几粒米的粥和一块昨日剩下的地瓜。听得有人敲门，月娥赶紧去开门。

王媒婆进了门，寒暄几句，一眼看见月娥桌上的粥和地瓜，不禁问道："吕家娘子，你这晌午就吃这些东西？这能填饱肚子吗？"

月娥见她一直盯着那碗粥，也显得有些窘迫："能，穷惯了，吃得少。"

听她这么说，王媒婆便试探着问道："想当年你也是堂堂刘府的千金大小姐，这苦日子你都过了十年了，还没过够啊？"

"哎，当年卓文君跟了司马相如，一样过了苦日子，可最后不也苦尽甘来？我虽在这破窑里过了十年，苦确实是苦，可人各有命，这就是我的命吧，不定哪天我也就苦尽甘来了！"刘月娥回道。

"吕家娘子，今日我来，是有个消息想告诉你，但是你可得有心理准备！"王媒婆说道。

月娥一听，心里一紧，赶紧说道："婆婆，你可不要吓我！这，这是个什么消息？"

"我听人说，这吕蒙正，已经死了！"王媒婆故意放慢了语速，让这话听起来像是真的。

"什么，我家相公……"月娥听了王媒婆的话，险些晕厥过去。她扶着桌角定了定神，只是两腿发软再也站不住了，瘫坐在炕上。"这怎么可能，您听谁说的？"月娥脸色惨白，低声问道。

"是城里的一个秀才说的，他也是去上京赶考的，说吕蒙正去了京城不久就一病不起，没过多久就死了。"

月娥一听，顿时觉得天旋地转，两眼一黑便晕了过去。王媒婆在旁赶忙扶起月娥，又掐人中又拍胸口，过了好一会儿，月娥才慢慢醒过来，眼神涣散，喃喃道："不可能，你说谎，我的相公怎么会死？相公，我的相公，我要去找我的相公！"月娥似乎是受不住，开始语无伦次。她愣在一旁，过了片刻，便失声痛哭。

王媒婆见她如此，赶紧劝道："吕家娘子，你要节哀啊，事情过去这么久了，你还去哪找？"

月娥哪里顾得上她说什么，只是不住地痛哭。王媒婆接着说道："要我说啊，你也不要太过伤心。谁离开谁活不了？你还年轻，这天下男子多的是，再找一个也无妨。可巧今儿正好有个过路的公子找上门，让我把一支金钗和一套衣服带给你。这公子尚未娶妻，品貌也不错，不知道娘子意下如何？"说完，就把衣服和金钗递给了月娥。

月娥此刻终于明白王媒婆此行的目的，拭去了脸上的泪水，破口骂道："你这是说的什么话？我刚刚得知夫君过世，你就如此小看我，欺负我，存的什么心？！"

"我存的什么心？我这不是为你好吗？"

"为我好？这街坊四邻都知我在这破窑一住十年，没做过半点对不起夫君之事，你今日前来说的这事，不是要毁我的名节吗？我月娥穷是穷，却也是有尊严的，你说媒去寻他人，休要在我家胡言乱语！"说着就把王媒婆往门外推。

"哎，你这小娘子怎么不知好歹？不领情就算了，我自己走！"王媒婆也来了气。

"你赶紧走，要不是见你年纪大了，早拉你去见官！"说完，月娥气哄哄地关了门。月娥坐在炕沿如坐针毡，暗自思忖：王媒婆此行目的是给自己说媒，所以很有可能编造出丈夫已死的假讯，可丈夫十年未归，音讯全无，是生是死确实无从问起，有心去寻夫，可天下之大，到哪里才能找到自己的相公啊？想到此处，她心如刀绞，六神无主，只得又坐在床上哭泣。

王媒婆拿着金钗和衣服回去复命，没走几步便被人一把抓住。但见此人弓着腰，脸上脏兮兮的，穿着一身打满补丁的粗布衣服。王媒婆赶忙捂住鼻子，皱眉道："哪来的臭要饭的？去去去！"

这人笑道："怎么王媒婆，又不认得我了？"

王媒婆仔细打量半晌，原来这形容猥琐的汉子正是吕蒙正。"嗨，吕大人，您瞧我这老眼昏花的，又有眼不识泰山了不是。不过您这演的是哪一出啊？"

"这个你不用管，我且问你，我那娘子是如何说的？"

"哎，您还说呢，让您娘子狠狠地骂了我一番，还给赶了出来！"接着，王媒婆就把刘月娥听说吕蒙正死后的表现，以及为何把自己赶出来的过程原原本本地讲给吕蒙正听。

吕蒙正听后忙问道："我那娘子现在无碍了吧？"王媒婆道："应该是无甚大碍了。您不知道，当时情况万分危险，亏得我王媒婆在旁边，要不月娥啊真得……"王媒婆见吕蒙正心急，自然又想添油加醋地说上一番。"好好好，那谢谢王媒婆了。"吕蒙正从怀中掏出些银两来交给王媒婆，说道，"既然如此，多谢婆婆为我跑这趟，这些银两当是报答婆婆的！"

"呦，您这不见外了么，那就多谢吕大人了！以后有什么事，找人吩咐我一声就行！"王媒婆拿了银两千恩万谢，喜滋滋地走了。

吕蒙正听完王媒婆的话，心中又是心疼又是高兴，心疼的是这十年月娥一个人孤苦伶仃不知受了多少委屈，高兴的是月娥果然没有让他失望。吕蒙正整理了一下衣服，向破窑走去。远远地，便听到有哭泣之声，走近了发现门并没有锁，就推门进去。

屋里的陈设并没有什么太大的变动，依然破旧；桌上放着一碗稀粥、一块地瓜；墙上贴着一幅字，走近一看竟是当年自己上京赶考时留下的那首诗：

> 倚仗胸中七步才，
> 攀蟾稳步上天阶。
> 布衣走上黄金殿，
> 凤池夺得状元来。

吕蒙正看得有些入神，不小心碰到了椅子，月娥这才发现家里来了人，赶紧问道："是谁？"

吕蒙正愣愣地看着月娥。十年不见，月娥早已不是那个娇滴滴的小姐了，岁月已然在她脸上留下了痕迹。她一身的破衣洗得发白，面色憔悴，一双眼睛哭得通红。吕蒙正一时语塞，竟说不上话来："我是……"

月娥此时也已神情恍惚，见来人是个男人，又想起刚刚王媒婆所说的话，便黑了脸："这位公子怎么会到我的破窑里？有夫之妇之门，不是公子可来的地方，再不速速离开，休怪我不客气！"

吕蒙正知道刚才王媒婆所说，定是对月娥打击不小，赶紧说道："娘子，你认不出我了吗？我千山万水地走回来，难道你又要将我轰出门去吗？"

"你是……"月娥听得此言，赶紧上前一步仔细端详，竟是自己朝思暮想的夫君！月娥脚下像被定住了一般，半步也挪不动了，两行清泪却顺着脸颊滑落，颤声道："相公！果真是你！我这不是在做梦吧?!"

吕蒙正上前一步，一手拉起月娥的手，一手擦拭月娥的眼泪，柔声道："月娥，我回来了，这些年你辛苦了！"

听到夫君温柔的声音，感受到夫君手掌的温暖，月娥终于控制不住了，眼泪扑簌簌地落了下来，一头扎进吕蒙正的怀里，泣不成声："相公一走十年，音信全无，刚才来了一个媒婆，说你已经离世，害我差点儿就信了小人的谗言，你若不在了……我也不会独活……"

吕蒙正捂住月娥的嘴，柔声道："当年我离家时，曾跟娘子许下过诺言，不金榜题名绝不还家，谁知造化弄人，连考几次都名落孙山，没脸回来见娘子。只是一走十年，实在是想念娘子，这才厚着脸皮回来见娘子……"

月娥这才好好地观察自己的夫君。十年不见，夫君苍老了许多，眼圈发黑，像是经常熬夜；一身破衣满是补丁，定是吃了不少苦。月娥一想到此处，眼圈又开始泛红，刚止住的眼泪又流了出来，赶忙转过身拭去泪水说道："没考上也不打紧，相公回来就好。相公还没吃饭吧？我先给你准备点饭食吧！"

"娘子，我一走十年都没有考中，你当真不埋怨我吗？"吕蒙正继续追问。

月娥看着吕蒙正，坐下来说道："没考中又如何？什么功名利禄也比不上你我夫妻团圆重要。'忽见陌头杨柳色，悔教夫婿觅封侯'，我算是真真切切地体会到了。即使入朝为官又能怎样？张良一代名相，晚年也要告老还乡。还有陶潜、范蠡，最终也是看透了名利，远离朝政。朝堂之上人心叵测，我也怕你深陷其中，还不如你我夫妻二人，躬耕田园，知足为好！"

吕蒙正本来只是想试探一下月娥，却没有想到她能看透了世道："娘子，虽然我不曾得官，却也不是那短志之人。待我过些天筹些盘缠，继续上京应举去！"月娥道："相公，你一路舟车劳顿，休息几日再说吧。"

两人又吃了些东西，天色就黑了，他们便早早地上床歇息了。只是十年未见，不免互诉衷肠一番。

"相公，你可知你走的这十年，我日日提心吊胆，既怕你考不中，但更怕你考中做了负心汉，忘了我这住在破窑里的娘子。还好你回来了，我的一颗心也终于放下了！"月娥一边说，一边紧紧地抱着自己的夫君。

吕蒙正看着月娥，越来越觉得自己如此试探她简直是十恶不赦，便向妻子坦白道："娘子，实不相瞒，其实那王媒婆是我刻意安排来试探娘子的，娘子一片真心，蒙正心中万分感动！"

月娥一听，疑惑地看着吕蒙正。吕蒙正接着说道："娘子，其实赴京的第一年，我便高中状元。只是国家连年灾害，我被派往四处，竟没有办法来告知娘子。如今，我被派回洛阳任知县，终于和你团聚。天可怜见，我们终于苦尽甘来，娘子，我吕蒙正在此发誓，以后定不让你吃半分的苦头。城里的府邸也收拾得差不多了，过两天我们就搬过去。娘子，以后都没有苦难了！"

月娥听着吕蒙正的话，回想这么多年遭受的苦难，终于守得云开见明月，今日既夫妻相见，丈夫又功成名就，不禁流下了眼泪。只是相公如此试探自己，让她不免有些气恼。吕蒙正也知自己理亏，边求饶边安慰，整个屋里弥漫着幸福的气息。

两人又说了会儿话，外面的天已经蒙蒙亮了。

4

吕蒙正自回洛阳与娘子相认后，便把娘子接到了城中府邸。月娥吃了十年的苦，猛然间过上好日子，却总忆起旧事，不禁泪眼汪汪。这日，夫妇二人决定去白马寺走一遭，一是感念神灵庇佑，得以高中，二是吕蒙正依然记得慧明法师当年的羞辱之词，如今衣锦还乡，当然要去讨个说法。

白马寺的主持慧明法师早早地便得了消息，知道吕蒙正任洛阳知县，定要来寺中烧香，于是命人打扫寺院，迎接贵客。虽然过去十年，白马寺这座千年古刹却依旧香火鼎盛。慧明法师一心向佛无杂念，恪守戒规度众生，十年间相貌也并无多大变化，所谓"相由心生"，倒是愈发精神焕发。慧明法师叮嘱小沙弥如若吕蒙正来上香，定要及时通报，小沙弥就等在山门前一刻也不敢松懈。

吕蒙正、刘月娥夫妇二人坐着轿子去往白马寺。街上众人无不议论着新上任的知县，自然也是对刘月娥苦守寒窑之事赞叹有加，刘月娥一路听着也觉得脸上光彩万分。来到寺门前，二人下了轿，小沙弥一看来者穿着光鲜，气宇轩昂，赶紧去通报慧明法师。

吕蒙正拉着娘子往寺里走，眼见寺中一草一木，不禁回想起当年听钟声来赶斋的情景。没走两步，吕蒙正便发现墙上有处用碧纱罩起来的地方，仔细一看竟是当年自己一气之下写下的那两句诗——"男儿未遇气冲冲，懊恼阇黎斋后钟"。

吕蒙正不禁笑了出来，妻子忙问怎么回事，吕蒙正便把当年如何在这墙上留下诗句之事讲给她听。吕蒙正冷笑道："真是'富在深山有远亲，穷在闹市无人问'。当年穷困潦倒时，寺里方丈一粥一饭都不想施舍与我，如今居于庙堂之上，当年我题于壁上之词居然用碧纱罩了起来。想这白马寺乃佛家清净之地，居然也如此势利阿谀。"

吕蒙正夫妻二人谈话之际，慧明法师迎接了出来："阿弥陀佛，吕施主驾临本寺，贫僧有失远迎！"

吕蒙正一见是慧明法师，当年的往事浮现于心头，历历在目，冷笑道："我当是谁，原来是慧明法师。大师言重了，不知今日用膳了否？这'斋后钟'不知敲了没有？当年我在贵寺墙上写了两句诗，没想到大师还用碧纱笼罩着，真没想到这吃斋念佛之人也懂得如此多的人情世故啊？"

慧明法师一听吕蒙正话里有话，知道他内心积怨已深，但依旧不为所动，微微一笑道："吕施主说笑了，佛门乃清净之地，何来人情世故啊？"

吕蒙正哈哈一笑，道："好一个清净之地，我们且不说当年之事，这墙上之字用碧纱罩起来，是何缘故呢？"

慧明法师道："当年吕施主写下这两句诗愤然而去，老衲便知施主定是有宏图大志之人，因此便留下了这两句诗，等施主哪一天功成名就之时再回来看这诗，睹物思情定也是别有一番滋味。十年来路过之人无数，总要停下脚步看一看，看诗之人众多，踏得此地苔藓不生，故而老衲命人将此墙罩了起来。"

吕蒙正心道："好一个能言善辩的和尚！"遂说道："既是如此，烦请大师褪去纱罩。来人，拿笔来。"旁边的小沙弥褪去墙上碧纱，左右随从递上狼毫，吕蒙正看着十年前题下的两句七言绝句，沉吟道："男儿未遇气冲冲，懊恼阇黎斋后钟。"稍做思索，便挥毫续写道："十年前时尘土暗，今朝始得碧纱笼。"

慧明法师微微一笑，道："吕施主，请到佛殿上香吧。"遂与吕蒙正夫妇及随行一干人等移步佛殿。

正值吕蒙正进香之际，忽听得寺门外人声沸反盈天，吕蒙正呼来左右，前去一探究竟。原来吕蒙正来白马寺上香之事已四散传开，当年的邻里街坊听说新上任的知县竟是以前的落魄秀才吕蒙正，纷纷来寺里为吕蒙正庆贺，这其中便有刘仲实。刘仲实听说吕蒙正高中衣锦还乡，也是欣喜至极，恰巧众街坊来白马寺为吕蒙正庆贺，便带着家丁一同来寺里认女婿。

刘仲实推开众人，站到头前，喜笑颜开，大声喊道："女婿女儿，爹爹来看你们了！"

月娥听到有人在外呼喊，问道："什么人在外边大呼小叫的？"一旁随从回道："回禀夫人，是您的爹爹刘仲实来了。"

月娥闻讯，也愣了片刻，随即冷笑道："原来是他，今日我夫君得了功名，衣锦还乡百姓拥戴，他便来相认，这十年他怎么想不起那个落魄的吕秀才呢？寒冬腊月时没有给我们送过一根柴火，穷困潦倒时没给我们送过一升米面。家徒四壁，衣敝履穿的时候他从不相认；足肤皲裂，食不果腹的时候他从不惦念！今天是来认女婿女儿的吗？是来认功名的吧！"

吕蒙正温柔地看看月娥，点点头，转身吩咐下人道："我哪有什么岳父？休得让他胡言乱语，打发他走！"

此时，刘仲实已站在离大殿前不远，早已听见了刘月娥和吕蒙正的话，大喊道："女婿，你怎么能不认我呢？我是你的岳丈啊！"只是下人们拦住了去路，不许他再往前。

吕蒙正看着他，脑子里满是十年前他看不起自己的嘴脸，便转过身去上香，不再理会。月娥也转过身，想着这十年来的艰辛，本应心硬如铁，但不知为何父母的养育之恩又丝丝缕缕地萦绕心头，心里也不是滋味，只是默默垂泪。

刘仲实见状，不住地摇头叹气，似有一肚子的话要说，却又上不得跟前，无奈仰天道："老天啊，造孽啊！"

正在此时，远处传来阵阵敲锣之声，大批人赶向寺中，中间一顶蓝呢官轿八人抬着，像是个大人物。来到寺前，轿子内缓缓走出一人，此人紫色官服，头戴幞头，腰配鱼带，仪表堂堂，威风凛凛，竟是吕蒙正的义兄——寇准。话说当年寇准与吕蒙正同赴京城赶考中举，后寇准平步青云，仕途顺畅，如今已封莱国公。近日，皇帝命他走访民间，遍寻圣贤，正巧途经洛阳，便来白马寺上香，宣扬皇恩。

寇准来至殿前，才发现正在进香之人，竟是自己的结拜弟弟吕蒙正！他刚要上前，从人群里突然冲出一人，跪在面前喊道："宰相大人，您可得给我做主啊！"

寇准定睛一看，这人竟是刘仲实。十年未见，刘仲实变化并不大。寇准赶紧道："刘员外，快快请起！我这兄弟吕蒙正在里面上香，您何故在外面呢？又因何事而要申冤呢？"

刘员外一听寇准问起，更觉得委屈，遂说道："寇大人，您不知道，我那女婿，不认我这个岳丈！他……他不知当年之事啊！"

寇准一听也觉诧异，忙道："当年他只知你砸锅砸碗，哪知道……哎，怨我怨我，他如此对你，天理不容啊！亲家莫急，我去说他！"说罢，便走向殿中喊道："贤弟，别来无恙啊！"

吕蒙正一见是寇准也是惊喜万分："原来是哥哥！京中一别多年不见，哥哥安好！"月娥也赶紧上前问候。

寇准见夫妇二人都在，顾不上拉家常，忙问："贤弟，我且问你，你岳丈在殿外喊你，你为何不应？"

吕蒙正见他如此直截了当，也不好搪塞，只得说："哎，当年他嫌贫爱富，棒打鸳鸯，哥哥也是知道的，我怎能认他？"

"当年之事过了十年了，你还记在心里，听哥哥一言，他毕竟是弟妹的父亲，认下吧！"

吕蒙正也有些赌气，便道："你问问你的弟妹，她也不想认啊！"

寇准又忙劝说刘月娥："弟妹，你当真不认？"

刘月娥把脸一扭，坚定道："我没有父亲，我是不会认他的！"

寇准摆摆手，缓缓说道："弟妹，过去的事都已经过去了，现在我这弟弟也回来了，一家团聚才更重要啊！看在我的面子上，你就认了他吧，他毕竟是你的亲爹爹啊！"

月娥看了看寇准，咬咬牙说道："亲爹当年还不是一样狠心，我不认，大伯要认，你去认好了！"

寇准一听此话，面有愠色，厉声道："弟妹这是何言？你认便认，不认就不认，怎教得让我去认？况且他是你的亲爹，哪有不认之理？我朝历来重孝道，你们如此大逆不道，难道要我参你们一本治你们的罪，你们才肯相认吗？"

听完寇准一番话，吕蒙正夫妇还没有说什么，刘仲实却着了急："寇大人有话好说，切莫生气！"

寇准望着刘仲实，知道他是怕自己真的写奏章参女婿一本，不禁叹道："可怜刘员外一番情义啊！"寇准慢慢转过头来看着吕蒙正、刘月娥，叹口气，缓缓说道："贤弟，弟妹，你们且听我说。你们确实是冤枉老人家啦！当日刘府抛绣球招亲选中了你，并非员外不想认你，只是古今贪恋富贵之人太多了，你丈人怕你攀龙附凤后不肯用功读书，考取功名，所以才佯装生气，激你斗志。后来见你得过且过，便暗中告诉寺中住持，不再施舍给你饭菜，还砸了咱家的锅碗，为的就是让你置之死地而后生，一门心思上京赶考啊！"

吕蒙正一听心头一震，不禁向刘仲实望了一眼。这时，慧明法师也走上前来说道："阿弥陀佛，寇大人所言非虚，刘施主宅心仁厚，为激你斗志，不惜与女儿决裂，背负恶名，如今吕大人衣锦还乡，一家人得聚，还望不要辜负了刘施主的一片良苦用心啊！"吕蒙正将信将疑地向寇准问道："这些，哥哥又是怎么知道的呢？"

寇准笑着拍了拍吕蒙正的肩膀说道："我的傻弟弟，你当真以为当年咱们上京赶考的盘缠是我的旧相识资助的吗？是你的岳丈大人找到我，给了我两锭银子，让咱们作赶考的路费。也是怪我，这么多年，没有来得及和你说明啊。贤弟啊，你的岳丈见你第一面，便已料定你会金榜题名，有一番作为。若没有他的良苦用心，你又怎能否极泰来？若不是你岳丈助你上京，你何来今日的风光啊？不是你岳丈为人歹毒，冷若冰霜，实在是他也有难言之隐啊！贤弟你可休要再误会老人，伤了老人的一片心啊！"

吕蒙正听得此言，顿时明白了事情的前因后果，赶紧拉起月娥，二人双双跪在刘仲实的面前，一边磕头一边说道："岳父大人，都是小婿无知，误会您多年，您的恩情胜天，在此跪求岳父大人原谅！"

月娥在一旁也不住地磕头，这么多年一直怨恨父亲，内心自是愧疚万分，垂泪道："爹爹，女儿一直道您狠心，竟还想着不认您，实在是忤逆至极，女儿给您认错了！"

刘仲实赶紧扶起两人，不觉间已是老泪纵横，说道："我的女儿女婿啊，都是一家人，我们老人家只要看到儿女幸福美满就知足了，哪还有什么原谅不原谅啊？你们快随我回家，你娘在家里摆好了宴席，等你们回去呢！"

吕蒙正起身，又对寇准和慧明法师鞠了一躬，遂对围观的百姓说道："各位乡亲，今日我们骨肉相认，一家团聚，府上今日大摆筵席，邀请各位父老同聚！哥哥，慧明法师，我先随岳丈回家拜了岳母，改日再登门道谢！"说完，吕蒙正一家就在众人的簇拥之下回了家。

寇准看着众人离去，拈着胡须，微笑着对慧明法师说道："大师，《法华经》有云：'长夜安隐，多所饶益。'芸芸众生，虽无法时时得受佛法普照，但只要心念不死，终究可以身心安隐，无所畏惧。冥冥之中自有定数，蒙正当年一介穷书生，娶得富家千金，栖身破旧寒窑，被'斋后钟'羞辱，却终究金榜题名登堂入室。真是世间人休把儒相弃，守寒窗终有峥嵘日啊！哈哈！"

慧明听着寇准所言，也不禁在一旁笑了起来。

夕阳西下，阳光温暖地洒在二人身上，洒在刘仲实云锦百尺楼上，洒在吕蒙正风雪破窑中，也洒在洛阳这一片繁华的大地上。

后 记

伟大的戏曲作家王实甫，元代时崛起于剧坛，成为元曲代表人物。他把中国古典戏曲艺术发展到高峰，因而被尊为元代杂剧的奠基人，被后人称为"天下夺魁"。王实甫为元代剧坛绽开了一树奇葩，其作品全面地继承了唐诗宋词精美的语言艺术，又吸收了元代生动活泼的民间口头语言，并将它们完美地融合在一起，创造了文采璀璨的元曲词汇，成为中国戏曲史上"文采派"最杰出的代表。王实甫所写的《西厢记》既有惊世骇俗的思想内容，又表现出"花间美人"般光彩照人的格调。

王实甫创作了多部杂剧，据大多数学者认同，今存《西厢记》（全称《崔莺莺待月西厢记》）、《破窑记》（全称《吕蒙正风雪破窑记》）、《丽春堂》（全称《四丞相高会丽春堂》）。另外，还存残本或佚失剧本，存残剧有《韩彩云丝竹芙蓉亭》《苏小卿月夜贩茶船》，存剧目有《东海郡于公高门》《贤孝士明达卖子》《曹子建七步成章》《才子佳人拜月亭》《赵光普进梅谏》《作宾客陆绩怀橘》《双蕖怨》《娇红记》等。

王实甫存世元杂剧是我国文学史和世界文学史上的宝贵遗产。为了让王实甫元杂剧薪火相传，王实甫的故里——定兴县委、县政府，以实际行动落实习近平总书记对雄安新区关于"坚持保护弘扬中华优秀传统文化、延续历史文脉"的指示精神，决定编纂《天下夺魁王实甫杂剧注释》《天下夺魁王实甫杂剧故事》《天下夺魁王实甫传记文学》。定兴县县志办公室为编纂《天下夺魁王实甫杂剧注释》《天下夺魁王实甫杂剧故事》《天下夺魁王实甫传记文学》做了大量工作。

因王实甫所著杂剧为时代所拘，难为生活节奏快的当代人阅读。为普及古代戏曲经典，为普及伟大的戏曲作家王实甫的力作，我们在编辑出版

《天下夺魁王实甫杂剧注释》和《天下夺魁王实甫传记文学》的同时，编纂了《天下夺魁王实甫杂剧故事》。力图以现代小说的形式叙述王实甫杂剧《西厢记》《丽春堂》《破窑记》；力图引导读者对古典戏曲从初步接触到产生兴趣，从敬而远之到登堂入室。在写作中虽尽心竭力忠实原著，然而也难免在一定程度上有一些现代人的思想感情，难免有因两种不同文体的变换而加强叙述和描写的成分。另外，《天下夺魁王实甫杂剧故事》由三位作者写作，难免风格不尽统一。面对王实甫所写的具有惊世骇俗思想内容的元杂剧，由于我们的学识和笔力有限，实难把王实甫杂剧《西厢记》《丽春堂》《破窑记》完整、准确地介绍给读者。有不尽如人意之处，望读者见谅。